사람을 읽고
책과 만나다

사람을 읽고 책과 만나다

1판 1쇄 인쇄 2019. 5. 1.
1판 1쇄 발행 2019. 5. 15.

지은이 정민

발행인 고세규
편집 임지숙 | 디자인 이경희

발행처 김영사
등록 1979년 5월 17일(제406-2003-036호)
주소 경기도 파주시 문발로 197(문발동) 우편번호 10881
전화 마케팅부 031)955-3100, 편집부 031)955-3200 | 팩스 031)955-3111

값은 뒤표지에 있습니다.
ISBN 978-89-349-8476-4 04810
978-89-349-8477-1 (세트)

홈페이지 www.gimmyoung.com 블로그 blog.naver.com/gybook
페이스북 facebook.com/gybooks 이메일 bestbook@gimmyoung.com

좋은 독자가 좋은 책을 만듭니다.
김영사는 독자 여러분의 의견에 항상 귀 기울이고 있습니다.

이 도서의 국립중앙도서관 출판시도서목록(CIP)은 서지정보유통지원시스템 홈페이지
(http://seoji.nl.go.kr)와 국가자료공동목록시스템(http://www.nl.go.kr/kolisnet)에서
이용하실 수 있습니다.(CIP제어번호 : CIP2019014753)

정민
산문집
2

사람을 읽고 책과 만나다

김영사

서문

학문의 길에서 많은 사람과 만났고, 더 많은 책을 읽었다. 지난 20여 년간 써온, 사람에 대한 글과 책에 관한 글을 모으니 책 한 권 분량이 넘는다. 책 제목을 '사람을 읽고 책과 만나다'로 달았다. 사람이라는 텍스트를 읽고 분석했다는 의미와 책과의 만남이 준 감동을 간직하려는 뜻에서다.

사람의 평생은 만남의 연속이다. 좋은 만남은 나를 들어올려주고, 이전의 삶과 구획 지어준다. 몇백 년 전의 고인이 현재의 내 삶에 간섭하고, 나를 변화시킨다. 책 속의 짧은 일별一瞥로 나른하던 일상에 생기가 차오른다. 지금의 나는 이 같은 만남이 가져다준 변화와 소통의 결과일 뿐이다.

옛사람과 만나 나눈 대화와, 지금은 곁을 떠난 스승이나 선학에 대한 기억은 그간 내 삶을 견인해온 힘의 원천이다. 가깝게 지내는 예술가들의 작품 세계를 들여다본 글도 여럿 있다. 고전 저작에 대한 소개 글과 신문이나 잡지 지면에 소개한 서평도 한 자리에 모았다. 그때그때의 요청에 따른 글이어서 분량도 논조도 일정치 않다.

글 속의 나는 30대에서 50대 후반에 걸쳐 있다. 20대 중반을 넘어선 아들이 네 살짜리로 등장하기도 한다. 내게는 추억이 깃든 장면이어서 굳이 현재의 시점으로 손질하지 않았다.

앞만 보고 달려오다 문득 돌아보니 이순耳順의 문턱이다. 한차례 뒤섞인 글들을 묶어 정리하고, 새 시작을 준비해야 할 모양이다. 김영사의 임지숙 씨가 앞서 펴낸 《체수유병집》과 함께 번거로운 작업에 애를 많이 써주었다. 그 어진 수고에 고마운 뜻을 표한다.

2019년 봄날

행당서실에서

정민

차례

제1부

표정 있는 사람

1장 그늘의 풍경

2장 인생의 여운

제2부

향기 나는 책

1장 책의 행간과 이면

2장 고전이 고전인 이유

표정 있는 사람

제1부

그늘의 풍경

1장

세상의 마음을 사랑한 사람
_이덕무

이덕무李德懋(1741~1793)는 한번 만나 아껴 사랑하지 않을 수 없는 사람이다. 그는 학처럼 청수했다. 키가 크고 비쩍 말랐다. 눈빛은 깊고도 맑았다. 평생 듣고 보고 말하고 생각한 것을 끊임없이 메모하며 시로 썼다. 그의 눈길이 가닿으면 죽어 있던 사물이 갑자기 살아났다. 찬 골짝에 봄기운이 문득 돌아왔다.

그는 어린이가 울고 웃는 모습, 시장에서 사람들이 물건을 사고팔며 흥정하는 모습, 심지어 사나운 개가 서로 다투고 고양이가 재롱떠는 모습에서조차 지극한 이치를 찾아내곤 했다. 뽕잎을 갉아먹는 봄누에, 꽃꿀을 빠는 가을 나비를 오래 깊이 들여다

보았다. 연근蓮根 밑에 푸른 물감을 묻어 푸른 연꽃을 피워내는 이야기에 솔깃하고, 솔 그림자가 배어들어 마침내 제 몸에 소나무 빛깔을 지니게 된 지리산의 물고기를 오래 그리워했다.

망상이 내달리면 구름 한 점 없는 하늘을 쳐다보며 잡념을 지웠고, 꽃 한 송이 풀 한 포기 돌 한 덩어리 새 한 마리를 자세히 관찰하다가 가슴속에 모락모락 연기처럼 피어나는 깨달음에 환히 웃었다. 한밤중에 천리마를 타고 달려가다가 북두성을 올려다보면 그 모습이 마치 말쑥한 쑥처럼 기다랗게 보이지 않을까 하는 궁리를 하다가, 눈의 결정체가 여섯 모이니 허공에 떨어지는 빗방울을 정지시켜 잡을 수 있다면 그것도 분명히 육각六角일 거라는 생각을 글로 남겼다.

다리를 지날 때 나귀의 귀가 어떻게 움직이는지를 살피고, 뜨락을 종종거리며 걸어가는 집비둘기의 어깻죽지 동작을 유심히 관찰했다. 매미가 울 때 가슴이 어떻게 벌렁대며, 붕어가 물을 삼킬 때 아가미가 어찌 움직이는지 자세히 살폈다. 거미가 허공에서 발을 놀리는 동작에서 거문고 연주의 묘리를 깨닫고, 빗소리를 듣느라 쫑긋대는 황소의 뿔에 눈길을 주었다.

여름날 파초 잎에 글씨를 쓰다가 옆의 꼬맹이가 신기해하면 대뜸 선물로 주고, 대신 호랑나비를 잡아오게 해서 한참 관찰하다가 날려주던, 그는 그런 사람이었다. 가을날 햇살이 문종이에 국화꽃 무늬를 비추자, 글 읽다 말고 문종이 위에 국화를 그려놓고 때마침 날아든 나비와 참새까지 그려넣어 함께 겨울을 나기도 했다.

그는 늘 진정眞情의 시를 꿈꿨다. 못물에 넣으면 제멋대로 돌아다니는 고철古鐵이나, 성난 듯 흙을 뚫고 쑥쑥 솟는 봄날 죽순 같은 시를 쓰고 싶어 했다. 매끈한 돌 위에 바른 먹물이나, 물 위에 동동 뜬 기름처럼 겉돌고 따로 노는 거짓 시를 못 견뎌 했다. 나는 지금 사람이니 지금 것을 좋아하는 게 당연하다며 옛것 추수追隨하기를 거부했다.

그는 너무 가난했다. 늘 춥고 항상 굶주렸다. 겨울에 냉방에서 꽁꽁 얼며 공부하다가 손가락이 얼어 밤톨만큼 부어올라도 책을 빌려 베껴 쓰기를 멈추지 않았다. 미쳐 발광할 것 같을 때는《논어》를 소리 내서 읽으며 견뎌냈다. 자기 그림자를 밟지 않으려고 햇빛을 마주 보며 걸어갔던 사람, 그의 시는 그래서 뼛속까지 맑다.

조선 최고의 벼루 장인
_정철조

오늘날도 그렇지만, 벼루 깎는 장인은 좀체 그 이름을 남기는 법이 없다. 그런데 이 벼루로 자신의 이름을 역사에 남긴 인물이 있다. 그것도 벼루를 전문으로 만드는 기술자도 아닌, 문과에 급제해서 정언正言 벼슬까지 지낸 양반 사대부가 말이다. 그의 이름은 정철조鄭喆祚(1730~1781)다. 당시 안목 있다는 사람으로 그가 깎은 벼루 하나쯤 소장하지 못하면 부끄럽게 여겼을 정도였다는 그의 벼루는 과연 어떤 것이었을까?

정철조는 본관이 해주로 자는 성백誠伯, 호는 석치石癡다. 45세 되던 1774년 문과에 급제했다. 벼슬은 정언을 지냈다. 아버지

정운유鄭運維(1704~1772) 역시 문과에 급제해 공조판서까지 지낸 인물이었다. 정철조는 그의 장남이다.

정철조는 연암 박지원, 담헌 홍대용 등과도 지속적인 교류를 나누었고, 이런 교유의 과정에서 이용후생학利用厚生學에 눈을 떴다. 그는 기계 제작에 뛰어난 솜씨를 지녀, 인중引重·승고升高·마전磨轉·취수取水 같은 기계들을 직접 만들어냈다. 또한 지도 제작에도 조예가 있었고, 천문지리에도 관심을 가져 해시계를 직접 만들어서 시간을 측정하기도 했다. 그림 솜씨도 빼어났다. 한마디로 그는 다재다능한 사람이었다.

그의 여러 재주 가운데 단연 흥미로운 것은 벼루 제작자로서의 명성이다. 그는 좋은 돌을 보기만 하면 즉석에서 차고 있던 칼을 꺼내 순식간에 벼루를 깎았다. 이규상李奎象(1727~1799)은 《병세재언록幷世才彦錄》에서 그의 솜씨를 이렇게 묘사했다.

> 죽석竹石 산수를 잘 그렸고, 벼루를 새기는 데 벽癖이 있었다. 벼루를 새기는 사람은 으레 칼과 송곳을 갖추고, 새김질이라고 불렀다. 그런데 그는 단지 차고 다니는 칼만 가지고 벼루를 새기는데, 마치 밀랍을 깎아내는 듯하였다. 돌의 품질을 따지지 않고, 돌만 보면 문득 팠는데, 잠깐 만에 완성하였다. 책상 가득히 쌓아두었다가 달라고 하면 두말없이 주었다.

돌의 종류를 가리지 않고, 돌만 보면 팠고, 달라는 대로 주었다고 했다. 그의 호는 석치인데, '돌에 미친 바보'라는 뜻이다. 돌, 즉 벼루에 미친 벽이 있었으므로, 호까지 이렇게 붙였다.

전통시대에 벼루는 문인의 필수품이었다. 좋은 벼루에 대한 문인들의 애호는 유난했다. 오죽하면 허균 같은 이는 '깨진 것이라도 좋으니 중국의 단계端溪 벼루 하나만 가졌으면' 하는 바람을 피력한 적도 있다. 벼루는 각 지역마다 산지가 있고, 산지에서 직업적인 장인들에 의해 제작되는 것이 일반적이었다.

그런데 문과에 급제하여 정언 벼슬까지 오른 관리가 틈만 나면 벼루를 깎는 취미를 가졌다. 그것도 품격과 안목에서 장인들의 기예를 훨씬 능가하는 작품이었으니, 사람들의 입에 오르내리는 것이 당연했다.

안동의 마간석은 검붉은 흙빛이요
남포의 화초석은 벌레가 좀먹은 듯.
삼한의 둔한 장인 멍청하기 짝이 없어
온 나라가 온통 모두 풍자식을 쓴다네.
근래 들어 명사에 석치란 이가 있어
가을꽃과 귀뚜라미 즐겨 새기었다네.
홍주 땅의 아전이 그 방법을 배워서
원래 생긴 돌 모양에 대략 꾸밈 더한다네.
安東馬肝赭土色 藍浦花艸蟲蛀蝕
韓之鈍工鈍如蘷 遍國皆用風字式

邇來名士有石癡 喜刻秋花兼促織
洪州小吏得其法 因石天成略加飾

유득공柳得恭이 〈기하실장단연가幾何室藏端硯歌〉란 작품에서 석치의 벼루에 대해 쓴 대목이다. 모두들 바람 풍 자 모양의 풍자식風字式 벼루만을 쓸 때, 그는 안동 마간석과 남포의 화초석에 가을 국화와 귀뚜라미 같은 벌레를 아로새겨 높은 품격을 뽐냈다는 내용이다. 홍주의 소리小吏가 그의 방법을 배워, 원래의 돌 모양을 살려 조각을 새기는 방식으로 역시 이름이 났다.

이렇게 보면, 정석치의 벼루는 원래 돌의 생김새와 성질을 최대한 그대로 살려서 자연스럽게 조각을 얹는 데 그 특징이 있었음을 알 수 있다. 결코 인위적인 조작이나 인공의 가공을 선호하지 않는 것으로 정평이 나 있었다.

심노숭沈魯崇은 또 〈정석치연소지鄭石癡硯小識〉란 글에서 "석치 정씨의 벼루는 근세에 무거운 이름이 있었다. 예단에서 노니는 사람은 이를 지니지 못한 것을 부끄럽게 여겼다. 나도 젊어서는 이것을 가지고 있었는데, 이사하다가 잃어버렸으므로 몹시 안타까워했다"고 적었다.

당대 예원을 주름잡았던 강세황의 손자 강이문姜彛文의 집에도, 예전에 정철조가 글씨를 부탁하면서 사례로 가져온 벼루가 있었다. 강세황은 그의 벼루를 두고, 지금까지 본 천여 개의 벼루 가운데 단연 으뜸이라고 높이 평가했을 정도였다. 심노숭은 이 말을 듣고 직접 안산까지 찾아가서 정철조의 벼루를 눈으로 확인했다. 풍자형의 벼루로되, 본래 생김새에 따라 약간의 요철을 그대로 살려두었지만, 갈고 깎은 정밀함만큼은 보통 사람이 절대로 미칠 수 없는 대단한 작품이었다고 적었다.

정철조가 깎은 수많은 벼루 중 실물로 남은 것이 분명히 어딘가에 있을 테지만, 아직 확인된 것은 없다. 다만 박영철朴榮喆(1879~1939)이 소장했던 것을 이한복李漢福(1897~1940)이 그린 '정철조의 벼루 그림'은 남아 있다. 이 벼루는 원래 정철조가 그의 사돈이었던 이용휴李用休(1708~1782)에게 선물한 것이다. 벼루 앞면에는 이용휴가 직접 새긴 "손은 글씨를 잊고, 눈은 그림을 잊는다. 돌에서 무얼 취할까? 치와 벽이 으뜸이다(手忘書, 眼忘畵. 奚取石, 癡癖最)"라는 글이 있고, 뒷면에는 "정철조가 만든 벼루이니, 자자손손 영원히 보물로 사용하라"는 글이 적혀 있다. 질박하고 꾸밈없는 전형적인 조선 벼루의 모양새다.

정철조! 그는 다방면에 걸쳐 다재다능한 재주꾼이었다. 그가 52세의 한창나이에 세상을 뜨자, 연암 박지원은 해학이 넘치면서도 깊은 정을 담은 제문을 지어 그를 잃은 슬픔을 달랬다. 근세에 위당 정인보 선생도 한시 〈정석치가鄭石癡歌〉를 지어, 뛰어난 예술가로서의 그의 면모를 작품으로 형상화한 바 있다. 하지만 그의 넓고 깊은 학문 세계에 대해서는 아직 뚜렷이 밝혀진 것이 없다.

뛰어난 벼루 예술가로서 정철조의 면모를 살피는 것도 중요하지만, 이용후생학자로서의 그의 참된 면모를 밝혀내는 일도 시급하다. 그는 18세기에 유행했던 새로운 방식의 지식경영의 선두에 섰던 인물이다. 호기심과 열정과 탐구욕이 그를 나타내는 어휘들이다.

별처럼 쓸쓸합니다
_박제가가 귀양 간 벗에게 보낸 편지

제가 궁벽한 골목에 살아 세상 소식을 듣지 못했는데, 백영숙이 사람을 보내 하는 말이, 그대가 함경도로 귀양을 갔다더군요. 황급히 사동寺洞으로 달려갔지만, 떠난 지가 벌써 나흘이라고 합니다. 제가 왜 즉시 알려주지 않았느냐고 이덕무를 탓했더니, 이덕무는 당연히 알고 있을 줄로 여겨 알리지 않았다고 하더군요. 아아! 이미 이별하고 말았으니 또한 다시 어쩌겠습니까? 무더위가 푹푹 찌는데 길은 어찌 가며, 판잣집에 풍토도 다를 테니 어찌 자고 어찌 드시는지요? 오랑캐의 말씨와 털옷 입은 사람들 틈에서 무엇으로 소견하십니까?

저는 노모께서 해묵은 질환이 재발해서, 형과 아우가 밤에도 눈을 붙이지 못하고, 낮에도 띠를 풀지 못한 것이 20일이나 됩니다. 이제 비록 조금 차도가 있다고는 해도 남은 증세는 그대로입니다.

이미 떠나실 때 손을 잡고 위로하며 보내드릴 수가 없었고, 게다가 즉시 인편에 편지를 보내 객점의 안부도 여쭙지 못했습니다. 지난날의 노님을 돌이켜보면 별처럼 쓸쓸하기만 합니다. 제가 백탑白塔 아래로 갈 때마다 꼭 아드님이 독서하는 것을 살펴보고 돌아오곤 하지만, 집이 멀어 자주 할 수는 없습니다. 저는 근래 다만 빨리 달리는 말 한 마리를 잡아타고서 육진의 산천을 가서 보고, 그대와 서로 만나보고 돌아오고픈 생각뿐입니다. 하지만 망상일 뿐 소용이 없군요. 티끌세상과 떨어져 있어 그리로 가는 사람이 드물다 보니 편지도 부칠 수가 없습니다. 다만 바람 이슬 가운데서 스스로를 아껴 돌보시길 바랍니다. 짧은 종이라 다 적지 못합니다.

박제가朴齊家(1750~1805)가 함경도로 귀양 간 관헌觀軒 서상수徐常修(1735~1793)에게 위로차 보낸 편지다. 서상수는 나이가 박제가보다 15세나 위였지만, 박지원·이덕무 등과 함께 따뜻한 마음을 나누며 지내던 벗이었다. 그런 그가 1774년 여름 무슨 일인가에 연루되어 함경도 땅으로 귀양을 갔다.

백탑 시절 옹기종기 모여 살 때는 밤낮 몰려다니며 즐겁게 놀던 벗들인데, 당시 박제가는 멀리 이사를 가 있었기에 서상수의 귀양 소식을 듣지 못했다. 뒤늦게 알고 사동, 즉 지금의 인사동에 있던 서상수의 집으로 달려갔을 때는 벌써 떠난 지 나흘이 지난 뒤였다. 그는 안 알려준 원망을 이덕무에게 퍼붓고 나서 대뜸 그에게 위로 편지를 썼다.

노모의 병환으로 꼼짝할 수 없었던 형편을 말하고, 예전 함께 떠들썩하게 왕래하던 시절을 추억했다. 그러고는 백탑을 찾을 때마다 집에 들러 아들인 서유년의 공부를 점검하고 있으니 집안일은 너무 염려 말라고 안심시켰다. 빠른 말 한 필을 얻어 훌쩍 그대에게 달려가고픈 생각뿐이라는 대목에서 뭉클한 속정이 느껴진다. 할 말은 많은데 더 적을 수 없어 안타깝다고 썼다.

박제가의 문집에는 이 편지에 바로 잇대어 한 통의 편지가 더 실려 있다. 위 편지를 진작에 써놓고 인편을 구하지 못해 기다리다가, 인편을 겨우 구해 부치려고 보니 시일 차가 너무 나서 다시 새 편지 한 통을 얹은 것이다. 그중 한 단락은 이렇다.

> 북관의 진산鎭山은 백두산이니, 두만강과 압록강이 발원한 곳입니다. 자작나무가 대부분이고 비목어比目魚가 많이 납니다. 여자들은 삼을 잣고 남자들은 사냥을 하지요. 황원과 물풀 사이로 야인들이 피우는 연기를 볼 수가 있습니다. 짐 실은 수레가 덜컹대며 지나가고 말떼가 무리를 지어 다닙니다. 조선의 한 모퉁이건만 유독 이곳만은 중국의 풍속이 있습니다. 2천 리 길을 떠나 나그네가 된 지 수십 일이니 고적과 명승들을 많이 보셨겠습니다. 이 또한 성은이라 하겠습니다.

여기에 덧붙여, 오히려 평소에 볼 수 없는 곳을 실컷 보라는 성은으로 알고, 너무 낙심해서 건강을 상하지 말라는 말로 글을 맺었다.

귀양지에서 낙심해 있던 서상수는 이 편지를 받고 눈물을 떨구었을 것이다. 그저 매일 만나고 부딪칠 때는 모르다가 상대가 시련에 처하고 역경의 자리에 놓이면 더 도타워지는 것이 인간의 정리다. 그런 정이 있기에 마음을 다잡아 세워 다시 툴툴 털고 일어날 수가 있다.

부끄러운 전별 선물
_장혼의 표주박

물건 중에 보잘것없지만 쓰임새가 요긴한 것이 있으니, 물 한가운데 빠졌을 때 바가지 하나가 그렇습니다. 들으니 그대가 곧 패서浿西의 군막으로 간다더군요. 패강과 살수는 예로부터 아름다운 곳으로 일컬어오는데, 4년에 두 번씩이나 노닐게 되니 참으로 기이한 일이올시다. 내가 가난해서 노자를 보탤 수는 없는지라, 이에 묵은 상자에서 접어둔 종이를 찾아내어 직접 고시와 근체시 수백 편을 써서 그대의 이번 걸음을 전송하오.

그대가 시에 능한 줄을 내가 아니, 강산과 누대의 경치가 빼어난 곳에 가면 반드시 앞사람이 펼쳐 보이지 못한 새로운 표현이 있을 것이오. 혹 한밤중 여관방에서 공무의 여가에 베개에 기대 찬찬히 음미한다면, 또한 시를 짓고 읊조릴 때 도움이 될 것입니다. 게다가 여기에 더하여 한 글자마다 그 마음을 떠올려보고, 한 마디마다 그 운을 끌어온다면, 반드시 보배로운 재화가 때때로 오가도 그 쓰임이 다하고 나면 바로 그 사람은 잊게 되는 것만 못하지 않을 것이오. 이제 몇 폭의 검은 칠한 글씨를 가지고, 삼첩三疊의 목청 돋운 이별주에 대신하려 하니, 또한 너무 약소합니다. 옛말에 "비록 삼실이 있어도 골풀은 버리잖네. 어여쁜 여인이 있다 해도 고생한 아내를 버리지 말라"고 하였소. 그대의 이번 걸음에 삼가 외워줍니다.

이이엄而已广 장혼張混(1759~1828)이 막객幕客이 되어 평안도로 떠나는 오랜 벗 이공묵李公默에게 보낸 편지다. 원문이래야 188자밖에 안 된다. 먼 길을 떠나는 친구를 위해 근사한 전별의 술자리라도 마련해주어야 할 텐데, 주머니가 텅 비었다. 그렇다고 모르는 체 그저 보낼 수도 없어, 궁리가 길어졌다. 고작 생각해낸 것이, 대나무 상자 속에 아껴둔 종이를 꺼내 작게 잘라서 공책 하나를 만들었다. 그러고는 거기에다 수백 수의 고시와 근체시를 또박또박 적었다. 초라하지만 정성이 가득 담긴 친필로 쓴 시집을 벗에게 전별 선물로 보내며 함께 적은 것이 바로 위 편지다.

여보게! 관서 땅 그 아름다운 풍류의 고장을 4년 만에 두 번씩이나 가게 되었으니 참 부럽네그려. 내 자넬 불러서 거나하게 이 별주를 나누며 양관삼첩陽關三疊을 노래하고 싶네만, 경제 사정이 여의치 못하다네. 자네 중류일호中流一壺란 말을 아는가? 큰 강물에서 배를 잃고 물에 빠져 허우적댈 때 표주박 하나면 거기 매달려 물에 가라앉지 않을 수 있으니, 그 값어치가 어디 천금에 댈 것인가? 평소에는 아무짝에 쓸데없어 거들떠보지도 않는 물건이네만, 물에 빠졌을 때에야 참으로 귀한 물건이 아닐 수 없지.

무슨 말이냐고? 이제 내가 자네에게 전별 선물로 내놓으려는 것이 바로 이 표주박 같기에 하는 말일세. 고작 몇 장 종이에다가 시 몇백 수 옮겨적은 것에 불과하네만…… 자네는 시를 좋아하니, 관서 땅 그 좋은 고장에서 빼어난 경치를 맞닥뜨리게 되면 틀림없이 근사한 시를 많이 짓게 될 게야. 혹 한밤중 객지에서 잠이 안 올 때 베개 베고 가끔씩 펼쳐 음미해보시게나. 시 속에 담긴 옛사람의 마음도 떠올려보고, 그 운자에 맞춰 지어보기도 한다면 그 아니 좋겠는가? 이따금 그 속에 함께 묻어간 내 마음도 헤아려주고 말일세. 까짓 비싼 재물이야 오간댔자 그때뿐이지 돌아서면 잊어버리게 되고 마는 것이라네.

《시경》에도 말하지 않았던가? 삼실이 있다고 해서 골풀을 내던져서는 안 될 것이, 삼실이 다 떨어지면 그때 가서는 골풀도 몹시 아쉽기에 한 말일 게야. 어여쁜 여인이 생겼다고 조강지처를 버린다면 어찌 군자라 하겠는가? 내 이 보잘것없는 선물이 꼭 고생 끝에 추레하게 늙은 조강지처 꼴이네만, 그래도 그 뜨거운 마음만큼은 헤아려주시게나.

편지 한 장과 함께 배달된 공책에 직접 쓴 시집을 받아든 벗의 표정은 어땠을까? 허름한 객창에서 긴 밤 잠 못 이뤄 뒤척일 때, 문득 생각이 나서 그 시집을 뒤적이며 거기에 담긴 옛 시인의 마음과, 함께 건너온 벗의 우정을 떠올렸을 것이다. 객지를 이리저리 다니는 동안 소매 안에 간직해두고, 종잇장이 나달나달해지도록 읽고 또 읽고, 틈틈이 다시 짓고 했을 터.

이윽고 서울로 돌아와 두 사람은 반가운 손목을 잡고서 그사이 관서 길에서 지은 새 시집을 꺼내놓고 이러쿵저러쿵 이야기로 긴 밤을 지새웠을 것이다. 이렇게 주고받는 정다운 마음이 있어 그 신산스러운 세상길도 그럭저럭 웃고 견디며 건너갈 수가 있었다. 그 마음을 생각하면 내 마음이 붉어진다.

아버지의 슬픈 당부
_백광훈이 아들에게 보낸 사연

정원 스님이 돌아가는 편에 부친 편지는 받아 보았느냐? 근래 지산知山의 글을 보고서야 너희가 무사히 과거시험장에 출입한 것을 알고 위로가 되었다. 합격하고 못하고는 운명이니 말할 것이 없다. 다만 너희가 능히 글꼴이나 갖추었는지 몰라 안타까울 뿐이다. 사헌부와 사간원에서는 바야흐로 과거 합격을 취소시키는 일로 계청啓請을 올려 사관四館이 이미 파직되었다. 이번 과거 합격이 취소되는 것은 틀림없는 일이지 싶다. 다만 너희가 가을걷이 형편이 좋지 않더라도 부지런히 삼동三冬의 공부에 힘써 내년 봄에 합격하기를 바랄 뿐이다.

영암은 머니, 장흥과 해남에서 출석 확인하는 일을 더더욱 소홀히 해서는 안 된다. 날마다 출석을 확인받아야 한다. 이번에 합격이 취소된 것도 단지 출석 점검을 받지 않은 자들이 제멋대로 과거시험장에 들어갔기 때문이다. 만약 합격이 취소된다면 처음엔 너희를 서울에서 치르는 시험에 와서 보게 하려 했다. 하지만 흉년이 들고 의복은 얇아, 머물며 지내기가 실로 어려우니 이것이 걱정이다. 초봄에 고향에 내려가 서울서 머물 비용을 마련한다면 마땅히 너희와 함께 올라올 계획이다. 서울서 보든 지방에서 보든 너희가 공부를 잠시도 게을리하지 않으면서 천명을 기다리기를 바란다.

흉년이 들어 곳곳이 다 그렇지만, 내 생각에 우리집의 환곡 갚기도 부족하여 거듭 욕을 당할까 염려되는구나. 생각이 이에 미치니 밥이 목구멍을 내려가지 않는다. 여러 집과 함께 의논해 배를 구해서 섬에 들어가 도토리를 많이 주워 나온다면 그 달의 목숨은 살릴 수가 있을 것이다. 또한 소홀히 생각지 마라. 도토리 두 말이면 쌀 한 말이 된다. 능히 10여 가마만 얻는다면 구황에 도움 되는 것이 적지 않을 것이다. 하지만 높은 데 올라가지는 말아라. 집 뒷산에서도 주울 수가 있다. 구황의 대책으로 이만한 것이 없다. 내가 이제 대여섯 말을 주워 이를 빻아서 가루를 냈더니 서 말쯤 된다. 밥에 섞고 술도 빚고 쪄서 먹기도 하니 안 될 것이 없다.

문 참봉이 가는 편에 편지 한 통 부쳤는데 너희가 받아 보았는지 모르겠다. 재상宰相이 저절로 되는 것이 아니다. 오직 너희가 힘쓰는 데 달린 것이니라. 이만 줄인다.

선조 때의 시인 백광훈白光勳(1537~1582)이 해남 고향집에서 과거시험을 준비하던 두 아들에게 보낸 편지다. 그의 문집에는 자식에게 보낸 편지가 모두 25통 실려 있다. 앞의 편지는 백광훈이 44세 되던 1580년에 쓴 것이다.

그는 빈한한 선비였다. 결혼해서는 처가살이를 했다. 도저히 구할 수 없는 가난에서 벗어나려 벼슬길을 찾아 서울로 갔다. 27세에 진사시에 급제했다. 하지만 벼슬길은 열리지 않았고, 생계는 막막했다. 1572년 백의白衣로 명나라 사신을 맞는 제술관에 뽑혀, 아름다운 시로 명나라 사신을 감탄케 했다. 시명詩名은 높아졌지만 크게 달라진 것은 없었다.

고향의 큰아들은 어느새 자라 장가를 갔다. 수염도 거뭇거뭇해졌다. 과거만이 집안을 일으킬 유일한 희망인지라, 그들도 아버지가 예전에 그랬던 것처럼 산사에 들어가 삼동을 나며 책을 읽었다. 서울의 고단한 하숙집에서 아버지는 고향의 병든 아내, 못미더운 자식 걱정으로 한숨만 늘어간다. 시험공부 부지런히 하란 말, 결석하지 말고 꼬박꼬박 출석하란 당부는 지금의 아비들과 다를 것이 없다. 출석 체크는 각 지역별로 향시에 급제한 유생의 출결을 점검하기 위해 출석부에 둥근 점을 찍던 일을 두고 한 말이다. 이 점의 수를 헤아려, 일정한 수를 넘겨야 서울에서 열리는 과거에 응시할 수 있는 자격이 주어졌다.

가을걷이 때가 되어 봄에 관에서 꾼 환곡을 갚아야겠는데 다 거둬 탈탈 털어도 제 입에 넣기는커녕 빚 갚기에도 부족할 판이다. 그래도 아비는 아무런 대책을 못 내주고, 그저 배를 빌려 섬에 들어가서 도토리를 몇 섬 주워와 그것을 빻아 온 식구가 겨울을 나는 것이 어떻겠느냐고 딱한 소리만 한다. 오죽 사정이 답답했으면, 그 자신도 도토리 몇 말을 주워와 밥에 섞어 먹는다고 적었다. 사람은 다람쥐가 아닌데 도토리로 어찌 온 식구가 한겨울을 난단 말인가?

그의 편지나 한시를 읽으면 웅얼웅얼하는 남도의 서편제 가락이 나직이 들려온다. 수리성이 져서 쉰 목청에 슬픔이 착 가라앉은 소리다. 시인으로 큰 명예를 얻었지만, 삶은 이리도 고단했다. 뒤에 자식들은 아비의 간절한 당부를 저버리지 않고 과거에 급제했다. 아버지를 닮아 아들 백진남白振南은 명필로 큰 이름을 남겼다.

옛 편지를 읽다가 무능력한 가장의 긴 한숨소리를 듣는다. 고단했던 한 시절의 슬픈 풍경과 또 이렇게 만난다.

깊은 슬픔
_유만주의 일기장

지난 며칠간 18세기의 문인 유만주俞晩柱(1755~1788)가 남긴 일기를 읽었다. 《흠영欽英》이란 책이다. 그는 21세 때인 1775년부터 세상을 뜨기 직전인 1787년까지 13년간 날마다 일기를 썼다. 벼슬하지 못하고 아버지의 큰 그늘에서 숨죽이며 지내던 백면서생의 고독한 내면과 만나는 일이 잔잔한 슬픔을 동반하는 것인 줄을 새삼 느꼈다.

저녁에 무심히 책장을 넘기는데 이런 대목이 나온다. 22세 때인 1776년 7월 12일 일기다.

밤 꿈에 남쪽 누각에서 놀았다. 위쪽으로 난 돌계단이 거의 30~40개쯤 되는데, 희고 깨끗한 것이 새로 만든 것 같았다. 누각에 올라서니, 누각 뒤편으로 큰 못물이 있고, 물은 곧장 누각 섬돌에 맞닿았다. 파도가 아마득한데 못 밖에는 흰 백사장 언덕이 높고 낮게 빙 둘러 있었다. 모래사장을 둘러 그 곁의 못으로 이어지자 강물 같은 것이 있었다. 물결이 거세고 푸르러 끝닿은 곳이 보이지 않았다. 누각 앞에도 모래언덕이 드넓었다. 키 큰 나무 수백 그루가 띄엄띄엄 서 있는 풍경이 정말 아름다웠다. 오래 앉아서 구경하며 쉴 새 없이 기이하다고 감탄했다. 갑자기 자옥한 눈발이 쏟아지더니, 잠깐 만에 백사장과 늘어선 나무들이 마치 경전瓊田과 요화瑤花인 듯 희게 변했다.

누각 가에 앉아 손으로 못물을 희롱했다. 연꽃 떨기가 몹시 많이 떠내려왔다. 나는 손을 뻗어 이를 주워 소매에 넣었다. 그러면서 하늘이 내게 첫아이를 주시려나 보다 싶었다. 그러는 사이에 잠이 깼다. 내가 꿈속에서 노닌 적이 많지만, 기분 좋기가 이런 적은 없었다. 또 능히 상세하게 기억이 나는지라 자세히 적어두고, 또 누각 위에서 꽃을 줍던 조짐을 징험해보리라.

그는 손이 귀한 집안의 외아들로, 태어나기도 전에 후사 없이 세상을 뜬 큰아버지 집에 양자로 들어가야 했다. 꿈을 꿀 당시 그는 네 살짜리 아들이 하나 있었다. 그런데도 꿈속에서 그는 하늘이 내게 첫아이를 주시려나 보다 하고 생각했다. 첫 아내는 난

산 끝에 아들을 낳은 뒤 바로 세상을 떴다. 속현續絃한 둘째 부인과의 사이에서는 아직 자식이 없었다. 선계에서 떠내려온 연꽃을 품에 넣고는 꿈속에서도 태몽이 틀림없다고 생각하며 그는 활짝 웃었다.

과연 꿈은 효험이 있어 둘째 아들을 얻지만, 그로부터 11년 뒤 장래가 촉망되던 첫아들이 병으로 죽고 만다. 꿈에서처럼 둘째가 결국 첫째가 되었다. 그는 그날 일기에 이렇게 썼다.

> 아들이 죽었다. 책을 전할 수가 없겠구나. 이제 그만 써야겠다. 계속 쓴다면 나는 정말 나쁜 사람이거나 진짜 멍청이다. 아아, 애통하다!

아들의 돌연한 사망으로 그는 삶의 맥을 놓아버렸다. 13년간 매일 쓰던 일기도 손 놓고 폐인처럼 지내다가 8개월 뒤에 34세의 젊은 나이로 죽은 아들 곁으로 갔다. 손주를 잃고 외아들마저 보낸 뒤 그의 아버지는 울면서 아들이 남긴 일기를 건사해 아들의 친구를 시켜서 베껴 쓰게 하고 책으로 묶어 오늘까지 남겼다.

그중 더러 어떤 대목들은 아버지에 의해 줄이 그어져 편집되었다. 너무 건조한 기술이어서 불필요하다고 생각했던 걸까? 아니면 너무 사적이어서 남에게 보일 수 없다고 여겼던 걸까? 어느 경우라도 나는 그 대목이 더 궁금했다.

일기를 읽다가 마음이 조금 답답해졌다. 바깥의 바람이 시원해

보여서 연구실을 벗어나 산책을 나왔다. 깊은 밤, 바람 쐬러 나온 산책길에 외로이 불 켜진 연구실에서는 어떤 공부가 익어가고 있을까? 까치발을 돋워 안을 들여다보고 싶은 충동을 느꼈다. 인간의 꿈에는 동서도 없고 고금도 없다는 결론이다. 다만 지금 주어진 삶 앞에 충실할 뿐. 나는 학교를 한 바퀴 빙 돌아 다시 연구실 책상 앞에 앉는다.

희미한 꿈의 그림자

_장조의 청언소품집

한 인생을 살아간다 함은 꾸다 만 희미한 꿈의 그림자일 뿐이다. 꿈을 잡을 수 있는가? 그림자를 잡을 수 있을까? 그러나 꿈이 있기에 인생이 그윽한 깊이를 지닐 수 있고, 그림자가 있어 삶에 여백이 깃들 수 있다. 이 책《유몽영幽夢影》과《유몽속영幽夢續影》은 청나라 초기의 소품가 장조張潮(1650~1707)와 청나라 말기의 주석수朱錫綬가 생활 속에서 떠오른 단상들을 하나둘 모아 적어나간 청언소품집淸言小品集이다.

'숨어 사는 이의 꿈 그림자'쯤으로 옮길 수 있을 특이한 제목에서 보듯, 이 책은 꿈꾸듯 흘러가는 인생의 강물 속에서 언뜻언

뜻 실체를 알 수 없이 그림자처럼 스치고 지나가는 상념들을 짤막한 잠언 형식으로 기록해둔 것이다. 지나가고 나면 아무것도 남지 않을 생각의 단서들을 붙들어, 여기에 글쓴이의 더운 호흡을 불어넣었다.

그의 붓끝에서는 주변에 널려 있는 사물들이 모두 깨어나 소곤소곤 말을 건네기 시작한다. 아무 의미 없이 그저 놓여 있던 사물들이 구체적인 의미를 띠고서 다가선다. 그래서 생활이 곧 예술이 되고, 삶이 기쁜 향연이 된다.

《유몽영》과 《유몽속영》은 각각 219개와 86개의 항목으로 이루어져 분량은 많지 않지만, 거기에 담긴 내용과 풍격은 참으로 정채로운 정금미옥精金美玉과도 같아서, 구절구절이 읽는 이의 폐부를 찌르고 마음을 파고드는 감염력을 지니고 있다. 그 주된 내용은 생활 속에서 발견한 삶의 정취를 음미하고 창조하는 기쁨을 노래한 것과, 일상 체험 속에서 만나는 삶의 철리를 기록한 것이 대종을 이룬다. 이 밖에 독서와 작문의 방법과 자질구레한 일상의 취미에 이르기까지 폭넓은 내용을 다루고 있다.

《유몽영》은 한꺼번에 작정하고 지은 책이 아니라 오랜 기간 그때그때 떠오른 생각들을 적어두었다가 모아 엮은 것이다. 여러 기록을 통해 볼 때, 30세를 전후한 시기에 시작해 45세 이전에는 완성한 것으로 보인다.

작가인 장조는 당대의 진보적 문인으로 숨어 사는 사람의 몽경夢境에 가탁하여 허환虛幻한 그림자와 같은 인생의 의미를 되

물으며 사람들의 정신을 화들짝 깨어나게 한다. 그는 아무 거리낌 없이 인생과 자연을 감촉하여, 불평의 마음과 풍자의 정신을 지니고 사회의 추악한 현상을 통렬히 비판하기도 하고, 명분을 상실한 거짓 도학道學에 대한 혐오감을 굳이 감추지도 않았다. 그러나 그는 대자연에 대한 열정적인 예찬 속에 일상의 생활을 예술의 차원으로 끌어올리는 충만한 미감과 정취를 담아냈다.

그 담긴 내용의 초탈한 분위기뿐 아니라 청신淸新하면서도 명쾌한 풍격이며, 간결하고 깔끔한 문장은 당대뿐 아니라 오늘에 이르기까지 뜻있는 지식인들의 지속적인 반향을 불러일으켰다.

1930년대《유몽영》을 처음 간행해 소개한 장이핑章衣萍은 "재자才子의 책이면서 또한 위대한 사상가의 책"이라고 평한 바 있고, 저우쭤런周作人은 "이처럼 오래되었는데도 이같이 새롭다"고 그 참신한 생각과 깊은 여운에 감탄했다. 이 책에 가장 열광한 사람은, 우리에게는 '임어당'이라는 이름으로 더 익숙한 린위탕林語堂으로, 이 책을 대중적으로 소개하는 한편 영역본을 간행하기도 했다.《생활의 예술》에서 그는 "이런 종류의 격언집은 중국에 매우 많다. 그렇지만 한 권으로 장조가 쓴 이 책과 견줄 만한 것은 결코 없다"고 단언했다. 그 이래 중국에서 이 책은 수십 종이 간행되었을 만큼 독서 대중의 애호를 받아《채근담》이상의 인기를 누려왔다.

지은이 장조에 대해서는 특별히 알려진 것이 많지 않다. 그는 안휘성 흡현歙縣 사람으로, 자는 산래山來, 호는 심재心齋 또는 심재거사心齋居士라 했고 삼재도인三在道人이라고도 했다. 일찍이 한림원공목翰林院孔目을 역임하면서 도서를 정리하고 교정하는 일을 관장했다. 전사塡詞 창작에도 뛰어난 재주를 발휘했다.

젊어서는 당시 과거시험의 공용문이었던 팔고문八股文을 익혔고, 점차 나이 들어가면서 옛 시문에도 눈을 돌리기 시작했다. 그러나 과거에서 이렇다 할 두각을 드러내지도 못했고, 인생길도 그리 순탄하지만은 않아, 고초 속에 스러져가는 젊은 날의 장하던 뜻을 지켜볼 수밖에 없었다. 50세 되던 1699년에는 한 사건에 연루되어 죄를 입고 감옥에 들어가는 수치를 겪기도 했다. 이로부터 세상에 완전히 뜻을 잃고 붓을 꺾어, 만년의 사적은 전혀 알려지지 않았다.

일생 동안 그는 여러 지방을 떠돌며 여행했고, 그사이에 황주성黃周星 · 조용曹溶 · 장죽파張竹坡 · 우동尤侗 · 고채顧彩 · 오기吳綺 · 오가기吳嘉紀 등 당대 저명한 문인들과 폭넓게 교유했다. 《유몽영》에는 이들을 비롯하여 100여 명의 벗들이 남긴 평어가 무려 550여 칙이나 수록되어 있어, 그 사귐의 폭을 가늠할 수 있게 한다. 이 평어들 또한 유머와 재치가 넘치는 내용들이 많다.

그는 일생 동안 매우 풍부한 저술을 남겼다. 《유몽영》 외에 《심재료복집心齋聊復集》, 《화영사花影詞》, 《필가筆歌》 등의 저술이 있고, 이 밖에 《소대총서昭代叢書》 150권과 《단궤총서檀几叢書》 50권의 방대한 총서를 편집 · 간행했다. 명 · 청대의 기문奇文을 모은 유명한 문언단편소설집 《우초신지虞初新志》 20권도 그가 엮었다.

특히 《우초신지》는 우리나라에서도 큰 애호를 입어, 김려金鑢 등이 《속우초신지》의 편찬을 계획한 일까지 있다.

명말청초의 사상가들은 주자학의 금제禁制를 박차고 나와 새로운 시대 환경에 맞춰 진보적인 의식을 고취했다. 지식인의 허위를 벗어던지고 동심童心으로 돌아갈 것을 주장한 이지李贄를 비롯하여, 황종희黃宗羲와 고염무顧炎武, 왕부지王夫之 등의 진보적 지식인들이 나와 활발한 시대 담론을 이끌었다.

당대 상품경제의 발달과 함께 변화한 삶의 환경은 인간의 욕망을 긍정하고, 인생의 정취를 향유하려는 주정주의主情主義의 물결을 불러일으켰다. 이에 따라 향락을 중시하고 아름다움을 추구하며 술과 차를 즐기는 소비문화가 극성했고, 한편으로 이민족이 지배하는 세상에 혐오를 느낀 지식인들은 산수자연 속에 파묻혀 기화이초奇花異草를 기르며 한정閒情을 구가했다.

이렇듯 새로운 사회 분위기가 《유몽영》 속에 그대로 녹아들어 있다. 책을 열면 도처에 산수운우山水雲雨와 풍화설월風花雪月, 조수충어鳥獸蟲魚와 향초미인香草美人의 이야기가 나오고, 금기서화琴棋書畵와 원림건축園林建築에 관한 이야기며, 독서교유讀書交遊와 음주상완飮酒賞玩하는 내용들이 줄줄이 나온다. 특히나 재자가인才子佳人과 관련된 이야기가 계속 보이는데, 장조 자신은 스스로를 '재자'로 자부했던 듯하다. 미인에 관한 이야기가 지속적으로 나타나는 것도 그의 내면 취향을 살펴볼 수 있게 하는, 한 특징으로 지적할 수 있다.

평범하게 지나치기 쉬운 일상 사물 속에서 인생의 의미를 포착해내는 그의 시선은 재치와 함께 촌철살인의 날카로움이 있다. 도처에 기취機趣가 넘쳐흐르는 그의 글은 읽는 이로 하여금 어느새 자신의 삶과 주변을 돌아보게 만드는 힘이 있다. 그 사상은 유가의 것도 있지만, 불교와 관련된 내용도 뜻밖에 적지가 않다. 도처에 보이는 불교 용어도 그렇고, 비유나 인용을 보면 그의 불교에 대한 이해가 매우 깊었음을 짐작할 수 있다. 다만 불교를 특별히 신앙한 것 같지는 않고, 유·불·도 삼교 어디에도 얽매이지 않은 분방한 사고의 궤적을 보여준다.

《유몽영》의 문체는 어록체로 되어 있다. 장조보다 조금 앞선 시기에 이 어록체의 청언문학은 풍부한 내용과 생동감 넘치는 표현을 가지고 새로운 분위기를 연출했다. 도륭屠隆의 《파라관청언婆羅館淸言》과 이정李鼎의 《우담偶談》, 진계유陳繼儒의 《소창유기小窗幽記》와 《암서유사岩棲幽事》, 오종선吳從先의 《소창자기小窗自記》 등은 특히 많은 사람들의 사랑을 받은 청언소품집이었다. 우리나라에서도 이들 청언문학은 뜨거운 환영을 받아 허균의 《한정록閑情錄》과 신흠의 《상촌야언象村野言》 등에 이들 글이 수록되어 있다. 《유몽영》은 당연히 이들 청언집의 영향 아래 창작되었다. 1권 본과 2권 본, 두 계통의 판본이 전하는데, 내용에는 별 차이가 없다.

《유몽영》이 워낙 지식 대중으로부터 뜨거운 호응을 받자, 청나라 후기의 문인 주석수가 이 책을 이어 《유몽속영》 86칙을 펴내 그 여운을 이었다. 장조의 《유몽영》을 모방해서 지은 것으로, 《총서집성초편叢書集成初編》에 실려 있다. 주석수는 자가 소운筱雲 또는 힐균擷筠이고, 호는 엄산초의弇山草衣라 했다. 강소성 사람으로 도광道光 26년(1846)에 과거에 급제해 여러 고을의 현감을 지냈고 시화에 능했다. 생몰연대는 분명치 않다.

정보는 홍수처럼 넘쳐나고, 삶의 속도는 주체할 수 없을 만큼 가파르게 빨라져서, 어떤 새것도 나오는 즉시 낡은 것이 되고 마는 시대에 우리는 살고 있다. 새것도 전혀 새롭지가 않다 보니, 낡은 것은 쳐다보기도 싫어한다. 입만 열면 '정보의 바다'를 말하고 '인터넷의 시대'를 이야기하지만, 들여다보면 알맹이가 없다. 공허한 울림뿐이다. 삶을 직관으로 투시하는 지혜의 목소리는 들리지 않고 얄팍한 상술로 위장된 값싼 정보만이 횡행하고 있다.

《유몽영》과 《유몽속영》이 들려주는 이야기는 지금의 삶의 속도로 보면 참으로 잠꼬대 같은 소리로 들릴지도 모르겠다. 이렇듯 오래된 책에서 난마와도 같이 얽힌 숨 가쁜 시대를 살아가는 처방을 찾게 되는 것은 우리 시대의 한 아이러니다. 우리는 좀 더 내면의 소리에 귀를 기울일 필요가 있다. 영혼의 메마른 밭에 맑고 시원한 물줄기를 대줄 책무가 있다. 내가 내 삶의 주인이 될 수 없다면 어떤 정보도 그저 정보일 뿐 내 삶에 개입할 수가 없는 까닭이다.

하버드 옌칭도서관에서 만난 18세기 한중 지식인의 문예공화국

_후지쓰카 지카시와의 조우

2012년 8월 하버드 옌칭연구소의 초청을 받아 보스턴에 갔다. 당시 내가 제출했던 주제는 '18세기 한중 지식인의 문화 접촉과 교류'였다. 임기중 교수가 《연행록전집》 100책과 《연행록속집》 50책의 영인본을 출간한 이래로 조선 지식인이 쓴 풍성한 연행燕行 기록들은 동아시아 학자들에게 단연 초미의 관심을 끌었다. 이후 쏟아진 연행록 관련 연구 성과는 다 꼽기조차 어렵다. 하지만 이 연구물들은 천편일률적인 자료 소개에 가까워 얼마 못 가 답답하고 식상한 느낌을 주었다. 줄거리 소개가 대부분인 데다 질문은 날카롭지도 신선하지도 않았다. 판에 박힌 내용들이 '이런 것도 있다'며 반복해서 재생산되고 있었다.

나는 보스턴으로 가는 비행기에서 국내에서 접하기 힘든 중국 쪽 자료들을 섭렵해 쌍방의 비교를 통해 균형 잡힌 연구의 시각을 마련해보리라고 다짐했다. 들고 간 자료꾸러미 속에 후지쓰카 지카시藤塚鄰(1879~1948)의 추사 관련 연구 자료가 들어 있었다. 전부터 눈 밝은 몇몇 학자들 사이에 후지쓰카 장서의 일부가 옌칭도서관에 있다는 풍문이 있었다. 국내 영인본 자료 중에 후지쓰카 구장서 몇이 들어 있었는데 그것이 옌칭도서관 장서였기 때문이다.

하버드 입성 후 도서관에 처음 들른 날, 나는 한국인 사서에게 후지쓰카 지카시의 장서에 대해 물었다. 그가 누구냐는 응답이 돌아왔다. 일본인 사서에게 한자로 그의 이름을 써주며 묻자 처음 듣는 이름이라며 고개를 갸웃했다. 실망스러웠다.

하루는 연구실에 앉아서 막연히 홍대용의 《건정동필담乾淨衕筆談》을 읽고 있었다. 그가 1765년 북경에 갔을 때 만난 중국 선비들과의 대화록이었다. 문득 이곳에 엄성, 육비, 반정균 등 홍대용이 만났던 세 사람의 문집이나 관련 기록이 있을 수 있겠다는 생각이 들었다. 검색창에 엄성의 이름을 입력했다. 사실 엄성은 중국에서조차 거의 잊힌 이름이어서 별 기대를 하지 않았다. 그런데 대번에 2종의 서목이 떴다. 《철교전집鐵橋全集》과 《절강향시주권浙江鄉試硃卷》이었다. 두 책 모두 도서관의 희귀본실에 들어 있었다. 특히 《절강향시주권》은 엄성과 육비, 반정균 세 사람의 1763년

향시 답안지를 적은 것이라는 설명이 붙어 있었다. 이럴 수가! 나는 환호성을 올리며 당장 희귀본실로 달려가 대출을 신청했다.

놀랍게도 두 책이 모두 후지쓰카 지카시가 소장했던 책들이었다. 《철교전집》은 후지쓰카가 자신의 전용 원고지인 '망한려望漢廬 용전用箋'에 제자들을 시켜 베껴 쓴 후 붉은 먹으로 오자를 하나하나 바로잡은 수택본이었다. 엄성과 육비, 반정균의 답안지를 묶은 책은 참으로 뜻밖이었다.

나는 급격한 쏠림을 느꼈다. 직감적으로 후지쓰카의 자료가 이곳 도서관에 분명히, 그것도 아주 많이 있겠다는 확신이 들었다. 한창 열을 올리고 있던 연암 관련 작업을 즉각 중단했다. 그러고는 후지쓰카의 박사논문인 《청조 문화 동전東傳의 연구》를 펼쳐들고 그의 안테나에 걸렸음직한 책들을 검색하기 시작했다. 2012년 9월 중순의 일이었다. 이후 이듬해 8월 귀국할 때까지 내 모든 일상은 후지쓰카 지카시의 장서를 추적하고, 이들 사이의 연결고리를 찾아 정리하는 일에 바쳐졌다. 하루에 8종의 후지쓰카 장서를 찾아낸 일도 있었다.

날마다 도서관 3층의 희귀본실을 내 집 드나들 듯했다. 발걸음이 워낙 잦자 담당 사서 왕 선생은 이용자의 출입이 엄격히 제한되는 희귀본실 서가 안으로 내가 직접 들어가 찾아볼 수 있도록 특별히 허락해주었다. 그녀가 내게 서가 출입을 허락한 첫날, 나는 들어가자마자 3종의 책을 더 찾아들고 의기양양하게 나왔다. 그녀가 나를 보며 엄지손가락을 치켜세웠다. 이렇게 찾기 시작한 후지쓰카 지카시의 장서 목록은 얼마 지나지 않아서 50종을 훌쩍 넘겼다. 책 수로는 200책이 넘었다. 모두 청대 건륭·가경 연간 중국 학자들의 문집과 그들과 교유한 조선 지식인들의 문집이었다.

발견과 발굴의 과정은 경이와 우연의 연속이었다. 작업이 진행될수록 후지쓰카가 자꾸 자기에 대해 내게 무슨 말을 하고 싶어 한다는 느낌이 들었다. 그와 나 사이에 보이지 않는 인연의 끈이 이어져 그가 생전에 못다 한 말을 내가 대신해주어야겠다는 강박 같은 것이 생겨났다. 지금 생각해보면, 당시 나는 일종의 접신接神 상태에 놓여 있었던 것 같다. 자료를 찾고 주변을 뒤지면 사라졌던 퍼즐 조각들이 거짓말처럼 딱딱 맞아 빈칸을 채워나갔다. 내 눈을 믿을 수 없을 정도였다. 무슨 일을 하고 어떤 책을 보든 그 배경에 후지쓰카가 서 있었다. 안경 너머로 물끄러미 지켜보는 그의 시선이 분명하게 느껴졌다.

그의 장서를 오래 살피다 보니 그의 성격과 학문하는 태도뿐 아니라 사소한 버릇까지도 눈에 들어왔다. 그의 장서 속에는 수많은 메모들이 꽂혀 있었다. 전용 원고지를 네모지게 잘라 그 여백에 붓글씨로 본문 내용과 관련이 있는 보조 정보들을 빼곡하게 적어둔 것들이었다. 메모를 찾으면 그 속에 적힌 다른 참고 자료가 나왔다. 그가 메모를 통해 지시한 방향을 타고 이 책 저 책 사이를 유영했다.

그러다 보니 내가 마치 부처님 손바닥 안에 든 손오공 같았다.

자네! 여기에 대해 알고 싶은가? 그러면 저 책을 먼저 보게. 저 책은 또 이것과 연결이 되지. 어떤가? 이렇게 쌍방의 자료를 견줘보니 구체적 실체가 잡히는 것 같지 않나? 나는 날마다 그와 이런 대화를 나누면서 그의 메모가 가리키는 방향을 쫓아다녔다. 그는 쓰기보다 읽기를 사랑한 학자였다.

후지쓰카 지카시는 20세기 초 18세기 건륭·가경 연간 청조의 고증학풍을 연구하던 일본인 학자였다. 그러던 그가 우연한 계기에 중국 문인의 문집 속에서 박제가의 이름과 만났고, 이것이 인연이 되어 경성제대 교수 부임 직후부터 청조의 학풍이 조선에 전해진 경로를 추적하는 작업으로 연구 주제를 선회했다.

내 공부는 일본 학자가 중국을 연구하다가 조선에 미쳐서 정리한 내용을 한국 학자가 미국 도서관에 와서 찾아내 그 과정을 추적하는 다국적 작업이었다. 그는 어쩌다 이 주제에 매료되었을까? 그가 도달했던 결론의 지점은 어디였을까? 이 자료들 사이에는 어떤 네트워크가 작동하고 있나? 이 자료들은 어떤 경로로 이곳 옌칭도서관까지 흘러들어왔을까? …… 꼬리에 꼬리를 물고 일어나는 의문들 때문에 나는 계속해서 정신을 차릴 수가 없었다.

어찌하나? 매일 하도 많은 책들을 뒤적이다 보니 일주일만 지나면 모두 전생의 일처럼 아마득했다. 이래서는 도저히 안 되겠다 싶어서 날마다 작정하고 일기를 썼다. 살펴본 책에 대해 적고 그날그날 진행한 작업 내용을 기록했다. 파생된 의문과 앞으로 해야 할 작업의 내용을 꼼꼼하게 메모해나갔다.

이런 작업은 아무래도 현장성이 중요했다. 귀국한 뒤에는 글을 도저히 못 쓸 것 같았다. 그래서 문학동네 출판사에서 운영하고 있던 네이버 커뮤니티에 연재를 자청했다. 그 두 해 전에 나는 이미 그 지면을 통해 다산과 그의 제자 황상의 만남을 다룬《삶을 바꾼 만남》을 연재한 경험이 있었다.

각오는 했지만 연재는 막상 만만치가 않았다. 매주 50~60매의 원고를 썼다. 말이 50~60매지 매번 논문 한 편씩 쓰는 셈이었다. 여러 날 몰두해서 한 회분의 원고를 송고하고 나면 머리가 하얗게 비워졌다. 다음에 무엇을 써야 할지 막막했다. 송고 후에는 바로 글을 쓸 수가 없었다. 다 퍼낸 샘에 물이 고일 시간이 필요했다. 다시 숨을 골라 자료를 뒤적이고 관련 연구를 살피다 보면, 자기들끼리 나란히 정렬을 해서 내 앞에 차례로 늘어섰다. 이번엔 제 차례라며 티격태격하는 것 같았다. 어제까지 안 보이던 내용이 문득 선명하게 들어오고, 별 뜻 없이 뒤적이던 책 속에서 필요한 부분이 용수철처럼 튀어올랐다. 신통하기 짝이 없는 경험이었다. 꿈속에서도 나는 늘 구상을 가다듬고 원고를 쓰고 교정을 보고 있었다.

40회로 예정한 원고가 20회에 이르렀을 때 만 1년이 되어 귀국하는 짐을 꾸렸다. 하버드에서는 공부밖에 할 일이 없었지만 귀국해서 강의와 다른 일이 산적한 중에도 똑같은 강도로 작업해야 한다는 생각은 나를 특별히 더 긴장하게 만들었다.

막상 귀국하고 나자 상황은 더 심각했다. 생각은 번번이 이런

저런 일에 막혀 조각났고 나는 깊이 우울했다. 도저히 어찌해볼 수 없을 때는 파주 출판도시의 지지향호텔로 숨어들어, 매주 그곳에서 하루 또는 이틀씩 묵으면서 이 작업에 매진했다.

한편, 해외에서 쓸 때와 달라진 점도 있었다. 국내에 소장된 후지쓰카 관련 자료들을 직접 볼 수 있게 된 점이다. 나는 더 바빠졌다. 후지쓰카 지카시의 아들 후지쓰카 아키나오가 세상을 뜨기 직전인 2006년에 기증한 자료를 보관하고 있는 과천 추사박물관과 후지쓰카가 소장했던 필첩 여러 개가 있는 한림대 박물관도 찾아갔다. 어디고 그의 자료가 있다는 말만 들으면 거리를 따지지 않았다.

잊지 못할 일들도 많았다. 옌칭도서관 세미나실에서 후지쓰카 관련 내 연구의 중간발표회를 가졌다. 도서관 자료를 발굴해 정리한 내용이어서 도서관장과 사서들이 대거 참석했다. 한중일이 얽힌 주제여서 세 나라의 연구자들도 상당한 흥미를 보였다. 발표는 예상 밖의 성공을 거뒀다. 이렇게 귀한 보물이 우리에게 있었는데도 몰랐으니 부끄럽다고도 했다. 나는 한층 고무되었다.

내가 빌려낸 후지쓰카의 책은 거의 사람의 손을 타지 않은 상태였다. 어떤 책은 1950년대에 도서관에 들어온 후 한 번도 대출된 적이 없었다. 앞선 대출자 이후 내가 50년 만에 처음으로 빌리는 책도 있었다. 책을 펼치면 잠에서 덜 깬 목소리로 여기가 어디지 하며 수런수런 책들이 깨어나는 소리가 들렸다.

책 중에는 추사 김정희가 직접 소장해서 추사의 소장인이 선명하게 찍힌 애장서들도 포함되어 있었다. 후지쓰카는 이 책들을 손에 넣고 너무 기뻤던 나머지 자신의 저서 뒤편에 추사의 구장서 목록을 따로 만들어두었을 정도였다. 목록을 따라 찾아보니 이곳 도서관에 전체 14종 중 4종의 책이 들어와 있었다. 추사의 서재에 꽂힌 채 그의 애무를 받았던 책들은 뒤에 후지쓰카의 망한려로 들어가 더 큰 사랑을 받았다. 이것이 곡절 끝에 미국 땅으로 건너온 뒤 근 60여 년 만에 한자리에 다시 모인 셈이었다. 책 속에 정령이 있다면 저희끼리 얼마나 반가웠을까? 나는 선본실에 이 4종의 책을 나란히 늘어세워 살을 맞대게 한 후 기념촬영을 하고 그들끼리 나누는 대화를 조용히 엿들었다.

후지쓰카의 진두지휘를 받으면서 새롭게 만난 한중 지식인들과의 회면도 특별한 느낌이었다. 홍대용과 엄성, 반정균 등과의 만남은 뜻밖에 큰 감동과 긴 여운을 주었다. 한편, 원문을 꼼꼼하게 대조해보니, 엄성에게 간 것과 홍대용의 문집에 실린 것은 내용에서 사뭇 차이가 났다. 하나하나 짚어보자 글 쓸 당시 홍대용의 복잡한 속내가 드러났다. 예상을 뛰어넘는 박제가의 활약상 앞에서는 제 일인 것처럼 뿌듯했고, 반정균에게 '나는 이덕무 같은 사람은 모른다'고 편지를 쓰던 홍대용의 이해 못할 심보 앞에서 마음이 서늘하게 얼어붙기도 했다.

하나하나 파편적인 정보들이 모이자 거대한 18세기 한중 지식인 문예공화국의 실루엣이 서서히 드러났다. 문화는 어느 일방에서 일방으로 전해지는 것이 아니었다. 지적 자극은 늘 쌍방향으로 오갔다. 후지쓰카는 그 많은 자료를 하나하나 모두 섭렵했지만, 막상 그의 연구는 19세기 추사 그룹 주변으로 집중되었을 뿐 18세기까지 거슬러올라가지 못했다. 그의 손길이 거쳐간 그 많은 자료들을 재구성해서 하나의 담론으로 정리해내는 일은 참으로 지난했다.

나는 연재가 진행되던 1년간 전쟁터의 장수처럼 비장하게 살았다. 하루 24시간은 온전히 이 주제를 위해서만 존재했다. 매주 한 차례씩 40회에 걸친 연재 원고는 2014년 5월에 715쪽의 방대한 분량으로 문학동네에서 간행되었다. 나는 여기에 '18세기 한중 지식인의 문예공화국'이란 제목을 붙였다. 그리고 '하버드 옌칭도서관에서 만난 후지쓰카 컬렉션'이란 부제를 달았다. 옌칭연구소에서 출판지원금을 내주고, 옌칭도서관의 챙 관장은 이 책을 도서관 연구총서에 포함시켜 12번의 번호를 매겨주었다.

그 후로도 겨울과 여름 방학 때마다 나는 한 달 넘게 하버드 옌칭으로 돌아가 미처 살피지 못한 자료들을 집중해서 검토했다. 아직 19세기는 손도 대지 못한 상태다. 추사 연구는 후지쓰카 이후 더 진행되지 못한 상태로 답보에 빠졌다. 이 부분도 결국은 내가 정리해야 할 일로 생각하고 있다. 다만 지금은 전열을 가다듬고 있는 중이다. 기운을 더 축적해야 다시 한번 긴 장정에 나설 수 있을 터. 나는 좀 더 맷집을 키우고 지구력을 길러두지 않으면 안 된다. 추사여! 후지쓰카여! 조금만 더 기다려다오. 내가 곧 간다.

눈보라 속을 뚜벅뚜벅 걸어간 사람
_백범 김구 선생

1948년 10월 26일, 백범 선생은 안중근 의사의 의거 39주년을 기념해 친필 휘호를 남겼다. 선생은 평소 아껴 외우던 한시 한 수를 썼다. 그 시는 이렇다.

눈 밟고 들판 갈 제
어지러이 가지 말라.
오늘의 내 발자취
뒷사람의 길 되리니.
踏雪野中去 不須胡亂行

今日我行跡 遂作後人程

눈 쌓인 순백의 들판 위로 첫 발자국을 찍으며 걷는다. 길은 지워져 잘 보이지 않는다. 걷다가 뒤돌아보니 내 발자국이 나를 따라왔다. 비뚤빼뚤 어지럽다. 매서운 바람이 내 얼굴 위로 눈보라를 날린다. 아직도 가야 할 길이 멀다. 나는 정신을 가다듬는다. 내 발자국을 따라 내 뒤에 올 누군가가 있다. 내가 눈길을 헤매돌면 그도 덩달아 헤맬 것이다. 나는 문득 책임감을 느낀다. 어지럽지만 똑바로 걷겠다. 내가 내는 첫길을 무작정 믿고 따라올 그가 길 잃고 방황하는 일이 없도록.

거룩한 뜻이요 갸륵한 마음씨다. 선생은 이 시를 특별히 아껴 1948년 남북회담을 위해 3·8선을 넘을 때도 이 시를 읊었다고 한다. 김대중 전 대통령도 이 시를 즐겨 휘호하곤 했다. 시에서 미답未踏의 새 길을 걷는 지사志士의 다짐을 읽었기 때문이다.

이 시는 그간 서산대사(1520~1604)의 선시禪詩로 알려져왔다. 하지만 불승의 선시와는 분위기가 사뭇 다르고, 그의 문집인《청허집淸虛集》에도 막상 이 시가 없다. 문집에 실리지 않았을 뿐이지 그래도 입으로 전해오던 시려니, 다들 믿었다.

이양연李亮淵(1771~1853)은 조선 후기의 뛰어난 시인이다. 그의 시는 제대로 수습되어 정본으로 간행되지 못하고 여러 갈래로 전승되어왔다. 서울대 규장각에 소장된 필사본《임연당별집臨淵堂別集》도 그 가운데 하나다. 그의 다른 필사본 시집과 수록 작품에 상당한 출입이 있다. 이 시집 둘째 면에 '야설野雪'이란 제목 아래 늘 보던 익숙한 시가 실려 있다. 그 시는 이렇다.

눈길 뚫고 들판 갈 제
어지러이 가지 말라.
오늘 아침 내 발자취
뒷사람의 길 되리니.
穿雪野中去 不須胡亂行
今朝我行跡 遂作後人程

앞의 시와 다 같은데 1구의 '답설踏雪'이 '천설穿雪'로 바뀌었고, 3구의 '금일今日'이 '금조今朝'로 달라졌다. '천설'은 현재 눈이 펑펑 내리는 상황에서 눈발을 뚫고 들 가운데로 간다는 의미라 좀 더 비장미가 있다. '답설'이라 할 때는 현재 눈은 그친 상태다. 또 '금일'보다는 '금조'가 더 낫다.

여관에서 밤을 보낸 나그네가 이른 아침에 눈보라 치는 들판으로 하룻길을 나서는 상황이다. 앞의 시가 정태적인 데 비해 뒤의 시는 두 글자 차이로 더 역동적이다. 앞은 하얀 눈 위에 발자국을 찍으며 밝은 날에 가는 길이고, 뒤는 눈보라의 역경을 헤치며 새벽길을 나서는 행동이다.

그렇다면 서산대사의 선시로 알려져온 이 시는 이양연의 것이 분명하다. 이양연이 서산대사의 시를 두 글자 바꿔놓고 제 시라고 우겼을 수는 없다. 더구나 서산대사 관련 문헌에서 이 시는 눈 씻고 봐도 보이지 않는다. 구한말 장지연이 엮은《대동시선大東詩選》권8에도 이 시는 이양연의 작품으로 버젓이 올라 있으니, 사실 더 이상의 긴 논란이 필요 없다. 여기서는 '적跡'을 '적迹'으로 쓴 것만 다르다. 전자가 맞다.

그렇다면 어째서 이것이 서산대사의 시로 잘못 알려졌을까? 누군가의 기억 착오에서 비롯된 것이, 그 내용으로 주목받고 백범 같은 큰 어른이 즐겨 쓰시는 통에 통설로 굳어졌다. 이런 일은 "청산은 나를 보고 말없이 살라 하고, 창공은 나를 보고 티없이 살라 하네"로 알려진, 나옹화상의 작품으로 전해지는 정체불명의 시도 마찬가지다.

뿐만이 아니다. 이양연은《임연당별집》의 바로 이어지는 글에서 '우又'라고 쓰고 비슷한 의경意境으로 시 한 수를 더 남겼다.

> 눈 온 아침에 들길을 가니
> 길을 여는 것 나로부터라.
> 감히 함부로 못 삐뚤댐은
> 뒤에 올 사람 그르칠세라.
> 雪朝野中行 開路自我始
> 不敢少逶迤 恐誤後來子

뜻은 같고 운자만 다르다. 새벽녘에 들판에 나선다. 밤새 쌓인 눈이 길을 지웠다. 순백의 도화지 위에 새 길을 내며 걷는다. 이 길은 나로 말미암아 시작되는 길이다. 감히 조금이라도 걸음을 흐트러뜨리겠는가? 내가 이리저리 헤매 걸으면 내 발자국을 기준 삼아 내 뒤를 따라올 후래자後來子들도 덩달아 길을 잃고 헤맬 것이 아닌가? 새벽 눈 쌓인 들판을 걷다가 그는 갑자기 조심스러워진 걸음 끝을 가다듬는다.

역사 앞에 선 개인은 새벽 눈보라를 뚫고 먼 길을 떠나는 나그네와 같다. 암담한 현실에서 갈 길이 보이지 않는다. 그렇다고 함부로 무책임하게 행동할 수 있겠는가? 나의 일거수일투족은 역사의 눈길 위에 자취를 남긴다. 선구자의 길에는 책임이 뒤따른다. '되는대로 되겠지', '어떻게 되겠지'는 안 된다. 흐린 시계視界 앞에서도 정신을 똑바로 차리고 뚜벅뚜벅 걷는다.

간난의 역사를 앞장서서 뚜벅뚜벅 걸어간 거인! 백범 선생이 내신 곧은길을 따라 오늘 우리가 걷는다. 그 형형한 정신을 따라가기에 길 잃고 헤맬 염려가 없다.

인생의 여운

2장

낡은 옥편의 체취
_이기석 선생님

대학 4학년 여름방학 특강 때 한문공부를 시작했다. 이기석 선생님은 이때 처음 뵈었다. 첫날 까불며 앞자리에 앉았다가 해석을 못해 쩔쩔맸다. 선생님은 직접 해석해주시지 않고 꼭 시키셨다. 몰라서 여쭈면 사전 찾아보란 말씀만 하셨다. 입이 삐죽 나와 사전을 찾으면, 무슨 뜻이 있느냐고 물으셨다. 이런저런 뜻이 있다고 말씀드리자, "거봐! 거기 있잖아" 하셨다. 찾는 뜻은 꼭 예상치 못한 곳에 숨어 있었다. 그 후 8년 가까이 선생님을 모시고 한문공부를 했다.

대학원 진학 후 내가 한문특강 전담 조교가 되었다. 127개나 되는 한양대학교 인문관 계단을 오르기가 선생님께는 여간 힘에 부치는 일이 아니었다. 늦으신다 싶으면 내려가 가방을 받아 부축해서 올라왔다. 한참 앉아 계시다가 수업에 들어가셨다. 수업이 끝나도 좀체 일어서시질 못했다. 답답했다. 천천히 학교 식당까지 걸어가 식판에 밥과 반찬을 받아다 올렸다. 선생님과 식사 시간을 맞추려면 반쯤 먹은 뒤부터 젓가락을 깨작거려 속도를 조절해야만 했다. 다시 가방을 들고 교문 밖으로 가서 542번 버스를 태워드리고 연구실로 올라오면 2시가 조금 넘어 있었다. 방학 때마다 그랬다.

선생님의 방학 특강은 늘 맹자가 양혜왕을 만나는 대목에서 시작했다. 나중에는 강의는 듣지 않고 모시기만 했다. 박사학위를 끝내고 난 1990년 2월 초였다. 문득 선생님 글씨를 받아두어야겠다는 생각이 났다. 강의하시는 동안 부랴부랴 먹을 갈았다.

"선생님! 오늘은 글씨를 써주세요."

"붓을 잡은 지가 얼만데, 글씨가 되겠나!" 마다하는 기색이 아니셨다. "무얼 써줄까?"

"맹자가 말한, 궁해도 의로움을 잃지 않고, 달해도 도에서 벗어나지 않는다는 '궁불실의窮不失義 달불리도達不離道' 여덟 자를 써주세요."

붓끝을 떨며 "어휴! 이거 안 되는걸"을 연발하신 끝에 겨우 글씨 쓰기를 마치셨다. 끝에 큰 학자가 되도록 힘쓰기 바란다는 당부를 덧붙이셨다.

사흘 뒤 선생님은 댁에서 식사 중에 쓰러지셨다. 병원 응급실로 달려가니 뇌출혈로 의식을 잃어 사람을 못 알아보셨다.

"선생님! 저 왔어요."

손을 잡자 뻣뻣해진 선생님의 손이 내 손을 와락 움켜잡았다. 감긴 눈동자가 허공을 마구 헤맸다. 그렇게 한 달 남짓 투병하시다가 선생님은 세상을 뜨셨다. 그날 글씨 받을 생각을 한 것이 무슨 전조였던가 싶어 글씨를 볼 때마다 울었다.

유품 정리 때 사모님의 분부로 선생님이 쓰시던 옥편과 한적漢籍을 내가 물려받았다. 손때에 절어 다 말려올라간 옥편을 한 장 한 장 다리미로 다려서 폈다. 이 사연은 다른 글에서 쓴 적이 있다. 누더기가 다 된 옥편에서는 선생님 냄새가 났다. 선생님 생각이 나면 옥편을 쓰다듬곤 했다. 내 옥편도 찾고 또 찾아 선생님 것처럼 누더기로 만들어야지 하고 결심했다. 안 보이는 작은 글씨를 보려고 돋보기안경 위에 큰 확대경을 비추고도 실눈을 뜨고 찾으시던 모습을 생각했다.

이듬해 만 서른에 운 좋게 모교의 전임교수가 되었다. 동료 교수래야 모두 층층시하 엄한 스승들뿐이었다. 이리저리 치여 마음고생이 컸다. 몸도 많이 아팠다. 체중이 무섭게 줄었다. 거울을 보면 두 눈이 우멍했다. 답답함을 속으로만 삭이다 보니 기운이 억색되는 증세가 생겼다. 갑갑증이 나서 정 못 견딜 지경이 되면 무작정 경기도 포천에 있는 선생님 산소로 달려갔다. 무덤 속에 누워 계신 선생님과 한참 혼잣말을 주고받았다. 그러면 속이 좀 달래졌다. 해가 바뀌면 거길 한번 다녀와야 새 기운을 받는 기분이 들었다.

"정 군!" 하며 부르시던 그 어진 음성이 참 그립다. 30년의 세월이 지나는 사이, 내 사전 두 권도 어느덧 낡아 누더기가 되었다. 이제는 선생님의 낡은 옥편 곁에 소임을 마친 내 옥편 두 권이 나란히 누워 있다.

"선생님! 이게 무슨 뜻인가요?"

"사전을 찾아봐. 거기에 다 있어. 지금 찾아봐. 당장 찾아봐. 그것 봐. 거기 있잖아!"

제 노력으로 여기까지 왔다고 생각했는데, 문득 돌아보니 선생님이 늘 내 곁에 계셨다. 사전을 뒤적이다 말고 나는 문득문득 선생님 생각에 잠기곤 한다.

만 냥짜리 《논어》

_김도련 선생님

이기석 선생님께서 세상을 뜨신 뒤, 1990년대 초 교수 초년병 시절, 주말마다 정릉의 김도련 선생님 댁으로 가서 글공부를 했다. 선생은 초등학교 졸업장밖에 없는 분이다. 오직 한학으로 어려운 관문을 통과해 당당히 대학교수 자리에 올랐다. 한 5년가량 선생님께 한시를 배우고 옛글을 읽었다. 아침 10시에 가면 보통 오후 3~4시는 돼야 나올 수 있었다. 공부의 여가에 당신이 어릴 적 글 읽던 이야기, 서당의 풍경, 처음 스승을 찾아갔다가 혼난 사연 등을 들려주시곤 했다.

연암 문장의 위대성을 침을 튀기며 설명하다가 이내 사마천의 문장이 어디서 힘을 얻었는지로 화제가 옮아갔다. 흥이 오르면 당신의 득의작을 소리 내서 읽어주셨다. 좋은 문장은 읽을 때 글자 하나하나가 빳빳이 서 있고, 나쁜 글은 겉만 멀끔하지 읽으면 비실비실 쓰러진다고 하신 말씀도 기억난다. 〈온달전〉이 어째서 걸작인지를 설명하실 때는 신이 나서 흥을 주체하지 못하셨다. 서하객徐霞客 같은 이름도 이때 처음 들었다. 옛 문장을 고성대독高聲大讀하실 때면 내 어깨까지 덩달아 들썩여졌다.

하루는 앉은뱅이책상 아래서 낡아 다 떨어진 《논어》 두 책을 꺼내시더니 이렇게 말씀하셨다. "정 선생! 이게 무슨 책인지 알아?" 그러고는 열 살 전후 집에서 10여 리 떨어진 서당을 다니며 글공부할 때의 이야기를 들려주셨다.

쉬운 글만 배우다가 《논어》를 시작하니 갑자기 어려워진 내용을 따라가기가 버거웠다. 하루는 수업이 끝나 나오는데 어떤 사람이 서당 앞에서 자기 집에 있던 책 몇 권을 들고 나와 팔고 있었다. 그중에 한글로 풀이된 《논어》가 보였다. 책을 펼쳐보니 평소 알 수 없어 애타던 풀이가 너무도 친절하게 되어 있지 않은가? 그래서 책을 사겠다며 그 사람을 데리고 10여 리를 걸어 집까지 왔다.

"아버지! 저 책을 사주세요."

상황을 짐작한 아버지가 따라온 사람에게 책값을 물었다. 곁에 계시던 당신 친구분이 책값을 듣더니 펄쩍 뛰며 전주 시내 서점에 가면 훨씬 싸게 살 수 있는데 뭐 하러 그 비싼 값을 주느냐며 야단을 했다. 그때 선생 아버님의 대답이 이랬다.

"여보게! 저 아이가 이 책을 만 냥짜리 책으로 읽으면 책값이 만 냥이 될 터이고, 한 냥짜리 책으로 읽으면 그 값밖에 안 될 것일세. 책을 보겠다고 10리 길을 사람을 데려왔는데 책값을 깎겠는가?"

그러고는 어머니더러 그 사람에게 쌀을 내주라고 했다. 어린 마음에 신이 나서 책을 와락 빼앗아 품에 안고 어루만졌다. 그때 어머니께서 제사 때 쓰려고 남겨둔 쌀을 뒤주 바닥에서 박박 긁는 소리를 들었다. 당시는 일제 말기로 공출이 심해 끼니를 잇기도 어렵던 때였다.

이후 그 책은 하도 읽어 책장이 나달나달해지고 표지가 떨어져나갔다. 여러 번 해지고 낡은 것을 깁고 새 표지를 씌워 소중하게 간직해왔다며 내게 보여주셨다. 책의 여백마다 선생의 메모가 빼곡했다. 지금도 이 책만 보면 그때 뒤주 바닥을 긁던 바가지 소리가 들린다시며, 부끄러운 줄도 모르고 굵은 눈물을 뚝뚝 흘리셨다. 겨울날 추운 서재에서 낡은 책을 쓰다듬으며 뜨거운 눈물을 떨구시던 그날 오후의 일이 오래 두고 생각난다.

선생은 그때 해주신 아버님의 말씀을 잊지 못해 이《논어》를 기필코 만 냥짜리 책으로 만들어야지 하는 다짐을 숱하게 했다. 그로부터 47년이 지난 1990년 5월에《주주금석朱註今釋 논어》를 펴내면서 그 꿈을 이뤘다. 이 책은 이제껏 수백 종의《논어》번역서가 간행되었지만 안목 있는 분들이 최고의 번역서로 꼽는 책이기도 하다. 그 후 절판된 이 책을 2015년에 같은 제목으로 재출간해드렸다.

1998년 여름, 내가 첫 연구년을 받아 타이베이 정치대학교에 교환교수로 가게 되었다. 인사차 정릉 댁으로 찾아뵙고 사정을 말씀드렸다. 당시 나는 여러 해 누적된 과로와 스트레스로 체중이 15킬로그램쯤 줄고, 먹기만 하면 토해 제 몸 간수도 힘든 상황이었다. 강의도 의자에 앉아서 간신히 했다. 절박해 피난 가는 셈치고 가족과 함께 타이완으로 떠나게 된 길이었다.

선생님께 인사를 드리고는 왔지만, 그저 보낸 것이 마음에 쓰이셨던지 그해 추석 때 고문古文 한 편을 지어 붓글씨로 직접 써서 타이완까지 보내오셨다. 제목이 '정요산을 타이베이로 전송하며 주는 서문(贈鄭堯山送臺北序)'이었다.

당시 내가 다니던 병원의 한의사가 내 사주를 짚어보더니, 온통 물에 둘러싸여 떠내려가기 직전이니 물 쪽은 얼씬도 하지 말라며 타이베이행을 극구 만류했었다. 그래도 일단 격무와 스트레스에서 벗어나는 것이 살길이다 싶어 타이완으로 떠나오면서 물막이 공사(?)를 하려고 지은 것이 '요산당堯山堂'이란 당호였다. '요堯'는 흙 토土 세 개가 돈대(兀) 위에 올라앉은 형국이고, '산山'은 말할 것 없고, '당堂'도 흙(土) 위에 올려세운 집이라, 이쯤이면 웬만한 물난리는 견딜 만하겠다 싶었다. 선생님은 그 말을 기억하셨다가 다음과 같은 내용의 글을 고문으로 지어 직접 써서 보내주셨다.

요산자堯山子는 나이가 젊지만 재기가 뛰어나 이미 그 예봉을 드러냈다. 인하여 당세의 급무를 궁구하고, 아래로 외국어공부에까지 이르렀다. 이번에 1년 휴가를 얻어 타이완의 정치대학교에 연수를 떠나게 되었고, 길 떠난 것이 여러 날이 되었다. 내가 요산자와 더불어 서로 아낌이 몹시 깊은지라 한마디 말로 그 걸음을 위로하지 않을 수가 없다. 하지만 오늘날 천하 형세나 풍토에 대해 내가 아는 것은 요산자도 마땅히 알 것이고, 내가 가늠하는 것은 요산자도 마땅히 가늠할 터이니, 이런 것이야 어찌 족히 군더더기 말을 덧붙이겠는가? 잠시 놓아두고 내가 평생 좋아하던 것에 대해 말할 뿐이다.

고문이란 말을 잘 엮기가 어려운 것이 아니라, 뜻을 새롭게 세우기가 어렵다. 뜻을 새롭게 세우기보다 이치를 잘 전달하기가 더 어렵다. 대저 육경 아래부터 제자백가의 논술에 이르기까지 글이란 모두 이치를 깃들이는 도구로 여겼다. 그런 까닭에 문장을 배우는 첫걸음은 이치를 밝히는 것을 중요시한다. 문장은 알면서 이치에 힘쓰지 않는 경우란 세상에 없다.

송나라 때 장문잠張文潛은 남을 가르치는 글에서 이렇게 말했다. "강하江河와 회해淮海에서 물길이 터져나와, 길을 따라 넘실넘실 출렁이며 밤낮으로 그치지 않는다. 지주砥柱에 부딪히고 여량呂梁에서 끊겼다가, 강호江湖로 놓여나와 바다로 들어간다. 평평한 곳에서는 도랑이 되고, 부딪히면 파도가 된다. 이를 치면 회오리바람이 일고, 성나면 우레와 천둥이 된다. 교룡蛟龍과 어별魚鼈이 물을 뿜으며 솟았다 가라앉았다 하는 것은 물의 기이한 변화다. 애초에 물이 어찌 이와 같았겠는가? 흐름을 따라서 물길이 터져, 그 만나는 바에 따라 변화가 생겨난 것이다. 봇도랑은 동쪽으로 물길이 터지면 서쪽이 말라버리고, 아래로 가득 차면 위는 텅 비어버린다. 밤낮으로 이를 격동시켜 그 기이함을 보려고 해도 결국 할 수 있는 것은 개구리나 개미의 구경거리일 뿐이다. 강하와 회해의 물은 이치가 담긴 글이라서, 기이함을 구하지 않더라도 절로 기이해진다. 봇도랑을 격동시켜 물의 기이함을 구하는 것은 이치의 방면에서는 볼만한 것이 없고, 언어의 표현이나 구두에서 기이하게 될 뿐이다. 이는 마침내 좋은 글이라고 할 수가 없다."

창강滄江 김택영金澤榮은 〈연암집서燕巖集序〉에서 이렇게 적었다. "지금 강하의 물줄기가 천 리를 내달려 흐르다가 한 번 큰 산이나 큰 섬과 만나면 거슬러 솟구치며 천지를 진동시킨다. 이것이 어찌 뜻이 있어 그런 것이겠는가? 형세가 절로 그러한 것이다. 절로 그러한 것이 바로 이치다. 여기 어떤 사람이 있다고 치자. 강하의 형세가 성대한 것을 보고서 마음으로 이를 사모하여 작은 시냇가로 나아가 한 자 남짓의 굽은 목석으로 이를 격동시켜 강하와 비슷해지기를 구한다면 어떻겠는가?"

현산玄山 이현규李玄圭 선생은 일찍이 우리에게 이렇게 말씀하셨다. "대저 생각이 온통 정밀하고 능숙하게 고서를 읽는 데 있어, 진실로 마음속에 이러한 뜻을 간직했다면, 이는 마치 만곡萬斛이나 되는 샘물이 땅을 가리지 않고 지나가다가, 벼랑에 걸리면 폭포가 되고, 평지를 지나면 평평한 시내가 되며, 웅덩이에 모이면 연못이 되고, 막히면 여울이 되는 것과 같다. 종횡으로 치달리며 막히고 내닫고 섯도는 것이 그렇지 않음이 없다. 대저 이러한 것은 또한 근본이 있기 때문이다. 고문사를 익히고자 한다면 또한 그 바탕을 두텁게 해야 할 따름이다."

1998년 가을 8월 상순,

청람青嵐 김도련金都鍊 미지美之는 쓰노라.

외국에 머무는 제자에게 '후기본厚其本', 즉 그 바탕을 든든하게 다져서 돌아오기를 바란다는 덕담을 주신 것이다. 공부는 재주 소리로 할 수 있는 것이 아니다. 공부의 가장 큰 도적은 교언영색巧言令色이다. 반질반질 매끄러운 말, 이리저리 달아날 구멍을 파놓은 글은 작대기 하나 들고 봇도랑을 휘저어서 장강의 큰 물결을 일렁여보겠다는 수작에 지나지 않는다. 바탕공부가 없으니까 입으로 감당하려 하지만, 절대 오래갈 수가 없다.

고문사를 익히는 것뿐 아니라, 학문도 세상 사는 일도 바탕을 두텁게 하여 실력을 기르지 않고는 되는 일이 없다. 윗사람에게 살랑대고 아랫사람을 짓밟아 얻은 영예는 결코 제 것이 아니다. 형용사와 부사를 남발하는 글치고 바탕이 두터운 글이 없다. 다 걷어내고 뼈만 남겨야 거기서 단단한 힘이 나오는 법이다. 당시 타이완에서 추석 선물로 이 글을 받아들고, 옛 사제의 정리가 오늘에도 이렇게 되살아나는구나 싶어 망망하게 감격했던 기억이 새롭다. 내가 아직 30대 적 얘기다.

당신이 글 속에서 말씀하신 현산 이현규 선생은 일제강점기 충남의 유명한 문장가셨다. 현산 선생은 구한말의 명문장이었던 난곡蘭谷 이건방李建芳의 문인이었다.

병석에 누우시기 전, 하루는 정릉으로 찾아뵈었더니 당신이 논산에 있던 현산 선생의 서당으로 찾아뵌 이야기를 들려주셨다. 17세 때인 1949년 2월의 일이었다. 당시 선생은 사서삼경을 다 뗀 상태에서 이른바 문장학을 배울 요량으로 양식을 지고 현산 선생을 찾아갔다. 서당에는 공부하러 온 원근의 문생들이 많았다.

"어찌 왔는고?"

"글을 배우러 왔습니다."

"어디까지 읽었는고?"

(약간 힘을 주어) "7서를 읽었습니다."

"그런가? 그럼 됐지, 뭘 또 배우려고?"

"문장을 배우고 싶습니다."

"7서를 읽었다고? 음, 그럼 이걸 한번 읽어보게."

그러면서 내민 책이 고작《맹자》의 첫대목이었다. 사서삼경에서 가장 먼저《맹자》를 읽고, 게다가 첫대목은 한문공부한 사람이면 누구나 외우는 대목인데,《시경》이나《서경》같이 어려운 것을 안 묻고 하필《맹자》의 첫대목을 읽어보라 했다. 기분이 몹시 나빴지만 하는 수 없어 입이 삐죽 나온 채로 읽었다.

"맹자견양혜왕孟子見梁惠王 하신대, 왕왈王曰 수불원천리이래叟

不遠千里而來 하시니, 역장유이리오국호亦將有以利吾國乎잇가(맹자께서 양혜왕을 뵈시니, 왕이 말하기를 선생께서 천 리를 멀다 아니하시고 오셨으니 또한 장차 내 나라를 이롭게 함이 있겠습니까?)."

질문이 떨어졌다.

"어, 잘 읽었네. 거기서 '또 역亦' 자는 왜 썼는고?"

"???!!!"

〈양혜왕장〉을 읽으면 의리義利의 구분에 대해서나 생각했지, '역' 자를 왜 넣었는지는 한 번도 생각해본 적이 없었다. 느닷없이 무찔러들어온 질문에 선생은 속수무책 아무 대답도 못했다.

그러자 현산 선생은 꿀 먹은 벙어리 앞에《좌전》풍의 기굴한 구문으로 된 짧은 세 줄짜리, 당신이 쓴 편지글을 내놓았다. 한 글자로도 끊어지고 두 글자로도 구절이 떨어지는, 처음 보는 구문이라 우물쭈물하자, 이번엔 "어허! 남의 글을 그렇게 멋대로 바꿔 읽으면 쓰겠는가?" 했다.

전주에서 논산까지 스승을 찾아 봇짐 지고 찾아간, 나름 수재로 뽐내던 선생은 이 첫 일합에서 그만 콧대가 팍 꺾여서, 그다음부터 찍소리도 못 내고 말석에 앉아 공부를 시작했다. 비록 이 공부는 6·25전쟁으로 오래 계속되지는 못했지만, 당신은 이때 몇 달 동안 배운 가르침이 평생 머릿속을 맴도는 공부의 화두가 되었노라고 말씀하셨다.

'또 역' 자의 의미는 무엇이었을까? 스승의 풀이가 이랬다. 이 '또 역' 자에는 "너 말고도 하루에 숱한 놈들이 나를 찾아와서 온갖 소리로 저 벼슬 하나 달라고 난리인데, 그래 너는 '또' 무슨 얘기로 나를 꼬일 참이냐? 어서 말하고 물러가라" 하는 왕의 심드렁한 마음이 담겼다는 것이다.

그러니까 예전의 유세객들은 임금 한 번 만나려고 유력자에게 온갖 청탁을 넣어 몇 년씩 기다리기도 했는데, 어렵사리 얻은 천금 같은 기회에서 처음 한두 마디에 왕의 관심을 이편으로 확 돌려놓지 않으면, 천신만고 끝에 얻은 기회가 허망하게 되고 만다. 그러니까 이 '또 역' 자는 절체절명·백척간두에 선 맹자의 상황, '아이고 지겨워' 하는 왕의 권태로운 심경을 농축시킨 극적인 표현이라는 것이었다.

이후 맹자는 특유의 되받아치기 논법과 저 유명한 오십보백보의 비유로 난관을 돌파했다. 뒤쪽에 나오는 "왕이 자기도 모르게 자리를 바싹 당겨 앉았다"는 유명한 표현이 그 증거다. 《맹자》를 이렇게 설득의 심리학 텍스트로 읽으면 정말 재미있다.

이런 식의 독법은 경학가의 것이 아니라 완연한 문장가의 독법이어서, 현산 선생의 기질이 잘 드러난다. 내 생각은 이렇다. 현산 선생은 기골이 장대한 풋내 나는 녀석이 7서를 읽었다며 방자한 기운을 띠고 찾아왔으니, 이 녀석의 기를 꺾어 우선 고분고분하게 만들 필요가 있겠다고 판단했을 법하다.

이 일합이 김도련 선생을 고문의 세계로 이끈 장면이었다. 다산이 아암 혜장을 굴복시킨 유명한 일합과도 겹쳐진다. 이 한 번의 질문 이전과 이후로 선생은 완전히 달라졌다. 전에는 전주에서 사서삼경만 달달 외던 촌학구村學究에 불과했는데, 이제 비로소 더 넓은 아마득한 세상이 있다는 것을 알게 된 것이다. 우물 안 개구리가 두레박을 타고 세상 밖으로 나온 셈이었다.

훌륭한 스승은 이렇듯 제자를 존재적 차원에서 변화시킨다. 당신은 그전에 여러 선생에게 배웠지만, 늘 고작 몇 달 배웠을 뿐인 현산 선생의 실마리를 이은 것을 큰 자랑으로 알았다. 이후 죽은 고문의 전통을 되살리는 것을 평생의 과업으로 생각하셨다. 그리고 앞에 써준 글로 나를 그 말석에 끼워주셨다.

이후 선생님은 10년 넘게 병상에 누워 계시다가 지난 2014년에 세상을 뜨셨다. 생전에 이따금 찾아뵈어도 알아보지 못하시다가, 사모님이 귀에 대고 내 이름을 말씀하시면 아이처럼 웃으며 좋아하셨다. 당시 초등학생이었던 늦둥이 막내딸이 지금은 내 제자가 되어 박사과정까지 마쳤다. 선생님은 이 사실을 모른 채 세상을 뜨셨다.

선지식의 일할
_표구장 이효우론

순조 때 대제학을 지낸 홍현주洪顯周(1793~1865)는 〈벽설癖說〉이란 글에서 표구의 장인 방효량方孝良의 존재를 알렸다. 글의 한 대목은 이렇다.

오래된 그림은 흔히 썩거나 망가진 것이 많아 종종 손길 따라 찢어진다. 나는 매번 그것이 오랜 뒤에는 사라져버릴까 봐 애석해 하곤 했다. 방효량이란 이가 있는데, 평소에 연운烟雲 즉 그림에 대한 안목이 있다.

그는 벽癖에 있어서도 남과는 다른 점이 있다. 옛 그림 중에 종이가 손상되거나 비단이 상한 것과 만나면 반드시 직접 풀칠하여 고쳐서 표구를 한다. 늙어서도 부지런히 애를 쓰며 그만두지 않았다. 그가 눈으로 가늠하고 손으로 부응해서 법도에 맞춰 솜씨를 부리면 조금의 어그러짐도 없었다. 평소 생활 중에도 풀그릇 밖으로 벗어나는 법이 없었다. 이럴 때는 비록 아무리 많은 재물을 준다 해도 그 즐거움과 바꾸려 들지 않았다. 신기하고 교묘하게 만든 솜씨는 포정庖丁이 소를 잡고 윤편輪扁이 바퀴를 깎는 재주와 서로 막상막하였다.

덕분에 내가 소장한 옛 그림 중에 썩거나 손상된 것들이 모두 낡은 모습을 새롭게 하고 그 수명을 늘릴 수 있게 되었다. 방 군의 벽은 너무나 심해서 나와는 견줄 바가 아니다. 나의 그림에 대한 벽이 방 군의 표구에 대한 벽과 만나 망가진 옛 그림이 모두 온전하게 되었다. 매번 한가한 날이면 그와 책상을 마주하고서 함께 감상하다가 마음으로 도취되어 하늘이 위를 덮고 땅이 아래에서 받쳐주는 줄도 몰랐다. 애를 써서 이 일에 세월을 다 보내고도 싫증 내지 않으니 나와 방 군의 벽이 심하다 하겠다. 이 때문에 글로 써서 〈벽설〉을 지어 그에게 준다.

장황裝潢 즉 표구에 미쳐, 낡아 헌 옛 그림에 새 생명을 불어넣어주는 표구벽이 있던 방효량을 칭찬한 글이다. 나는 방효량에 대한 홍현주의 이 글을 보며 내내 그와 겹쳐지는 한 인물을 떠올렸다.

어쩌다 인사동에 나가는 날이면 내 발걸음이 으레 낙원표구사를 지나게 되어 있다. 노인 한 분이 창 너머 좁은 공간에서 책을 읽고 있거나 목판에 잉크를 묻혀 시전지詩箋紙를 찍어내는 광경과 만날 수 있다. 인사동 최고의 표구 장인, 이효우 선생이 바로 그다.

벌써 여러 해 전의 일이다. 다산공부를 시작하면서 자료가 있단 말만 들으면 어디든 찾아가서 자료 보기를 청했다. 강진이 고향인 선생에게 다산의 친필이 있단 말을 듣고 어느 날 불쑥 찾아가 소장한 다산 단간斷簡 보기를 청했다. 선생은 내 말을 듣더니 별말 없이 잠깐 기다리라며 위층의 작업실로 올라갔다.

잠시 후, 족자 세 개를 가지고 내려와 펼친다. 어김없는 다산의 친필인데, 앞쪽은 화재나 습기로 다 훼손되고 끝의 서너 줄씩만 남아 있었다. 사진을 찍어도 되느냐 묻자 "그러세요" 한다. 인사하며 나오려는데 족자 하나를 불쑥 내민다. 무슨 뜻인지 몰라 머뭇댔다.

"공부하시는 분이 가지고 있어야지요. 하나를 드릴 테니 가져가세요."

펄쩍 뛰며 아니라는데도 굳이 말아 건넨다. 집에 와서 펼쳐보니 남은 내용의 시작 부분이 이랬다. '사양하지 말고 받아가는 것이 어떻겠소(勿辭而受去, 如何).' 나와 이효우 선생의 첫 만남이 이랬다.

한 사람이 한 가지 일에 미쳐 평생의 정혈精血을 쏟아부으면 그 일을 통해 세상을 읽는 안목이 시원스레 열리게 되어 있다. 평생 그 일에 매진하고도 종내 한소식을 얻지 못했다면 그가 그 일을 돈벌이의 수단으로만 생각했거나 아니면 아무 생각이 없었거나 둘 중 하나다. 이제 내가 이효우 선생의 대담록을 일별하고는 나도 모르게 한참을 망연자실하였다.

앞서 방효량은 풀그릇 주변만 맴돌며, 삭아 허물어지기 직전의 서화에 새 생명을 불어넣었다. 선생도 풀통을 옆에 끼고 한 갑자 가까운 세월 동안 인사동을 지켰다. 그의 구술을 받아 정리한 책 《풀 바르며 산 세월》(가나문화재단, 2016)을 읽다 보면, 그 갈피 사이에서 장강대하로 흘러나오는 도저한 사연이 문화론의 핵심을 꿰뚫고 지나가는 느낌이 든다. 페르시아의 찬란한 보석가게 앞에서 있는 느낌이라고나 할까? 남들이 천히 보는 표구일을 하다가 한소식을 얻은 선지식의 일할一喝인지라 미상불 감탄을 금할 수 없었다.

글 속의 선생은 자신의 표구일에 대해 담담히 말할 뿐이다. 하지만 듣는 나는 우리네의 비루한 일상과 약삭빠른 처세를 질타하고, 삶의 행간을 넌지시 일러주는 그이의 30방 몽둥이 앞에서 크게 잘못한 일도 없이 자꾸만 움찔움찔하게 된다.

전문가로 살아온 세월의 이야기는 뻔한데도 전부 낯설다. 갓 쑨 풀과 오래 삭힌 풀의 차이, 족자의 추를 막대 두셋을 짜맞춰 잇는 까닭, 한국식 표구와 일본식 표구의 차이, 우리 종이가 우리 기후에 맞고 중국 먹이 우리나라에서 터지고 갈라지는 이유, 아파트 환경의 변화가 서화의 양식을 바꿔놓은 현상 같은 이야기는 결코 아무에게나 들을 수 있는 것이 아니다.

결혼 적령기 딸의 혼수 병풍을 위해 한 10년 오동나무를 길러서 틀을 만들고 그것이 휘지 않게 매년 한 번씩 종이를 발라 묶어둔다. 다시 1년 뒤에 종이를 한 번 더 발라 묶어두고, 주름진 곳은 칼집을 넣어 펴준다. 그러고는 한겨울 사랑방으로 화가를 청해 모란도 병풍 그림 같은 것을 그리게 해 받아두었다가 이것을 표구해서 혼수로 보낸다. 호남 지역의 혼수 풍습에 관한 이 이야기는 한 집안의 시간과 정성이 다른 집안으로 옮겨가는 과정에 대한 설명이다.

고가古家마다 간직된 병풍 하나하나에 이 같은 정성과 사랑, 그리움과 회한의 정들이 거룩하게 새겨졌을 생각을 하면 그저 마음이 뭉클하다. 찢어진 구멍 하나하나에는 그렇게 해서 낳은 자식이 커가는 과정이 숨었을 테고…….

선생은 아침 일찍 일어나 작업대를 깨끗이 닦고, 칼 같은 도구를 갈며, 써야 할 풀을 정리해서 기다리던 시간들에 대해 말했다. 걸레질도 나뭇결을 따라 하지 않으면 때 낀다고 혼나고 바닥 빗자루질을 할 때 쪼가리 종이를 버렸다고 매를 맞으며 그는 표구 공부를 시작했다.

온돌방이라 사시사철 족자를 걸어도 상관이 없는 우리와, 화로 때문에 서화 관리가 대단히 어려운 일본의 다다미나 후스마가 있는 방의 차이가 표구 양식이나 관리에 어떤 차이를 발생시켰을까? 이 대목을 읽을 때는 역시 습기가 많아 벽지를 바르지 못하고 타일로 아파트 벽을 만들던 타이완에서의 생활 경험이 생생하게 되살아났다. 그곳에서 유리를 끼운 액자는 어김없이 얼마 못 가 곰팡이의 습격을 받곤 했다. 기후의 차이가 예술 양식의 차이를 가져온 이야기다.

1960년대 후반 아파트가 들어서면서 한옥에 걸리던 현판 그림이 사라지고, 세로로 길게 쓴 주련도 놓일 자리를 잃었다. 싱크대와 텔레비전 자리에 밀려 서화를 걸 벽면이 사라졌다. 이것은 또 고미술품 시장에 어떤 악영향을 끼쳤던가? 화려한 대리석 벽은 담백한 서화가 이겨내질 못하고, 그나마 남은 좁은 공간은 동양화를 밀어내고 서양화가 차지하게 되고, 동양화도 그 추세를 반영해 다시 크기가 줄어들었다. 무엇보다 공간의 변화가 병풍의 퇴출을 낳은 것은 마음이 아프다. 쓸모를 잃은 병풍은 무게와 크기 때문에 괄시를 당해 하나둘 뜯겨 액자로 해체되었고, 온전한 병풍은 이제 박물관에서나 찾아볼 수 있게 된 사연도 귀를 쫑긋하게 하는 이야기다.

석창포 뿌리를 말린 분말 또는 담뱃잎과 계수나무 잎을 써서 포쇄曝曬하는 방법에 대한 기록은 여기서 처음 듣는다. 채색화에서 특정 색깔의 안료가 잘 벗겨지거나 흘러내리는 이유가 천에다 그림을 그릴 때 아교 끓인 물을 제대로 못 발랐기 때문이라는 지적도 흥미롭다. 화가들이 재료의 성질을 제대로 모를 때 작품의 보존에 치명적인 문제가 생기는 이유를 여러 작가와 표구의 실제 경험을 통해 조근조근 들려준다.

우리의 먹은 우리 습도에 맞게 아교를 배합해 문제가 없지만, 중국에서 만든 먹이 우리나라로 들어오면 습도의 배합이 달라져 갈라지고 터지는 현상이 일어난다. 종이도 저마다의 기후 조건에 맞춰 생겨난 것이어서, 고온다습한 기후에 맞춰 만든 일본의 초지抄紙는 맑은 날 건조판에서 떼어내면 확 펼쳐져 찢어지고 만다. 우리 종이는 족자에는 어울리지 않고 탱화나 병풍용으로는 더없이 우수하다. 이런 이야기를 대체 어디서 들어보겠는가?

무조건 중국제만 최고로 치는 것을 '당거지'라 한다면서, 닥나무 재배의 기후 조건이 우리만 못한 중국에서 대나무 섬유로 만든 종이만 최고로 치는 작가들을 넌지시 나무란다. 종이 재질의 차이가 창작상 어떤 결과의 차이를 가져오는지, 종이를 둘러싼 한·중·일 3국의 비교 이야기도 여간 흥미롭지 않다. 도침지搗砧紙를 만들 때 일본은 습기 때문에 석회를 섞고, 우리는 순 풀만 가지고 하며, 중국은 아예 그 기술이 없어 분을 입힌 분당지와 꽃무늬를 넣는 문양지가 발달한 까닭도 기후 조건과의 연관 아래 명쾌하게 풀어냈다.

하얀색 안료는 원료가 고령토인지 연분鉛粉인지 조개껍질 가루인지에 따라 처리와 보존 방법이 달라진다. 초상화의 얼굴 쪽 변색이 잦은 이유가 겉에 바른 분 때문이 아니라 종이 뒷면에 채색을 해서 배어나오게 했기 때문에 생긴 현상이라는 듣도 보도 못한 이야기도 있다.

표구에서 일본식에 대한 오해도 바로잡았다. 형태만으로는 일본식과 조선식의 구분이 어렵다. 일본 사람들이 조선에서 병풍을 만들면서 현지 사정을 반영해 새로운 형태의 절충이 이루어졌다. 일본에는 없는 일본식이라 이것을 두고 국적을 따질 수 없다는 지적은 왜색이라면 그저 질색부터 하고 보는 우리에게 시사하는 점이 있다.

족자 주문을 받고 이것이 목포에 걸릴 것인지 평양에 걸릴 것인지를 묻던 옛 표구 장인들의 질문은 정신을 상쾌하게 한다. 그는 예전 병풍을 뜯다가 밀기울이 섞인 풀을 보고 당시 정제된 밀가루 만드는 기술이 없었다는 사실을 읽어내고 생활 환경의 차이를 파악해낸다. 입식 생활, 침대 생활을 하는 중국에는 온돌방에서나 소용되는 종이 병풍이 없다.

고호古糊라고 부르는 삭힌 풀에 대한 대목도 압권이다. 땅속이나 폐쇄된 공간에서 냉장 보관해 오래 삭혀서 만든 풀은 긴장감이 없고 부드러워 종이까지 부드럽게 만들어준다. 족자를 만들 때 반드시 삭힌 풀을 써야 하는 이유다. 부패한 풀과 묵은 풀은 하늘과 땅 차이다. 풀을 잘못 쓰면 그림에 황변黃變, 즉 누렇게 변하는 현상이 일어난다.

섬유질이 1미터 이상 자란 좋은 닥을 그 상태로 일본에 팔아도 우리나라에서 그것으로 종이를 다 만들어 파는 것보다 더 좋은 값을 받는다. 비싼 인건비 들여 종이를 만들어도 비싸다고 사주지 않으니 그냥 원재료를 수출한다. 그리고 일본에서 만든 종이를 그보다 몇 배 비싼 가격에 다시 사온다. 정작 우리는 베트남이나 태국에서 질이 떨어지는 3류 닥을 수입해 만들어 싼값에 판다. 훨씬 질 좋은 종이를 만들 수 있는데도 타산 때문에 못 만드는 세월을 그는 통탄했다. 우리 표구의 질을 높이려고 면사綿絲를 넣어서 짠 서울비단이 채산성 때문에 사라지고, 일본인이 도배용으로나 쓰는 화학사 비단으로 대체되는 상황, 그나마도 싸구려 경쟁으로 갈수록 저하되는 질을 탄식하기도 한다.

담묵과 초묵焦墨의 차이, 추사秋史 글씨에 자주 보이는 초묵 즉 깡묵의 흔적, 이것이 어째서 냉금지나 금박지 같은 중국 종이와 조합이 되는지에 대한 설명은 탁월하다. 그림 훼손을 막기 위해 배접지를 사용하는 원칙, 이것이 잘못되었을 때 생기는 침윤 현상과 방지법, 진한 먹이 화면을 버리게 만드는 복합적인 원인들, 근현대 유명 서화 작가들의 표구 취향과 소재 취향, 각 소재별 특성에 따른 표구상의 고려 사항, 표구를 오래 하다 보니 알게 되는 작가들의 성격, 채색법, 먹 쓰는 법 등등 책에서 다룬 내용은 짧은 글로 일일이 나열할 수가 없다.

그림의 규격이 다양해지면서 시작된 1960년대 초 표구의 전성기적 회고는 흐뭇하다. 하지만 근래 바닥에 누렇게 물을 들이고 시작하는 민화 작가들의 우스운 생각, 심지어 그림이 잘려나가면 잘려나간 대로 그려야 한다는 고지식, 진짜와 가짜의 감별에서 흔히 벌어지는 오해와 편견, 진위 논쟁에서 소위 권위자들의 무책임한 태도가 만드는 문제들에 이르면 덩달아 마음이 답답해진다.

이 밖에도 책 속에는 박물관 관계자의 무지가 빚어내는 몰상식한 폭력에 대한 울분도 도처에 등장한다. 표구사를 잡역부 대하듯 하는 세상에 대한 서운함, 사무실로 와서 표구를 하라는 식의 만행, 족자 보관을 잘못해 눌려 쭈글쭈글해진 채로 걸어놓는 박물관 전시의 몰상식을 그는 안타까워한다. 패널을 만들어줬더니 대리석 바닥에 세워놓아 바닥의 결로結露를 종이가 다 빨아들여서 전시 시작도 전에 작품이 훼손된 일을 적으면서는 도둑 안 맞으려고 이중·삼중 잠금장치만 할 줄 알았지, 작품 보관의 기본도 모르는 관계자들의 무지를 나무랐다.

벽 색깔과 표구 색깔을 맞춰달라는 좋은 주문자를 만나면 기뻐하고, 의뢰인과의 신뢰관계가 작품 보관에 미치는 결과의 차이를 설명한다. 한 작품씩 표구할 때와 한 전시장을 메우는 전체 작품의 표구가 같을 수 없다는 지적 앞에서는 절로 고개가 끄덕여진다. 어느 표구 장인이 수십 년 전 자신이 표구한 작품을 보고 "아휴, 첫날 가서 봤더니 창피하데요!" 하게 만드는 작품 보관 상태도 안타깝다.

이익만 추구하며 '싸고 빨리'만 외쳐대는 세상의 요구에 따라 배접 시간과 횟수를 줄이고 화학접착제를 쓸 수 있지만, 작품은 금방 망가진다. 제대로 된 족자 하나에 1개월의 시간이 걸린다. 이 기본을 잊으면 안 된다. 하지만 일껏 설명하면 돌아오는 반응이, "남들 다 그러는데 뭘 그러세요", "돈 더 받으려고 까다롭게 구시네"다.

지난 세월 동안 생각나는 큰 어른들에 얽힌 삽화, 일껏 가르치고 나면 단골손님을 다 빼서 독립하며 "사장님이 일하셨나요? 우리가 다 했는데!" 하는 사람들 이야기에 일희일비하다가, 지운 김철수 서예회고전과 편지지 전시를 혼자 힘으로 열었던 시간과, 수집한 많은 자료들을 각지의 박물관에 기증하고 후련해하는 표정, 표구하며 살아온 삶이 행복했느냐는 질문에 행복했다고 대답하는 모습과 만나고 나면, 어느새 바른생활 사나이 한 사람이 내 마음속에 성큼성큼 걸어들어와 있다. 이 책은 따라서 표구 이야기가 아니다. 인생 이야기다.

어디론가 떠나고 싶었던 오토바이
_이승훈론

선생님과 한 대학, 한 건물에서 지내온 세월이 20년이다. 학부 3학년 학생 시절 처음 만났다. 지금도 연구실을 마주하며 산다. 선생님을 생각하면 떠오르는 일이 참 많다. 하지만 막상 무슨 말을 해야 할지는 잘 모르겠다.

선생님 생각을 하면 늘 시집 《나는 사랑한다》에 수록된 〈오토바이〉란 작품이 생각난다.

> 난 해 질 무렵 몽상가 소부르주아 시인
> 세상엔 관심이 없다 내가 관심을 두는 건

의자, 작은 방, 개미, 염소

그는 말 그대로 해 질 무렵을 사랑하는 몽상가다. 세상엔 아예 관심이 없는 소부르주아 시인도 그에게 꼭 맞는 말이다. 의자에 집착하고, 모자에 집착하고, 개미나 염소 같은 하찮은 것에 집착하고, 주문진에 집착하고, 안개에 집착하고, 아름다움에 집착한다.

피와 이슬로 된 술 난 현실 따윈 모른다
알려고 하지도 않지만 난 현실을 모르는
국문과 교수 허리띠를 헐렁하게 매고
거울을 연구하는 교수

현실 따윈 아랑곳 않고, 귀찮은 것은 죽어도 못한다. 허리띠를 헐렁하게 매고, 와이셔츠 소매 단추는 언제나 채우는 법이 없다. 그러고는 책상 위에 놓인 작은 거울을 연구하는, 교수 같지 않은 국문과 교수가 바로 그다.

그러나 그러나 그러나 감기엔 맥을 못 춥니다
30년 전부터 어디론가
떠나고 싶었지만

그가 가장 무서워하는 것은 감기다. 나는 이 마지막 구절에서 늘 목이 멘다. '30년 전부터 어디론가 떠나고 싶었지만', 얼마나 눈물 나는 표현인가? 그는 결국 어디로도 떠나지 못한 채, 늘 똑같은 일상을 변함없이 되풀이한다.

내가 관찰한 선생님의 일상은 이렇다. 학교에 오면 먼저 허름한 바지로 갈아입는다. 날마다 '박카스'를 두 병 마신다. 그것도 한꺼번에 다 마시지 않고 반병씩 나눠마신다. 11시 30분이 되면 '대원반점'에 전화를 해서 점심을 시킨다. 메뉴는 늘 잡채밥이다. 10년이 넘도록 한 번도 바뀐 적이 없다. 3분의 1쯤 드시고는 신문지로 그릇을 꽁꽁 뒤집어씌워 방문 앞에 내놓는다. 표지판을 '외출'로 바꿔놓고 한숨 주무신다.

볼펜은 '모나미' 파란색만 쓴다. 볼펜심이 길게 나오지 않도록 심지 끝을 몇 밀리쯤 잘라 펜 끝에 겨우 나올락 말락 하게 만들고는 세워서 쓴다. 개미허리에 실을 묶어 쓰면 그런 획이 나올까? 아무튼 선생님의 글씨를 알아보는 것은 특별한 재능에 속한다.

석양 무렵이 되면 연구실을 나선다. 집에 들어가기 전 맥주 두 병, 그것도 '하이트'만 마신다. 남들이 고기를 구워도 드시지 않고, 밥을 먹어도 드시지 않고, 김과 마른 멸치만 드신다. 기분이 나면 몇 병을 더 마시기도 하고, 더 기분이 좋으면 노래방에 가서, 수첩 속에 꼬질꼬질 접어둔 메모지를 꺼내, 다른 노래도 아니고 언제나 배호의 〈안개 낀 장충단 공원〉을 부른다. 그것도 2절까지 언제나 메모지를 보며 부른다. 집에 가서 더운 국물에 밥을 말아 저녁을 드시고, 잠을 청한다. 아, 고단한 하루여!

최근엔 목디스크로 오른팔 통증이 심해 운전도 않는다. 해 질 무렵 '하이트' 맥주 두 병은 그래도 거르지 않으신다. 담배는 '도라지'를 피우시다가 근자에는 건강을 생각해 '에세'로 바꿨다. 오전에는 '에세'를 피우시고, 오후엔 금연초를 피운다. 전에는 작은 잔에 커피를 진하게 타서 드시더니, 요즘은 녹차 티백으로 바꾸신 지 꽤 되었다. 무엇이든 한번 결정하면 좀체 바꾸는 법이 없다.

학교에 입시라든가 학과장회의라든가 모임이 있는 날 아침이면 으레 전화가 온다. 바꿔주는 아내는 늘 웃는다. "정 교수! 나 이승훈이야." 다음 말은 듣지 않아도 내가 다 안다. "몸이 안 좋아서 오늘 학교에 못 나가겠네. 자네가 나 대신 말 좀 잘해주게." 중요한 회의라도 그렇다. 꼭 나와야 할 자리라도 안 올 때가 많다. 세상엔 아예 관심이 없고 현실을 모르는 분이다. 그러면서도 '말 좀 잘해주게'란 말은 꼭 하신다. 겁 많고 소심한 성격이 그대로 드러난다. 얌체 같지만, 악의는 없다. 도대체 원래가 그렇게 생겨먹은 분이시니 어쩔 도리가 없지 않은가.

선생님의 생활은 규칙적이긴 해도 전혀 논리적이진 않다. 하지만 학문으로 넘어가면, 이야기가 달라진다. 나는 지금까지 이렇게 논리적인 사고를 가진 사람을 본 적이 없다. 시이론서의 고전이 된 《시론》만 봐도 대충 짐작하겠지만, 미학의 고전부터 현대 시학의 최신 이론에 이르기까지 모든 개념이 차곡차곡 머릿속에 다 정리되어 있다. 언제 어떤 질문을 해도 거침이 없다. 라캉을 물으면 라캉이 나오고, 하이데거를 물으면 하이데거가 나온다. 촘스키를 물으면 촘스키가 나오고, 푸코를 물으면 푸코가 나온다. 작은 개념을 묻거나 큰 흐름을 물어도 막히는 법이 없다.

늘 감기에 시달리고, 팔이 아프고, '하이트' 맥주를 마시고, 시도 쓰시지만, 공부도 끊임없이 규칙적으로 한다. 지금까지 매년 두 권 이상의 연구서를 펴내온 것은 이런 바탕에서다.

개념이나 용어에 대한 사고는 단순하고 명쾌하다. 대학원 특별전형 면접시험을 보면, 늘 선생님 때문에 진행이 지체된다. "포스트모더니즘과 모더니즘을 구분해서 설명해보세요." 학생들은 당황해서 허둥댄다. 질문은 언제나 기본 개념과 용어를 벗어나지 않는다. 질문이나 대답을 녹음해서 그대로 옮기면 손댈 것 없는 문장이 된다. 도대체 군더더기가 없고 멈칫대는 법이 없다.

여러 해 전 현대시학회에서 주최한 '이승훈 시인과의 만남'이란 행사에서도 그랬다. 그냥 말씀하시는 이야기가 그대로 고급한 문장이요, 심오한 이론이었다. 느닷없는 질의에도 선생님의 응답은 미리 기다리기라도 했다는 듯이, 다듬은 원고를 놓고 읽는 것같이 정돈된 대답뿐이었다.

전에는 가시는 법이 없던 국문과 학술답사를 최근 몇 년간은 함께 가셨다. 거기서 한 번씩 백일장을 하면 그 작품 하나하나를 평하는 말씀이 또 주옥이다. 거지 같은 작품도 선생님 손에 들어가기만 하면 걸작이 된다. 선생님은 연설하기를 좋아한다. 한번

마이크가 건네지면 시간이 보통 10분은 넘어간다. 물론 아무 데서나 그러시지는 않는다. 어려운 자리, 격식 갖춘 자리는 아예 나오지도 않을뿐더러, 나온다 해도 조용히 계시는 편이다. 하지만 학생들과 어울리는 자리에서는 말씀이 청산유수다. 중간중간 톡 쏘는 위트와 데굴데굴 구르게 하는 유머도 꼭 끼어든다.

최근엔 불교와 도교에 심취하셨다. 한동안 연기론緣起論에 몰두하시더니, 며칠 전엔 내게 오셔서 《산해경》을 빌려가셨다. 시에도 그런 흔적이 풀풀 묻어난다. 선생님의 시를 보면 선생님의 근황을 잘 알 수 있다. 먼저 세상을 뜬 동생 일로 괴로우시구나, 누구와 연애를 하시나 보다, 손주 때문에 정신을 못 차리시는구나, 갑자기 불교공부를 하시나 보다…… 시 속에다 뭐든 다 말씀하시기 때문에 뭐든 다 알 수가 있다.

어떤 사람들은 시시콜콜 다 말하고 숨기지 않는 선생님의 이런 시작 태도를 영 못마땅해하기도 한다. 하지만 선생님은 오불관언吾不關焉, 상관하지 않는다. 나는 머리로 생각해낸 진정성보다는 선생님의 그런 시가 더 진실해 보인다. 어떤 사람들은 도대체 시에 진지한 구석이 없다며 타박한다. 이게 말장난이지 무슨 시냐며 시비한다. 하지만 선생님의 언어 속에는 말장난을 넘어서는 어떤 힘이 있다. 간혹 문단에서 논리나 이론을 가지고 선생님과 시비를 붙는 경우도 보았다. 하지만 한 번도 선생님을 이기는 논객은 본 적이 없다.

선생님은 얌체다. 도대체 자기밖에 모른다. 아무리 중요한 일이라도 당신 몸이 귀찮으면 모른 척한다. 그런데 그런 얌체 같은 행동이 밉지가 않다. 함께 술자리에 있어본 사람이면 누구나 느끼겠지만, 선생님의 행동에는 정말로 귀여운 구석이 있다. 밉지만 미워할 수 없는 까닭이다.

선생님의 시는 늘 비슷한 것 같지만 한 번도 같지 않았다. 계속 변화하면서도 일관성이 있었다. 훗날 선생님은 현대 시사에서 큰 시인으로 기억될 것이 틀림없다. 그때가 되면 지금 내가 쓴 버릇없는 이 글도 하나의 사료적 가치를 띤 증언이 될 수도 있지 싶다. 확실히 선생님은 연구해볼 가치가 있다. 시도 그렇고 사람도 그렇다. 이 글을 어떻게 써야 할지 몰라 몇 날을 망설였다. 하지만 막상 시작하니 단숨에 다 써졌다. 내가 알게 모르게 선생님 생각을 많이 했던 모양이다.

(2004년 선생님의 회갑 당시에 쓴 글이다.)

부드럽고 나직한 음성
_박목월 선생의 산문 세계

박목월 선생은 생전에 시집 못지않게 많은 산문집을 펴낸 수필가다. 1974년 삼중당에서 출간한《박목월 자선집》10책 중 8책이 산문집인 것만 봐도 수필가로서 선생의 면모가 짐작된다. 시인 박목월은 누구나 알고 그의 시를 한두 수쯤 외우지만, 수필가 박목월은 뜻밖에 알려진 것이 없다.

2015년은 박목월 선생 탄생 100주년을 맞는 뜻깊은 해다. 이를 기념하여 기존에 간행된 각종 산문집에서 대표적인 몇몇 글을 간추려 태학사에서《달과 고무신》이란 제목의 산문선으로 묶었다. 시기와 내용에 따라 3부로 구분했다. 제1부는 유년의 기억을 담은 '고향의 풍경', 제2부는 문청 시절과 데뷔 이래 자신의 문학적 편력을 정리한 '나의 문학 여정', 제3부는 인간적 면모와 삶의 눈길을 따라간 '일상의 경이'다.

"글은 곧 그 사람이다(文如其人)"란 말이 있다. 글에는 그 사람의 성정과 사람됨이 묻어난다. 목월의 수필은 그의 시를 읽을 때와는 또 다른 느낌을 준다. 시에서 시인은 언어의 함축 속에 스며서 수면 아래 그림자로 숨는 데 반해, 수필은 삶을 바라보는 따뜻한 시선과 사물을 이해하고 거기에 의미를 부여하는 태도, 자신의 내면에 고인 내밀한 통찰 같은 것들이 물 위로 솟은 바위처럼 불쑥불쑥 본모습을 드러낸다.

먼저 제1부, 유년의 풍경은 한 시인의 문학 세계를 들여다보는 비밀스러운 통로다. 특히 목월이 어린 시절의 기억을 포착한 여러 편의 글을 읽으며 그런 생각이 들었다. 고성에서 태어난 그가 경주, 그중에서도 모량리를 자신의 고향으로 여기며 살았다. 그곳에서의 10여 년 성장 기간이 그의 전체 삶에 깊이 각인되었기 때문이다.

예닐곱 살의 소년은 물 불어난 개울의 징검다리 위에서 물살을 가르며 바위가 개울 위로 치올라가는 듯한 희한한 놀이에 정신이 팔렸다. '이것 봐라! 이게 웬일이냐' 싶은, 알 도리 없던 동화적 환상을 꿈꿨다. 그 생생한 기억은 훗날 세상이 다 변해도 변치 않는 본질이 엄연히 있는 줄을 잊지 않게 하는 힘을 만들어준다.

초등학교 1학년 때 혼자 큰집까지 가던 20리 길의 아득히 먼

여행에 지친 소년은 "엄마아, 엄마아!"를 외치며 끝없는 신작로 길을 걸었다. 햇볕이 내리쬐는 목마른 그 길 위에서 구름으로 우산 같은 그늘을 씌워주었던 섭리의 손길이 그 뒤 평생을 따라오며 그때그때 쉴 그늘을 마련해주었다. 이것이 영글어 종교적 귀의를 다룬 신앙 시편으로 묶어지게 된다.

"나는 달빛 속에서 자랐다." 〈달과 고무신〉의 서두는 이렇게 시작된다. 그중에서도 달빛 속에 하얗게 떠오르는 분황사 탑의 묘사가 압권이다. 저녁 무렵 집을 나서 숲머리 마을로 갈 때 둥근 보름달이 탑 꼭지에 덩그러니 얹히면 아름다운 여신이 두 손을 치켜들어 과일을 받쳐든 형상으로 변한다. 그러자 문득 사방은 깊은 물속에 잠긴 듯 수상한 푸른색에 젖는다고 썼다. 몽환적이다. 거기에는 달리기 시합을 위해 그 귀한 고무신을 길섶에 벗어두었다가 하루 만에 잃어버리고 만 비애의 기억이 함께 묻어 있다. 이 달빛의 기억 또한 평생 그를 따라다닌 듯, 청년기에 주문처럼 떠올린 "달빛에 목선木船 가듯"이나 "구름에 달 가듯이"가 다 이 푸른 달빛의 인상에서 나온 것인 줄로 짐작한다.

경주는 목월 문학의 탯줄이다. 바다가 멀지 않지만 바다 구경은 꿈도 꾸지 못한 소년, 신비의 바다를 향한 꿈은 사무친 그리움이 되어, 바다는 그에게 영원히 신비스러운 남빛 호수로 남아 있다. 한편 처음 본 안창남의 비행기는 초등학교 소년에게 산 너머 넓은 세계에 대한 동경을 심었다. 그것은 뒤에 지상을 굽어보는 천상의 눈이 되어, 쓰라린 삶 속에서 갈 길을 비추는 구원의 눈길이 되었다.

어머니는 “얘는 춘 줄도 모르나베” 하며 아버지의 헌 명주옷을 뜯어 바지저고리 안감으로 받쳐주셨다. 그것은 깊은 사랑으로 그의 마음속에 스며들었고, “당장 벗어라” 하는 할아버지의 불벼락은 손자가 한 그루 관목으로 실팍하게 자라기를 바라는 조부의 준엄한 인생관으로 자신의 삶 속에 체화되었다. 경주의 회상 속에는 중학교 1학년 여름방학 때 생각지 않게 잡은 큼직한 잉어의 펄떡이는 생명력에 놀라 앞뒤 없이 엉엉 울며 집으로 달려오던 소년의 기억도 있다.

소년이 학창 시절을 보내고 청년이 되어 돌아와서도 경주는 별반 달라진 것이 없었던 모양이다. 그는 친구도 여인도 다방도 없는 천애의 유배지 같은 황량한 고도古都에서 20대의 걷잡을 수 없는 청춘의 시절을 보냈다. “누가 나를 사랑하노?” 하던 벗 김동리마저 떠난 뒤 은은히 흔들리는 강 나룻배 같은 심정으로 잠들지 않는 감정의 일렁임을 견디던 경주는 처절한 외로움의 기억뿐이었다.

수정남산水晶南山의 그늘진 골짜기와 이슬 자욱한 야심한 반월성, 풀이 우거진 왕릉의 오솔길을 배회하며 그는 달빛이 출렁이는 망망대해를 끝없이 떠가는 한 척의 목선 위에 올라탄 고독한 존재의 슬픔을 시심 속에 깊이 새겼다.

시내서 첨성대로 걸어 계림을 지나 반월성 터로 접어든다. 그 옆 수정남산을 바라보며 문내를 거쳐 안압지로 빠져나와 쓰러져

누운 황룡사의 황량한 들판과 공주의 비련이 전해오는 임해전의 흩어진 주춧돌 앞에서 잠시 고달픈 다리를 쉴 때 그는 들판 가득 피어오르는 아지랑이를 보았다. 분황사까지 내처 걸어 그곳 길가 주막에서 탁주 한 사발로 목을 축이고 그사이 저문 문밖을 거나하게 바라본다. 어둠에 어리는 석탑의 빛깔과 그 너머의 감청빛 밤하늘, 눈자위가 풀린 듯한 연녹색 봄 비단 같은 것이 바로 경주의 정서라고 그는 규정했다. 당시唐詩를 읽으며 봄날 길가에서 익어가는 사랑을 꿈꾸던 시절의 이야기다.

소탈하고 투박한 '경상도적' 정서는 그의 혈관 속에 이렇게 아로새겨졌다. 그는 '쌀'의 된시옷 발음이 안 돼 말할 때마다 의식적으로 혀끝에 힘을 주어야 했다. '싸운다'가 '사운다'로 들릴까봐 '투쟁'이란 어휘로 대체하면서도 경상도 사투리야말로 세상에서 가장 구수한 말씨라는 믿음을 버리지 않았다. 그 분명한 악센트야말로 생동하는 감정의 활기를 말하는 증거이며, 남성의 언어는 힘이 있고 여성의 말씨에는 깊이가 있다고 자랑했다. 누이가 '오라베' 하고 부르는 소리가 몸서리치게 좋았다고 그는 시에서 썼다. 이 경상도 말씨와 억양만이 자신에게 평안을 안겨주고 자연스러움을 느끼게 해준다고 예찬했다. 시집《경상도의 가랑잎》이 그 사랑의 증거다.

짜고 매운 것을 좋아하는 식성을 나무라는 아내에게 "그러지" 하고 건성으로 대답하면서도 속으로는 '뭐가 그러지냐?' 하고, 옆에서 참견할수록 더 고집을 부리는 경상도적 '뺄띠' 센 것을 은근한 자랑으로 알았다. 그에게 고향 경주는 마음의 안식을 갈구하는 사모와 동경 속에서만 존재하는, 이름도 모르는 머나먼 저편 평화의 별나라요, 끝내 가서 닿을 수 없는 강기슭 같은 곳이었다.

제2부는 대구 계성중학 시절의 술회로부터 시작된다. 목월은 자신의 '문학적 자서전'에 해당할 글을 많이 남겼다. 난생처음 부모 품을 떠난 소년의 애절한 고향 생각 속에서 그는 시에 대한 갈망을 처음으로 느꼈다. 철철이 변하는 고향의 모습을 언어로 포획할 수 있다는 꿈은 가슴을 벌름거리게 할 만큼 강렬했다. 그는 중학교 때 이미 '시인'이란 별명을 가졌고, 그것은 그의 평생을 따라다닌 관사冠詞였다.

열아홉에 중학(오늘날의 고등학교)을 졸업하고 금융조합 서기가 되어 경주로 돌아와서, 낮에는 전표 더미를 놓고 주판알을 튕기고, 밤에는 고도의 품 안을 배회하며 단지 쓸쓸하다는 표현을 넘어서는 우주적 고독을 품었다. 하도 쓸쓸해 쓴 시가 《문장》에 추천되자 절망적 고독은 비로소 충만한 기운을 띠게 되었다. 이 모습을 조지훈은 "시로 말미암아 청춘이 병들었더니, 시로써 다시 뜻이 서게 되었구나" 하고 기뻐해주었다.

그 지훈과는 스물셋 청춘의 절정에서 만났다. 목 안에 감기는 엷은 갈증으로 영혼이 야위어가는 고독감에 배만 고프던 그는 언어마저 빼앗긴 절망의 환경을 향토적 세계에 대한 애착으로 버텨 나갔다. 어느 날 일면식 없던 지훈의 편지가 경주로 도착하고, 목월이 다시 "경주박물관에는 지금 노오란 산수유꽃이 한창입니다. 늘 외롭게 가서 보곤 하던 싸늘한 옥적玉笛을 마음속에 그리던 임과 함께 볼 수 있는 감격을 지금부터 기다리겠습니다"라는 답장을 보냈을 때, 고여 있던 시간이 보석처럼 반짝이며 출렁댔다.

얼마 후 지훈이 장발을 휘날리며 경주 건천역에 내려서고, 목월은 그때 깃대에 자기 이름을 써서 흔들며 그를 맞이했다. 두 사람이 처음 해후하는 광경은 아무리 생각해도 눈물겹다. 그날 밤 어두운 여관방 불빛 아래서 "꾹구구구 비둘기야, 구구우꾹 비둘기야"를 수줍게 보여주던 목월의 시를 받아들고 경북 영양으로 간 지훈이 다시 〈낙화〉를 보내오고 〈완화삼〉을 보내왔다. 이에 화답으로 〈나그네〉가 되건너가면서 긴 하소연의 5년이 지나고야 비로소 해방이 왔다.

1946년 2월, 기차를 열일곱 시간이나 타고 서울에 도착한 목월이 영보빌딩 을유문화사로 박두진을 찾아가 처음 만났다. 이른 아침 출근길에 목월이 출판사 편집실로 막 들어섰을 때 중간쯤의 사원 한 사람이 씩 웃으며 일어났다. 두 사람은 대뜸 서로 알아보고 웃으며 손을 잡아 흔들었다. 목월의 말대로 학 같던 두진과의 첫 만남 장면도 퍽 아름답다. 그 우정을 기념하여 두 사람은 지훈의 집을 찾았고, 마침내 세 사람의 시는 '청록집'이란 이름으로 출간되어, 해방 후 첫 개인 시집의 영예를 안고 한국 현대시의 새로운 기축을 열었다.

출간 후 세 사람을 《문장》에 추천했던 정지용을 초대했을 때,

해방 후 좌익 쪽에 기운 그는 초대를 거절했다. 곡절 끝에 맥줏집에서 만나 책을 증정하자 곤혹스러운 표정으로 앉아 있던 지용이 어색함을 얼버무리려 목월의 〈나그네〉를 낭독하다 무릎을 치며 칭찬하고는 "내가 호랑이 새끼를 길렀어" 하던 장면은 당시 문단 이면사의 또렷한 증언으로도 인상 깊다. 청록파 세 사람 중에서 지용이 가장 아꼈던 시인은 단연 목월이었다. 목월의 초기 시에는 지용의 그림자가 자주 얼비친다.

청록파 세 사람은 개성이 저마다 달랐고 특별히 살갑게 만나지는 않았지만 6·25전쟁을 함께 나고 간난의 시절을 같이 건너면서 서로를 존중하며 한결같은 우정을 이어갔다. 목월의 표현에 따르면, "자기대로의 성격과 개성을 지켜 얼룩지는 일이 없이 20여 년 맺어온 우정"이었다.

목월은 〈자작시 해설〉을 비롯해 자신이 애송한 시에 대한 해설도 많이 썼다. 그 글들 속에 시인이 그려둔 마음의 지도도 몇 장 들어 있다. 목월은 어둡고 불안한 일제 말기에 어수룩한 천지가 그리워 세상 어디에도 없는 환상의 지도를 따로 마련해두었다. 그곳은 태모산太母山을 주산 삼고, 태웅산太熊山·구강산九江山·자하산紫霞山이 차례로 능선을 타고 늘어선 곳이다. 자하산 골짜기를 타고 흘러내린 물이 낙산호洛山湖와 영랑호永郎湖로 고이고, 그 물에 방초봉芳草峰이 그림자를 드리운다. 방초봉 맞은편 보랏빛 자하산의 아지랑이 속에는 청운사靑雲寺의 낡은 기와집이 있다.

태모와 태웅에서 단군신화의 냄새가 나고 낙산호·영랑호에는 금강산과 설악산, 그리고 동해의 체취가 담겨 있다. 그것이 경주 어름까지 내려와 청노루가 뛰노는 방초봉과 선도산仙桃山이 된다. 자하산 청운사의 푸른 산빛과 구강산의 맑은 물빛 속에서는 송홧가루가 날리고 윤사월의 꾀꼬리가 울며 암노루가 흐르는 구름에 눈을 씻고 아지랑이는 또 열두 고개를 고물고물 피어서 넘어간다. 구름은 청노루의 맑은 눈에도 어리고 그 열두 굽이에는 느릅나무 속잎이 파릇파릇 피어나기도 한다. 안개가 피어 강물이 되고 박꽃 같은 처녀들의 갑사댕기 남끝동이 구구대는 밤 비둘기 울음 속에 삼삼할 때도 있었다.

목월은 이 푸른빛과 보랏빛을 자신의 작품 세계에 일관되게 보이는 기본적인 색조라고 설명했다. 이 상상의 지도 한 장을 들고 그의 《청록집》과 《산도화》를 다시 읽으면 그 마음속 길의 속살들이 갈피갈피 환하게 잘 들여다보인다.

50대의 시편을 모은 《경상도의 가랑잎》은 주변에 쏟아져내리는 가랑잎 같은 허망함 속에서 위胃는 처져 둔중한 인생의 피로를 기를 쓰며 버텨낸 시작 생활의 보고서다. 무뚝뚝하게 져가는 가랑잎처럼 소박하고 단출한 삶을 꿈꾼 기록이다.

제3부 '일상의 경이'에서는 가족의 일상과 삶을 물끄러미 응시하는 시선을 담았다. 그것은 한마디로 나직한 가락이다. 시인의 눈길은 하나의 사물을 바라보다가 거기서 문득 삶의 비의秘義를 하나씩 포착해낸다. 아무튼 유비적類比的 상상력이라 할까? 이것

에서 저것을 보고, 여기서 저기로 건너뛰는 비월飛越이 이뤄지는 현장이다. 그것은 선한 청노루의 눈에 도는 구름 같고, 하얀 해으름에 강을 건너는 청모시 옷고름같이 맑고도 투명하다.

제1부에 실린 〈교직 조끼〉에서는 어릴 적 세상에서 제일가는 멋진 조끼를 저고리 위에 척 걸쳐입고 싶었던 꿈을 얘기했다. 안타까운 열망이 다 시든 뒤에 얻어입은 조끼는 본견과 인조견을 섞어짠 교직물이었다. 하필이면 둘을 섞은 교직 조끼였을까? 그것이 그의 생각 속으로 들어갔다 나오자 자신의 삶을 관통하는 운명적인 수수께끼를 푸는 열쇠가 된다. 교수라는 산문적 생활과, 시인이란 창조적 생활의 교직交織이 자신의 지나온 삶이었다는 것을 문득 깨닫는 것이다. 생각은 한차례 더 건너뛰어 몽상가 돈키호테의 눈과 미련한 현실주의자 산초 판사의 시선의 공존도 자신의 교직 조끼와 포개진다.

제주도의 젊은 시인이 가져온 춘란을 10여 년 꽃 한 번 못 피우고 기르다가 어느 순간 난초가 자신과 동화된 것을 깨닫는 지점도 보인다. 무심코 서가에 얹혀 있는 난초를 더듬는 눈길을 의식하면서부터다. 날카롭게 뻗은 잎새의 무한으로 드리워진 포물선에서, 형언할 수 없는 적막 속에 명상에 잠긴 자신의 모진 고독과 침울한 명상을 읽고, 그를 자신의 분신으로 받아들인다. 꽃을 못 피운 채 무한으로 향하는 고독이라니…….

그는 출강하는 모 대학의 휴게실이 주는 위로에 감사하며 '설핏한 연령'에 이르러서야 주어진 소소하나 깊은 세계의 과분한 행복을 기뻐했다. 나무그릇에 귤 몇 개를 얹어두고 그 귤 속에서 오만한 눈을 뜨고 세상에서 가장 충만한 자세로 도전해오는 싱싱하고 팽창한 생명의 정수를 느끼기도 했다.

밤하늘의 성좌를 올려다보며 그는 초록 별빛 하나하나에서 마음속에 스쳐간 무수한 슬픔의 자취들이 모습을 이루어 자신을 내려다보고 있다고 생각한다. 그래서 자신을 먼 산마루에 오랜 밤의 넋 안에서만 자라는 한 그루의 수목이라 여겼다. 깊은 밤중의 글쓰기는 '내가 원고를 쓰는 것이 아니라 원고지 위에 내 영혼의 기도가 종소리처럼 우는 것'이라고 적기도 했다.

동해안 바닷가에서 국도를 벗어나 오솔길을 걸으며 그는 겉으로는 도시의 포장도로를 걷고 있었지만 언제나 마음의 오솔길을 따라 걸어온 자신의 평생을 되돌아보았다. 굳이 오솔길을 택해 걸으며 그 길을 소극적인 패배주의로 모는 대신, 발등을 밝히는 불빛을 따라 마음이 가난한 사람이 겸허하게 걸어가는 맑은 영혼의 길이라고 설명했다.

목월의 산문은 이처럼 잔잔하고 나직하다. 저마다 제 말만 들으라고 목청을 높여대는 이 시대에 선하고 어진 눈빛으로 깊은 밤의 적막을 응시하는 고독의 시선은, 우리에게 더 필요한 것은 성찰의 시간일 뿐이라고 말해주는 것 같다. 떠들기 전에 귀 기울이고, 가르치려 들지 말고 더 배워야 한다고 일러준다. 그의 산문을 읽고 있노라면 내면의 상처가 가만히 아무는 느낌이 든다. 읽는 이의 마음을 가라앉히는 정화의 힘이 있다.

한국 수필의 새 기축
_피천득과 윤오영

피천득 선생의 수필 세계를 한학 전공의 필자가 말하려니 붓끝이 외람되다. 뜻하지 않게 두 분의 글을 새로 꺼내 읽으며 입가에 나도 몰래 미소가 지어지는 청복을 누린 것은 분외의 일이다. 피천득, 윤오영 두 분은 어린 시절부터의 벗으로 한국 수필의 새 기축을 함께 열었다. 영문학과 한학으로 학문 배경이 달랐던 두 분이 수필의 한 마당에서 어찌 함께 만나 동서양 고전의 향기를 현대 수필에 버무려 온축해냈을까?

피천득은 영국 찰스 램의《엘리아 수필집》을 응시했다. 윤오영은 송나라 소동파, 명말청초 장대張岱와 연암 박지원의 산문을 사숙했다. 다른 뿌리에서 나온 두 분의 수필 세계는 다르면서 아주 같고, 같지만 전혀 다르다.

이 글을 딱딱한 논문으로 쓸 생각이 없다. 내 말은 아끼고, 두 분의 말씀과 옛글을 견줘 맛이 다른 조각보 하나를 만들어볼 궁리를 했다. 두 분이 서로에 대해 논한 것과 수필에 대한 생각을 정리하고, 피천득 수필의 묘처를 예시로 들어보겠다. 또 피천득과 윤오영을 한문 고전 소품과 엮어읽기 방식으로 살펴, 동양 고전과 현대 수필의 회동과 회통의 장면을 음미해보려 한다. 그간의 논의와 조금 다른 지점을 포착할 수 있다면 이 글의 소임을 잘 마친 것이다. 질정을 청한다.

두 분은 중학 시절부터의 단짝 친구다. 윤오영은 친구 피천득의 회갑을 축하하며 〈수금아회갑서壽琴兒回甲序〉를 썼다. 피천득은 윤오영의 수필을 기려 〈치옹癡翁〉을 지었다. 금아와 치옹은 두 분의 호다. 윤오영이 본 피천득은 이렇다.

> 금아의 글은 안개 한 겹 가림 없는 금아 그대로의 진솔한 자기다. 그러므로 그를 말할 때 그의 글을 말하게 된다. 문학은 사람에 따라 호사도 될 수 있고, 명예도 될 수 있고, 출세의 도구도 될 수 있지만, 사람에 있어서는 인생의 외로움을 달래는 또 하나의 외로움인 동시에 사랑이다. 금아의 글은 후자에 속한다. 도도하게 굽이쳐 흐르는 호탕한 물은 아니지만, 산곡간에 옥수같이 흐르는 맑은 물이다. 탁류가 도도하고 홍수가 밀리는 이때, 그의 글이 더욱 빛

난다. 그의 글이 곱다 하여, 화문석같이 수월한 무늬가 아니요, 한산 세모시같이 곱게 다듬은 글이다. 그의 글이 평온하다 하여 안일한 데서 온 글이 아니다. 옥을 쫍는 시냇물은 그 밑바닥에 거친 돌부리와 아픈 자갈이 깔려 있다. "수필은 청자연적이요, 난이요 학이요, 청초한 여인"이라고 했다. 그것은 바로 자기의 수필을 말함이다. "손때 묻고 오래 쓰던 가구를 사랑하되, 화려해서가 아니라 정든 탓"이라고 했다. 그는 정情의 인人이다. 그는 "녹슨 약저울이 걸려 있는 가난한 약방"을 자기 집 서재에서 그리워하고 있다. 그는 청빈의 인이다. 그는 "자다가 깨서 보려고 장미 일곱 송이를 샀다". 그는 관조의 인이다. 그는 도산 장례에 참례하지 못한 것을 "예수를 모른다고 한 베드로보다 부끄럽다"고 했다. 그는 진솔의 인이다. 그는 진실과 유리된 붓을 희롱하지 않는 사람이다. 그는 "새댁이 김장 30번만 담그면 할머니가 되는 세월"을 탄식했다. 자기가 보고 느낀 세월이다.

윤오영이 피천득의 회갑을 축하하기 위해 1970년 5월 27일에 쓴 글이다. 몇 해 뒤 피천득은 위 글에 답례하듯 〈치옹〉을 썼다.

그의 수필의 소재는 다양하다. 그는 무슨 제목을 주어도 글다운 글을 단시간에 써낼 수 있다. 이런 것을 작가의 역량이라고 하나보다. 평범한 생활에서 얻는 신기한 발견, 특히 독서에서 오는 풍부하고 심각한 체험이 그에게 많은 이야깃거리를 제공한다. 그리고 이 소득은 그가 타고난 예민한 정서, 예리한 관찰력, 놀랄 만한 상상력, 그리고 그 기억력의 산물이다.

옥같이 고루 다듬어진 수필들이 참으로 많고 많다. 〈염소〉, 〈비원의 가을〉, 〈찰밥〉, 〈달밤〉, 〈소녀〉, 〈소창〉, 〈봄〉, 〈방망이 깎던 노인〉, 〈산〉, 〈생활의 정〉, 〈아적 독서론〉 등은 그중에서도 걸작들이다.

금강석같이 빛나는 대목들이 헤아릴 수 없을 만큼 많다.

〈염소〉라는 수필에…….

"그리고 주인이 저를 흥정하고 있는 동안은 주인 옆에 온순하게 충실히 기다리고 서 있듯, 그리고 길가에 버려 있는 무청시래기 옆에 세워두면 다투어 푸른 잎을 뜯어먹듯, 그리고 다시 끌고 가면 먹던 것을 놓고 총총히 따라가듯."

또 문득 유원悠遠한 영겁을 느끼게 하는 〈비원의 가을〉의 절구.

"위대한 사람은 시간을 창조해나가고 범상한 사람은 시간에 실려간다. 그러나 한가한 사람이란 시간과 마주 서 있어본 사람이다."

또 "조약돌 같은 인생. 다시 조약돌을 손에 쥐고 만져본다. 부드럽고 매끄럽다. 옥도 아닌 것을 구슬도 아닌 것을. 그러나 옥이면 별것이요 구슬이면 별것이냐. 곱고 깨끗한 것이 부드럽게 내 손에 쥐어지면 그것이 곧 옥이요 구슬이지".

그의 수필에서 우리는 전통문화에 대한 지식을 배우고 읽어내려가는 동안에 향수를 느낀다. 그 글에는 작은 사물에 대한 깊이 있는 음미가 있고 종종 현실을 암시하는 경구도 있다. 감격적이고 때로는 감상적이 되기도 한다. 그러나 그는 자제할 줄을 안다.

주거니 받거니 한 두 분의 글을 읽자면 나는 지훈의 〈완화삼〉에 〈나그네〉로 화답하던 목월의 마음을 알 것 같다.

두 분은 수필을 두고도 나란히 글을 썼다. 윤오영의 수필론을 먼저 읽는다. 나는 선생의 《수필문학입문》 중 〈수필의 성격〉이란 글 중의 다음 대목이 너무 좋아서, 여러 해 전 '태학산문선'으로 윤오영의 수필집을 간행하면서 이 부분을 따로 떼어내 소개한 후, 책 제목을 '곶감과 수필'로 달기까지 했다.

소설을 밤〔栗〕에, 시를 복숭아〔桃〕에 비유한다면 수필은 곶감〔乾柹〕에 비유될 것이다. 밤나무에는 못 먹는 쭉정이가 열리는 수가 있다. 그러나 밤나무라 하지, 쭉정나무라 하지는 않는다. 그러고 보면 쭉정이도 밤이다. 복숭아에는 못 먹는 돼기 복숭아가 열리는 수가 있다. 그러나 역시 복숭아나무라 하고 돼기나무라고는 하지 않는다. 즉, 돼기 복숭아도 또한 복숭아다. 그러나 감나무와 고욤나무는 똑같아 보이지만 감나무에는 감이 열리고 고욤나무에는 고욤이 열린다. 고욤과 감은 별개다. 소설이나 시는 잘못되어도 그 형태로 보아 소설이요 시지 다른 문학의 형태일 수가 없다. 그러나 문학수필과 잡문은 근본적으로 같지 않다. 수필이 잘되면 문학이요, 잘못되면 잡문이란 말은 그 성격을 구별 못한 데서 온 말이다.

아무리 글이 유창하고, 재미있고, 미려해도 문학적 정서에서 출발하지 아니한 것은 잡문이다. 이 말이 거슬리게 들린다면, 문장 혹은 일반 수필이라고 해도 좋다. 어떻든 문학작품은 아니다.

밤은 복잡한 가시로 송이를 이루고 있다. 그 속에 껍질이 있고, 또 보늬가 있고 나서 알맹이가 있다. 소설은 복잡한 이야기와 다양한 변화 속에 테마(主題)가 들어 있다. 복숭아는 살이다. 이 살 자체가 천년반도千年蟠桃의 신화를 연상케 하는 아름다운 형태를 이루고 있다. 시는 시어 자체가 하나의 이미지로 조성되어 있다. 그러면 곶감은 어떠한가. 감나무에는 아름다운 열매가 무럭무럭 자라고 있다. 그 푸른 열매가. 그러나 그 푸른 열매는 풋감이 아니다. 늦은 가을 풍상을 겪어 모든 나무에 낙엽이 질 때, 푸른 하늘 찬 서리 바람에 비로소 붉게 익은 감을 본다. 감은 아름답다. 이것이 문장이다. 문장은 원래 문채란 뜻이니 청적색이 문文이요, 적백색이 장章이다. 그 글의 찬란하고 화려함을 말함이다. 그러나 감이 곧 곶감은 아니다. 그 고운 껍질을 벗겨야 한다. 문장기文章氣를 벗겨야 참 글이 된다는 원중랑의 말이 옳다. 그 껍질을 벗겨서 시득시득하게 말려야 한다. 여러 번 손질을 해야 한다. 그러면 속에 있던 당분이 겉으로 나타나 하얀 시설柹雪이 앉는다. 만일 덜 익었거나 상했으면 시설은 앉지 않는다. 시설이 잘 앉은 다음에 혹은 납작하게 혹은 네모지게 혹은 타원형으로 매만져놓는다. 이것을, 곶감을 접는다고 한다. 감은 오래가지 못한다. 곶감이라야 오래간다. 수필은 이렇게 해서 만든 곶감이다. 곶감의 시설은 수필의 생명과도 같은 수필 특유의 것이다. 곶감을 접는다는 것은 수필에 있어서 스타일이 될 것이다. 즉 그 수필, 그 수필마다의 형태가 될 것이다. 그러면 곶감의 시설은 무엇인가. 이른바 정서적·신비적 이미지가 아닐까. 이 이미지를 나타내는 신비가 수필을 둘러싸고 있는 놀과 같은 무드다. 수필의 묘는 문제를 제기하되 소설적 테마가 아니요, 감정을 나타내되 시적 이미지가 아니요, 놀과도 같이 아련한 무드에 싸인 신비로운 정서에 있는 것이다.

수필에 대한 정의가 이토록 명쾌하고 상쾌하다. 피천득은 또 〈수필〉이란 아름다운 글을 남겼다.

수필은 청자연적이다. 수필은 난이요, 학이요, 청초하고 몸맵시 날렵한 여인이다. 수필은 그 여인이 걸어가는 숲속으로 난 평탄하고 고요한 길이다. 수필은 가로수 늘어진 페이브먼트가 될 수도 있다. 그러나 그 길은 깨끗하고 사람이 적게 다니는 주택가에 있다.

수필은 청춘의 글은 아니요, 서른여섯 살 중년 고개를 넘어선 사람의 글이며, 정열이나 심오한 지성을 내포한 문학이 아니요, 그저 수필가가 쓴 단순한 글이다.

수필은 흥미를 주지마는 읽는 사람을 흥분시키지는 아니한다. 수필은 마음의 산책이다. 그 속에는 인생의 향취와 여운이 숨어 있는 것이다.

수필의 색깔은 황홀찬란하거나 진하지 아니하며, 검거나 희지 않고 퇴락하여 추하지 않고, 언제나 온아우미溫雅優美하다. 수필의 빛은 비둘기빛이거나 진줏빛이다. 수필이 비단이라면 번쩍거리지 않는 바탕에 약간의 무늬가 있는 것이다. 이 무늬는 읽는 사람의 얼굴에 미소를 띠게 한다.

수필은 한가하면서도 나태하지 아니하고, 속박을 벗어나고서도 산만하지 않으며, 찬란하지 않고 우아하며 날카롭지 않으나 산뜻한 문학이다.

수필의 재료는 생활 경험, 자연 관찰, 또는 사회현상에 대한 새로운 발견, 무엇이나 다 좋을 것이다. 그 제재가 무엇이든 간에 쓰는 이의 독특한 개성과 그때의 무드에 따라 '누에의 입에서 나오는 액이 고치를 만들 듯이' 수필은 써지는 것이다. 수필은 플롯이나 클라이맥스를 필요로 하지 않는다. 가고 싶은 대로 가는 것이 수필의 행로이다. 그러나 차를 마시는 거와 같은 이 문학은 그 방향芳香을 갖지 아니할 때에는 수돗물같이 무미한 것이 되어버리는 것이다.

수필은 독백이다. 소설가나 극작가는 때로 여러 가지 성격을 가져보아야 된다. 셰익스피어는 햄릿도 되고 폴로니어스 노릇도 한다. 그러나 수필가 램은 언제나 찰스 램이면 되는 것이다. 수필은 그 쓰는 사람을 가장 솔직히 나타내는 문학 형식이다. 그러므로 수필은 독자에게 친밀감을 주며, 친구에게서 받은 편지와도 같은 것이다.

덕수궁 박물관에 청자연적이 하나 있었다. 내가 본 그 연적은 연꽃 모양을 한 것으로, 똑같이 생긴 꽃잎들이 정연히 달려 있었는데, 다만 그중에 꽃잎 하나만이 약간 옆으로 꼬부라져 있었다. 이 균형 속에 있는 눈에 거슬리지 않는 파격이 수필인가 한다. 한 조각 연꽃잎을 꼬부라지게 하기에는 마음의 여유를 필요로 한다.

이 마음의 여유가 없어 수필을 못 쓰는 것은 슬픈 일이다. 때로는 억지로 마음의 여유를 가지려 하다가는 그런 여유를 갖는 것이 죄스러운 것 같기도 하여 나의 마지막 십분지 일까지도 숫제 초조와 번잡에 다 주어버리는 것이다.

두 분의 글은 서로 기미氣味와 기맥이 통한다. 두 사람은 같은 말을 다르게 했다. 피천득은 수필이 개성과 무드로 누에가 실을 뽑듯 자연스레 쓰지만 향기를 지닌 차와 같은 것이라고 했다. 윤오영은 문장기를 버리고 껍질을 깎아 시득시득 말릴 때 곶감의 표면에 하얗게 내려앉은 분꽃 같은 시설柿雪이 수필이라고 했다. 그 역시 신비로운 놀과 같은 무드를 강조했다. 두 사람 모두 소설이나 극작과 시를 수필에 비겨 설명한다. 이 두 글을 나란히 읽어보면 서로를 무척 의식했던 것을 알겠다.

상동구이尙同求異라고나 할까? 두 사람이 걸어간 길은 같되 같지가 않다. 피천득은 '중키보다 좀 작고 눈이 맑고 말을 더듬은' 찰스 램을 사랑하여, 오래된 책과 옛날 작가를 사랑하고 그림과 도자기를 사랑하고 작은 사치를 사랑하며 여자를 존중히 여겼던 램과 같은 취향을 살았다. 1년의 하버드 체류 동안 보스턴미술관의 한국도자실을 매주 서성거렸고, 덕수궁의 청자연적에 오래 눈길이 머물렀다. 일찍 돌아가신 어머니와 딸 서영을 연인처럼 그리며 사랑했고, 인형 난영이를 매일 머리 빗기고 목욕시켜주었다. 또 잠이 깨면 바라다보려고 장미 일곱 송이를 사는 호사와(〈장미〉), 잉그리드 버그먼이 필립모리스를 피운다는 기사를 읽고 담배 피우지 않던 그가 모리스 한 갑을 피우는 작은 사치를 마다하지 않았다(〈반사적 광영〉).

찰스 램이 자기 학교, 회사, 극장, 배우들, 거지들, 뒷골목 술집, 책사…… 이런 것들의 작은 이야기를 끝없는 로맨스로 엮어 《엘리아 수필집》을 펴냈던 것처럼, 그는 일상의 자잘한 감동을 경이의 눈길에 담아 《금아문선》을 펴냈다. 그는 찰스 램이 램(양)이라는 자기 이름에 대해 "나의 행동이 너를 부끄럽게 하지 않기를, 나의 고운 이름이여"라고 쓴 것을 보고(〈찰스 램〉), "아무려나 50년 나와 함께하여, 헐어진 책등같이 된 이름, 금박으로 빛낸 적도 없었다. 그런대로 아껴 과히 더럽히지나 않았으면 한다"고 자기 이름에 바치는 헌사를 썼다(〈피가지변〉).

윤오영은 자못 남성 취향이다. 그는 끝없는 해천海天이 늠실늠실 울걱이며 호호탕탕하게 밀어닥치는 조수를 보고 "수천수백만의 흰 물결이 거침없이 진격해오는 그 승승장구의 호탕한 행진"에 감격적인 충동을 느낀다(〈밀물〉). 그의 글도 때로 그렇다. 그는 옛 문장을 사모한 나머지 꿈속에 사마천의 집을 찾아가서 "돼지새끼처럼 사금치로 불알을 째는" 광경에 크게 울고, 책장 갈피에서 영웅호걸들의 이름이 나비같이 날아 우수수 낙엽이 되고 분분히 떨어지다 사라지는 환상 앞에서 땅을 치고 엉엉 울다 제 소리에 잠을 깨는 사람이다(〈기몽記夢〉).

둘이 늘 같은 생각, 같은 말을 하면서도 글의 풍격은 판이하게 달랐다. 같은 것은 마음이요 다른 것은 문체이니, 옛사람이 말한 심동모이心同貌異이지, 겉만 비슷하고 속은 다른 모동심이가 아니었다.

수필은 문체다. 문체 위로 흐르는 무드에서 성패가 결정된다. 윤오영은 〈문장과 표현〉에서 간결·평이·정밀·솔직을 표현의 네 기준으로 들었다. 문단의장文短意長 문간의심文簡意深, 글은 짧고 뜻이 길어야 함축과 여운이 깃든다. 의현사명義玄詞明, 속뜻이 깊되 말이 분명해야 전달력이 높아진다. 서사와 묘사에서는 지리산만支離散漫을 버리고 선명치밀鮮明緻密에 힘쓰라고 했다. 그 내용은 가슴에서 우러난 거짓 없는 진정솔직眞情率直이라야 한다. 간결하되 기복농담起伏濃淡의 변화가 필요하고, 평이하되 평범에 흘러서는 안 되며, 정밀해도 체삽滯澁은 안 되고, 솔직을 졸렬과 맞바꿔서는 안 된다고 적었다. 가장 중시한 것은 무드로, 이것은 전편의 조화에서 이룩된다. 고기비늘처럼 한 비늘 한 비늘이 가지런히 모여 한 편의 무드가 된다고 보았다.

이제 이런 요소가 피천득 수필에 어찌 녹아들어 있는지 몇 가지로 나눠 살펴본다. 돌올突兀한 서두, 진솔眞率의 정미情味, 간소簡素한 유머, 절제된 마무리, 이 네 가지를 꼽겠다.

첫째, 돌올한 서두다. 돌올은 느닷없다는 뜻이다. 윤오영은 수필의 서두를 이렇게 말했다. "안개같이 시작해서 안개같이 사라지는 글은 가장 높은 글이요, 기발한 서두로 시작해서 거침없이 나가는 글은 재치 있는 글이요, 간명하게 쓰되 정서의 함축이 있으면 좋은 글이다."(〈서두의 득실〉)

피천득 수필은 첫 문장이 주는 돌올한 매력으로 사람을 잡아끈다. 몇 예를 든다. "산호와 진주는 나의 소원이었다."(〈인연 서문〉) 느닷없다. "1월은 기온으로 보면 확실히 겨울의 한 고비다."(〈신춘〉) 뚱딴지같다. "5월은 금방 찬물로 세수를 한 스물한 살 청신한 얼굴이다."(〈5월〉) 마음이 환해진다. "간절한 소원이 꿈에 이루어지기도 한다."(〈꿈〉) 무슨 말을 하려고? "마당으로 뛰어내려와 안고 들어갈 텐데 웬일인지 엄마의 얼굴은 보이지 않았다."(〈엄마〉) 가슴이 철렁 내려앉는다. "지난 4월 춘천에 가려고 하다가 못 가고 말았다."(〈인연〉) 애틋하다. "말이 채 끝나기도 전에 전화는 끊겼다."(〈유순이〉) 누가? 왜? "세상을 떠나기 전날 그는 우리 집에 전화를 걸고 '피 선생이 왜 늦어지나요' 하더라고. 이것이 지금도 마음을 아프게 한다."(〈어느 학자의 초상〉) 끝까지 읽어봐도 누군지 알 수 없다. "웃는 얼굴들. 참고 견디고 작은 안정을 유지하려고 애를 쓰고들 산다."(〈여린 마음〉) 툭툭 던지듯 썼다. "등 넝쿨 트렐리스 밑에 있는 세사밭, 손을 세사 속에 넣으면 물기가 있어 차가웠다."(〈우정〉) 글 속으로 바로 끌고 들어간다.

거두절미去頭截尾의 미학이다. 수필의 서두는 예고편이 아니다.

쓸데없는 인용을 잔뜩 늘어놓거나 이제부터 제가 쓸 말을 장황하게 떠벌리는 서두에 익숙한 독자에게 그의 첫 문장은 늘 청신한 느낌을 준다. 다짜고짜 글 속으로 몰입하게 만든다. 글 쓰는 이가 힘을 빼야 가능한데, 이것은 쉽지가 않다.

둘째, 진솔의 정미다. 윤오영은 말한다. "문장도 침착하고 담담한 속에서 정을 살릴 수 있는 것이니 지나치게 화려하거나 들떠서는 못쓴다. 기상조작奇想粗作, 즉 생각은 기이한데 글은 조잡하다는 말은 아무리 좋은 생각도 조작이 되면 문정文情을 낳지 못한다는 말이요, 무문농필舞文弄筆이란 말은 글재주만 홍청거려도 글이 못 된다는 뜻이다. 문정이란 반드시 애절한 감상이나 고운 서정을 말하는 것이 아니요, 담담한 문장에서 오는 품위를 말하는 것이다. 마음이 담담하게 가라앉아야 그윽한 정이 고이고, 그윽한 정이 있어야 문장이 방향芳香을 머금을 수 있다."(〈문정〉)

피천득의 수필은 돌올한 서두가 이내 진솔의 정미로 이어지면서 아련한 문정을 깃들인다. 읽는 이의 마음을 정화시킨다. 몇 단락을 읽는다.

"강원도 어느 산골에서였다. 키가 크고 늘씬한 젊은 여인이 물동이를 이고 바른손으로 물동이 전면에서 흐르는 물을 휘뿌리면서 걸어오고 있었다. 그때 또 하나의 젊은 여인이 저편 지름길로부터 나오더니 똬리를 머리에 얹으며 물동이를 받아이려 하였다. 물동이를 인 먼저 여인은 마중 나온 여인의 머리에 놓인 똬리를 얼른 집어던지고 다시 손으로 동이에 흐르는 물을 쓸며 뒤도 아니 돌아보고 지름길로 걸어들어갔다. 마중 나왔던 여자는 웃으면서 똬리를 집어들고 뒤를 따랐다. 이 두 여인은 동서가 아니면 아마 시누올케였을 것이다. 그들은 비너스와 사이키보다 멋이 있었다."(〈멋〉) 무심히 스친 장면이 잊을 수 없는 영상이 된다.

"예전 북경에는 이른 새벽이면 고궁 담 밖에 조롱을 들고 섰는 노인들이 있었다. 궁 안에서 우는 새소리를 들려주느라고 서 있는 것이다. 울지 않던 새도 같은 종류의 새소리를 들으면 제 울음을 운다는 것이다."(〈종달새〉) 기르는 새가 울지 않아 안타까운 그 마음을 읽었다.

"미국 보스턴 가까이 있는 케임브리지라는 도시에 롱펠로의 〈촌 대장장이〉라는 시로 유명해진 큰 밤나무가 하나 서 있었다. 이 나무가 도시계획에 걸려 물의를 일으킨 일이 있었다. 신문 사설에서까지 대립된 논쟁이 벌어졌으나, 마침내 그 밤나무는 희생이 되고 말았다. 소학교 학생들은 1센트씩 돈을 모아 그 밤나무로 안락의자를 하나 만들어 롱펠로에게 선사하였다. 시인은 가고 의자만이 지금도 그가 살고 있던 집에 놓여 있다. 나는 잠깐 그 의자에 앉아보았다. 그리고 누가 보지나 않았나 하고 둘러보았다."(〈반사적 광영〉) 나도 그 의자에 앉아보고 싶다.

"나는 어려서 무서움을 잘 탔다. 그래서 늘 머리맡에다 안데르센의 동화에 나오는, 주석으로 만든 용감한 병정들을 늘어놓고야 잠이 들었다. 아침에 눈을 떠보면 나의 근위병들은 다 제자리에서 꼼짝도 아니하고 서 있는 것이다."(〈장난감〉) 마음이 얼마나 든든했을까?

"어느 날 오후, 그레이스라는 타이피스트가 중요한 서류에 '미스' 투성이를 해놓았다. 애인을 떠나보내고 눈에 눈물이 어려서 그랬다는 것이다. …… 제2차 세계대전 때 일본에는 '가솔린 한 방울 피 한 방울'이라는 기막힌 표어가 있었다. 석유회사 타이피스트, 그레이스의 그 눈물에는 천만 드럼의 정유精油보다 소중한 데가 있다."(〈눈물〉) 따스하다.

윤오영은 다시 말한다. "조화造花는 아무리 아름다워도 나비는 앉지 않고 벌은 오지 않는다. '문은 정야情也'란 말이 있거니와, 정이 없으면 진정한 독자는 오지 않는다. 비록 대단하지 아니한 소화笑話 일속一束이라도 글을 아끼고 소중히 여기는 사람은 문장에 피를 새기지는 못할지언정 스스로 문장의 코미디언이 되기를 허락하지 않는다."(〈문정〉) 딱 그를 두고 한 말이다.

셋째는 간소한 유머다. 왁자한 웃음이 아니라 완이이소莞爾而笑의 빙그레 미소다. 본인이 너스레를 떨며 먼저 웃으면 귀할 것이 하나도 없다. 저는 진중하게 말하는데 읽는 이의 마음이 새털같이 가벼워져야 유머다. 웃기려 해서 웃기는 것이 아니라, 천성 생긴 대로 말하는 데서 오는 자연스러운 이끌림이 있어야 한다.

"백금 반지는 일제 말년 백금 헌납 강조 주간에 아니 내어놓으면 큰 벌을 받을까 봐 진고개 어떤 상점에 팔아버렸다. 팔러 가게 될 때까지에는 고민이 있었다. 그래서 '진주 반지를 끼면 눈물이 많다'는 말을 누구에게서 들은 것같이 생각하여보았다. 결혼반지가 중하지 약혼반지는 그리 대단한 것이 아니라고 중얼거리기도 하였다. 백금 값이 폭등하였으므로 지금 파는 것이 경제적으로는 이익이라고 집사람을 달래기도 하였다. 그리고 그 판 돈으로는 '야미' 쌀을 사먹자고 꾀었다."(〈금반지〉) 그 풍경이 눈에 선하다.

"우리집에는 쏘니라는 이름을 가진 강아지가 있었는데, 제 집을 끔찍이나 사랑하였다. 레이션 상자 속에 내 헌 재킷을 깐 것이 그의 집인데, 쏘니는 주둥이로 그 카펫을 정돈하느라고 매일 장시간을 보내었다. 그리고 그 삐죽한 턱주가리를 마분지 담벽에다 올려놓고 우리들 사는 것을 구경하고, 때로는 명상에 잠기기도 하였다. 그리고 저의 집 앞은 남이 얼씬도 못하게 하였다. 마치 궁성을 지키는 파수병같이 나는 이 개 못지않게 집을 위하였다."(〈이사〉) 개와 함께 사는 풍경이다.

"옛날 왕의 이야기가 나왔으니 말이지, 어떤 영국 사람이 자기 선조가 영국 왕 헨리 6세의 지팡이에 맞아 머리가 깨진 것을 자랑삼아 써놓은 글을 읽은 적이 있다. 바이런이 영국 사교계의 우상이었던 때, 사람들은 바이런같이 옷을 입고 바이런같이 머리를 깎고 바이런 같은 웃음을 웃고 걸음걸이도 바이런같이 걸었다. 그런데 바이런은 약간 절름발이였다."(〈반사적 광영〉) 내게도 자기 조상이 만든 커닝페이퍼를 값나가는 고서로 알고 찾아온 사람이 있었다.

"나는 술과 인생을 한껏 마셔보지도 못하고 그 빛이나 바라다 보고 기껏 남이 취하는 것을 구경하느라고 살아왔다. 나는 여자를 호사 한번 시켜보지 못하였다. 길 가는 여자의 황홀한 화장과 찬란한 옷을 구경할 뿐이다. 애써 벌어서 잠시나마 나의 눈을 즐겁게 해주는 그들의 남자들에게 감사한다."(〈술〉) 수단이 높다.

"비원은 창덕궁의 일부로 임금들의 후원이었다. 그러나 실은 후세에 올 나를 위하여 설계되었던 것인가 한다. 광해군은 눈이 혼탁하여 푸른 나무들이 잘 보이지 않았을 것이요, 새소리도 귀담아듣지도 못하였을 것이다. 숙종같이 어진 임금은 늘 마음이 편치 않아 그 향기로운 풀냄새를 인식하지 못하였을 거다."(〈비원〉) 뻔뻔하기까지 하다.

그런가 하면 "여자가 석연치 않을 때는 그녀를 미워하게 된다. 학문이 석연치 않을 때는 나를 미워하게 된다"거나(〈아인슈타인〉), "'말은 은이요, 침묵은 금이다'라는 격언이 있다. 그러나 침묵은 말의 준비 기간이요, 쉬는 기간이요, 바보들이 체면을 유지하는 기간이다"와 같은(〈이야기〉) 촌철살인의 언어도 있다.

또 "지금 여성들은 대개는 첫 번 만날 때 있는 말을 다 털어놓는다. 남의 말을 정성껏 듣는 것도 말을 잘하는 방법인데, 남이 말할 새 없이 자기 말만 하여서 얼마 되지 아니하는 바닥이 더 빨리 드러나는 것이다. 그리고 다음 만날 때는 예전에 한 이야기를 되풀이하기 시작한다"거나(〈이야기〉), "내가 말을 너무 많이 하고 빨리하여 위엄이 없다고 일러주는 친구가 있다. 그래 나는 명성이 높은 어떤 분이 회석에서 말은 한 마디도 하지 않고 눈만 끔벅끔벅하던 것을 기억하고 그 흉내를 내보려 하였다. 그랬더니 이것은 더 큰 고통이었다. 가슴이 터질 것같이 답답하여 나는 그 노릇은 다시 안 하기로 하였다"(〈낙서〉), 그리고 "요즘 나는 점잔을 빼는 학계 '권위'나 사회적 '거물'을 보면, 그를 불쌍히 여겨 그의 어렸을 적 모습을 상상하여보는 버릇이 생겼다. 그러면 그의 허위의 탈은 눈같이 스러지고 생글생글 웃는 장난꾸러기로 다시 환원하는 것이다"와 같은(〈낙서〉) 글을 읽을 때는 미상불 고소를 금치 못한다.

그는 도산 안창호 선생을 처음 찾아뵙고, "선생이 잠깐 방에서 나가신 틈을 타서 선생의 모자를 써보고 나는 대단히 기뻐했다"고 적었다(〈반사적 광영〉). 또 "베이스볼팀의 외야수와 같이 무대 뒤에 서 있는 콘트라베이스를 나는 좋아한다"고 썼다(〈플루트 플레이어〉). 양복 호주머니에 돈이 없을 때면 제분회사 사장을 부러워했고(〈용돈〉), "한때는 옛날 서생들의 기숙사였던 성균관 동재東齋에 방을 빌려 살림살이를 한 일도 있다. 그리로 이사 간 첫날 밤에는 꿈에 유생들이 몰려와서 나가라고 야단을 치지나 않을까 하고 퍽 걱정을 하였다"는(〈이사〉) 소심성 앞에서 작은 한숨을 내쉬지 않을 도리가 없다. 야단스럽지 않은 간소한 유머는 피천득 수필의 영롱한 보석이다.

넷째, 절제된 마무리를 꼽는다. 글 끝에 여운이 있다. 손가락이 현絃을 떠났건만 맥놀이는 이어진다. 종은 공이를 맞은 뒤부터 소리가 시작된다. 관조觀照의 여백 없이 여운은 없다. 산단운련山斷雲連이요, 사단의속辭斷意續이라야 한다. 산은 끊어져도 구름이 이어준다. 말은 끝났지만 뜻이 미처 끝나지 않았다. 이런 글이라야 좋은 글이다.

피천득 수필의 한 묘미는 아기자기하게 벌여놓고 깔밋하게 마무리하는 결말의 솜씨에 있다. 다음이 그 예다.

"양복바지를 걷어올리고 젖은 조가비를 밟는 맛은, 정녕 갓 나온 푸성귀를 씹는 감각일 것이다."(〈수상 스키〉) 순식간에 광휘를 거두어들였다.

"그 집 울타리에는 이름 모를 찬란한 꽃이 피어 있었다. 나는 언젠가 엄마한테서 들은 이야기를 생각하고 얼른 그 꽃을 꺾어 가지고 방으로 들어왔다. 하얀 꽃을 엄마 얼굴에 갖다 놓고 '뼈야 살아라!' 하고, 빨간 꽃을 가슴에 갖다 놓고 '피야 살아라!' 그랬더니 엄마는 자다가 깨듯이 눈을 떴다. 나는 엄마를 얼싸안았다. 엄마는 금시에 학이 되어 날아갔다."(〈꿈〉) 울지 않았다.

"무서운 동화를 읽은 어린아이같이 나는 자다 깨어 불안을 느낄 때가 있다."(〈호이트 컬렉션〉) 미술관에 진열된 사무라이 칼을 두고 한 이야기다.

"그런데 우황, 웅담, 사향, 영사, 야명사 같은 책자들이 필요할 때면 나는 그 시골 약국을 생각하게 된다."(〈시골 한약국〉) 약 이야기를 하다가 책 이야기로 마쳤다.

"엄마가 의식이 있어 내가 꼬집는 줄이나 아셨더라면 '나도 마지막 불효라도 할 수 있었을 것을' 하고 생각해본다."(〈그날〉) 불효조차 못하는 슬픔을 담담하게 담았다.

"아빠가 부탁이 있는데 잘 들어주어. 밥은 천천히 먹고, 길은 천천히 걷고, 말은 천천히 하고. 네 책상 위에 '천천히'라고 써붙여라. 눈 잠깐만 감아봐요. 아빠가 안아줄게. 자 눈 떠!"(〈서영이에게〉) 간지럽다.

"그는 자기 집 문 앞에 나와서 나를 기다리고 있었다. 그는 우리들의 우정에 대한 몇 마디 말과 서명을 한 시집을 나에게 주고 나를 잊지 않을 것이라고 하였다. 그리고 헤어질 때 나를 껴안고 오래 놓지 않았다."(〈로버트 프로스트 2〉) 프로스트에 대한 애잔한 기억이다.

"너희 집에서는 여섯 살 난 영이가 《백설공주》 이야기를 읽고 있을 것이다. 할아버지는 '고거, 에미 어려서와 꼭 같구나' 그러시리라."(〈시집가는 친구의 딸에게〉) 상큼하다.

"하늘에 별을 쳐다볼 때 내세가 있었으면 해보기도 한다. 신기한 것, 아름다운 것을 볼 때 살아 있다는 사실을 다행으로 생각해본다. 그리고 훗날 내 글을 읽는 사람이 있어 '사랑을 하고 갔구나' 하고 한숨지어주기를 바라기도 한다. 나는 참 염치없는 사람이다."(〈만년〉) 나도 염치없이 두 분 선생의 글만 짜깁기해서 한 챕터를 이렇게 마친다.

두 분의 수필을 읽다가 동양 고전 소품산문의 정신이 너무도 생생히 체현된 것에 문득 놀란다. 윤오영은 한학에 바탕을 두었고, 본인 스스로도 소동파와 장대, 박지원에게 배웠노라고 수없이 말했다. 피천득의 수필에서도 그가 사랑했던 찰스 램의 향취보다 오히려 명청 소품의 기분이 더 강하게 느껴진다. 그가 상하이에서 유학하며 중국적 분위기에 젖었던 체험이 있어서일까? 그것은 잘 알 수가 없다.

한두 편의 글을 옛글과 견줘 읽어본다. 먼저 윤오영의 〈달밤〉 전문.

> 내가 잠시 낙향해서 있었을 때 일.
>
> 어느 날 밤이었다. 달이 몹시 밝았다. 서울서 이사 온 윗마을 김군을 찾아갔다. 대문은 깊이 잠겨 있고 주위는 고요했다. 나는 밖에서 혼자 머뭇거리다가 대문을 흔들지 않고 그대로 돌아섰다.
>
> 맞은편 집 사랑 툇마루엔 웬 노인이 한 분 책상다리를 하고 앉아서 달을 보고 있었다. 나는 걸음을 그리로 옮겼다. 그는 내가 가까이 가도 별 관심을 보이지 아니했다.
>
> "좀 쉬어가겠습니다" 하며 걸터앉았다. 그는 이웃 사람이 아닌 것을 알자, "아랫마을서 오셨소?" 하고 물었다.
>
> "네, 달이 하도 밝기에……."
>
> "음! 참 밝소." 허연 수염을 쓰다듬었다.
>
> 두 사람은 각각 말이 없었다. 푸른 하늘은 먼 마을에 덮여 있고, 뜰은 달빛에 젖어 있었다.
>
> 노인이 방으로 들어가더니 안으로 통한 문소리가 나고 얼마 후

에 다시 문소리가 들리더니, 노인은 방에서 상을 들고나왔다. 소반에는 무청김치 한 그릇, 막걸리 두 사발이 놓여 있었다.

"마침 잘됐소. 농주 두 사발이 남았더니……" 하고 권하며, 스스로 한 사발을 쭉 들이켰다. 나는 그런 큰 사발의 술을 먹어본 적이 일찍이 없었지만 그 노인이 마시는 바람에 따라 마셔버렸다.

이슥고 "살펴가우" 하는 노인의 인사를 들으며 내려왔다. 얼마쯤 내려오다 돌아보니, 노인은 그대로 앉아 있었다.

함께 읽을 글은 송나라 소동파의 〈승천사의 밤 나들이(記承天寺夜遊)〉란 글이다.

원풍 6년 10월 12일 밤이었다. 옷을 벗고 자려는데 달빛이 창문으로 들어왔다. 기뻐서 일어났다. 생각해보니 함께 즐길 사람이 없었다. 마침내 승천사로 가서 장회민을 찾았다. 회민 또한 아직 잠자리에 들지 않고 있었다. 서로 함께 뜰 가운데를 거닐었다. 뜰아래는 마치 빈 허공에 물이 잠겼는데 물속에 물풀이 엇갈려 있는 것만 같았다. 대나무와 잣나무의 그림자였다. 어느 날 밤이고 달이 없었으랴. 어덴들 대나무와 잣나무가 없겠는가. 다만 우리 두 사람처럼 한가한 사람이 적었을 뿐이리라.

그 밤 달빛에 이끌려 두 사람은 각자 벗을 찾아간다. 한 사람은 말없이 달빛을 보다 이웃 노인의 막걸리 한 사발을 받아마셨고,

한 사람은 벗과 마당에 어린 대나무와 잣나무 그림자를 말없이 보았다. 말없이 바라보던 두 사람으로 인해 그 달빛 그 그림자가 일생에 하나뿐이요 한 번뿐인 것이 되었다. 두 글 사이에 어떤 간격이 있는가? 길이는 소동파의 것이 딱 절반이다.

피천득의 〈외삼촌 할아버지〉를 읽는다.

나에게는 외삼촌 할아버지가 있었다. 그분은 우리 어머니의 외삼촌인데, 나는 그를 외삼촌 할아버지라고 불렀다. 또 '월병月餠 할아버지'라고도 불렀다. 할아버지가 우리집에 오실 때마다 호두, 잣, 이름 모를 향기로운 과실, 이런 것들로 속을 넣은 중국 월병을 사다주셨기 때문이었다.

내가 일곱 살 때 할아버지는 남의 집 서사書士 노릇 하시던 것을 그만두고 우리집에 와 계시게 되었다. 아버님 아니 계신 우리집 바깥일을 돌보아주시고, 내게 한문을 가르쳐주시고, 가을이면 우리집 추수를 보러 시골에 갔다 오셨다.

우리집에 계실 때 마나님 한 분이 가끔 버선을 해가지고 할아버지를 찾아오셨다. 그 마나님은 할아버지가 젊었을 때 좋아하시던 여인네라고 어머니가 누구보고 그러시는 말을 들은 적이 있다.

할아버지는 나에게 연, 팽이, 윷, 글씨 쓰는 분판, 이런 것들을 만들어주셨다. 어머니가 용돈을 드리면 쓰지 않고 두었다가 내 장난감을 사주셨다. 내가 엄마한테 종아리를 맞아서 파랗게 멍이 간 것을 만져보시면서 쩍쩍 입맛을 다시던 것이 생각난다. 동네 아이가 나를 때리든지 하면 그 아이 집을 찾아가서 야단을 치시었다. 그때 할아버지 다리가 벌벌 떨리던 것을 기억한다.

할아버지는 장래에 내가 평안남도 도지사가 되기를 바라셨다. 도지사가 일제 때 우리 한국 사람이 할 수 있는 최고 벼슬이기도 했지만 그가 평양 사람이므로 감사에 대한 원한이나 콤플렉스가 있었는지도 모른다.

그는 나를 위하여 기도를 드렸다. 꼭 도지사가 되게 하여달라고 원하셨다. 내가 도지사가 되면 월급을 300원이나 타게 될 것이라고 하셨다. 나는 좋아서 내가 그렇게 월급을 타게 되면 매달 100원씩 꼭꼭 할아버지께 드리겠다고 증서까지 썼다. 할아버지는 대단히 기뻐하시면서 그 증서를 잘 접어서 지갑 속에다 넣어두셨다.

우리 어머니마저 세상을 떠나시고 내가 다른 집에 가 있게 되자, 할아버지는 돈 90원을 가지고 예전 우리집 토지가 있던 예산 광시라는 곳으로 가셨다. 50원짜리 오막살이를 장만하고 옛날에 좋아했다는 마나님을 데려다가 몇 마지기 남의 논을 부치며 살림을 하시게 되었다.

가실 때 내 사진과 내 갓났을 때 입던 두렁치마와 내가 장래에 크게 된다고 적혀 있는 사주를 싸고 싸서 옷보퉁이 속에 넣어가지고 가셨다.

할아버지는 내가 도지사가 되기를 기다리면서 사시다가, 내가 대학을 졸업하는 것도 보지 못하시고, 우리나라가 해방이 되는 것도 모르시고 세상을 떠나셨다.

오래 사셨더라면 내가 도지사가 못 되었더라도 계약서에 써드린 금액을 액수로는 몇 배라도 드릴 수 있었을 것을. 그보다도 할아버지를 내 집에 모셨을 것을.

얼음을 깨고 물을 길어다가 나를 위하여 정성을 들이셨다는 외삼촌 할아버지. 겨울에 찬물이 손에 닿을 때가 아니라도 가끔 그를 생각한다.

함께 읽을 글은 명나라 귀유광歸有光(1506~1571)**의 〈항척헌지**項脊軒志**〉다.**

항척헌은 예전 우리집 남쪽에 있는 문간방이었다. 사방이 열 자밖에 되지 않는 작은 방이라 간신히 한 사람이 거처할 수 있을 정도였다. 또한 100년이나 된 낡은 가옥이라 늘 먼지가 날리고 빗물이 샜다. 그때마다 책상을 옮기려고 주위를 둘러보지만, 정말 둘 만한 곳이 없었다. 게다가 북향이라 햇빛이 들어올 수 없어, 정오가 지나면 일찌감치 어두워져버렸다.

나는 먼저 지붕을 조금 손보아 먼지가 나지 않고 비가 새지 않도록 했다. 앞에 네 개의 창을 내고, 마당 주위로 담을 둘러 남쪽으로 해를 마주하게 하였더니 햇빛이 반사하면서 방이 비로소 환해졌다. (중략)

집에 노파 한 분이 계시는데, 아주 오래전부터 여기에서 살았다. 노파는 돌아가신 할머니의 하녀로 2대째 유모를 하셨는데, 돌아가신 어머님이 특별하게 아끼시던 분이었다. 서재의 서편은 안방과 이어져 있었다. 전에 어머님이 한번 여기로 건너오신 적도 있었다. 노파는 매번 나에게 그 이야기를 들려주었다. "어머님은 이곳 여기에 서 계셨습니다." 그리고 이어 말하길 "도련님 누이가 제 품에서 앙앙 울고 있었습니다. 어머님께서는 문을 두드리시며 '아가야, 추우니? 배가 고프니?'라고 물으셨고, 저는 문밖을 향해 대답을 했습니다"라고 했다. 노파가 말을 마치기도 전에 나는 눈물을 흘렸고 노파도 함께 울었다.

학교 갈 나이가 되면서부터 나는 항척헌에서 공부를 했다. 하루는 할머님께서 내게로 건너오시더니 말씀하셨다. "우리 손자, 한참 동안 그림자도 보지 못했구나. 어떻게 하루 종일 말 한 마디 없이 여기에만 있는지, 꼭 계집아이 같구나!" 그러고는 나가실 때 손으로 문을 닫으시며 혼자 중얼거리셨다. "우리 집안이 책을 읽은 지 오래도록 빛을 보지 못했는데, 우리 손자라면 성공을 기대할 만하겠지?" 잠시 후 할머니는 상아홀을 들고 오셔서 말씀하셨다. "이것은 우리 할아버지 태상공께서 선덕宣德 연간에 가지고 등청하시던 것이다. 훗날 분명 네가 이것을 사용하게 될 것이다." 유물을 바라보니 이 모든 일들이 바로 어제인 것만 같아 장탄식을 금할 수 없었다. (중략)

이 글을 쓴 지 5년 후에 아내가 시집을 왔다. 아내는 가끔 이 방으로 건너와 나에게 옛날 고사를 묻거나 책상에 기대어 글씨를 배우곤 했다. 한번은 아내가 친정을 다녀와서는 여동생들이 "언니네 집에 문간방이 있다고 들었는데 문간방이 뭐예요?" 하고 물었던 얘기들을 들려주기도 했다.

그 뒤 6년이 지나 아내가 죽고 나서 집이 부서졌지만 고치지 않았다. 그 후 다시 2년이 지나 내가 오랫동안 병으로 누워 할 일이 없을 때, 사람들에게 남쪽 문간방의 지붕을 다시 수리하게 하면서 구조가 전과는 조금 달라졌다. 그러나 이후 내가 밖에 있는 일이 잦아지면서 그곳에 자주 거처하지는 못했다.

마당에는 비파나무 한 그루가 있는데, 내 아내가 죽던 해에 손수 심은 것이다. 이제는 벌써 무성하게 자라 우산처럼 우뚝 서 있다.

월병 할아버지와 유모 노파는 모두 한 집안의 흥망성쇠를 지켜본 이들이다. '나'가 그 기억의 중심에 앉아 있고, 좋고 기쁜 유년의 편린들을 뒤로하고, 어머니와 아내의 죽음이 깔리면서 슬픔의 정조를 띤다. 한 사람은 도지사는 못 되었어도 장래에 크게 될 사람이었고, 한 사람은 상아홀을 들고서 등청할 사람이었다. 찬물에 손을 넣을 때마다 그는 외삼촌 할아버지를 가끔씩 떠올리고, 다른 한 사람은 마당의 비파나무를 보면서 그것을 심은 죽은 아내를 생각한다. 이럴 때 16세기 명나라와 20세기 한국의 수필 사이에는 아무런 틈이 없다.

다시 읽을 글은 윤오영의 〈깍두기설〉이다.

깍두기는 이조 정종正宗 때 영명위永明尉 홍현주洪顯周의 부인이 창안해낸 음식이라고 한다. 궁중에 경사가 있어서 종친의 회식이 있었는데, 각궁에서 솜씨를 다투어 일품요리를 한 그릇씩 만들어 올리기로 했다. 이때 영명위 부인이 만들어 올린 것이 누구도 처음 구경하는 이 소박한 음식이다. 먹어보니 얼근하고 싱싱한 맛이 일품이다. 그래서 위에서 "그 희한한 음식, 이름이 무엇이냐?"고 하문하시자, "이름이 없습니다. 평소에 우연히 무를 깍둑깍둑 썰어서 버무려봤더니, 맛이 그럴듯하기에 이번에 정성껏 만들어 맛보시도록 올리는 것입니다". "그러면 깍둑이구나" 하고 크게 찬양을 받고, 그 후 오첩반상의 한 자리를 차지해서 상에 오르게 된 것이 그 유래라고 한다. 그 부인이야말로 참으로 우리 음식을 만들 줄 아는 솜씨 있는 부인이었다고 생각한다.

아마 다른 부인들은 산진해미山珍海味, 희귀하고 값진 재료를 구하기에 애쓰고 주방 주위에 흔히 볼 수 있는 무·파·마늘은 거들떠보지도 아니했을 것이다. 갖은 양념 갖은 고명을 쓰기에 애쓰고, 소금·고춧가루는 무시했을지도 모른다. 그러나 재료는 가까운 데 있고 허름한 데 있었다. 옛날 음식 본을 뜨고 혹은 중국사관中國使館이나 왜관倭館 음식을 곁들여 규격을 맞추고 법도 있는 음식을 만들기에 애썼으나 하나도 새로운 것은 없었을 것이다. 더욱이 궁중에 올릴 음식을 그런 막되게 썬, 규범에 없는 음식을 만들려 들지는 아니했을 것이다. 무를 썰면 곱게 채를 치거나 나박김치본으로 납작납작 예쁘게 썰거나 장아찌본으로 갈쭉갈쭉하게 썰지, 그렇게 꺽둑꺽둑 썰 수는 없다. 기름·깨소금·후춧가루 식으로 고춧가루도 적당히 치는 것이지 그렇게 시뻘겋게 막 버무리는 것을 보면 질색을 했을 것이다. 그 점에 있어서 깍두기는 무법이요, 창의적인 대담한 파격이다.

그러나 한국 음식에 익숙한 솜씨가 아니면 이 대담한 새 음식은 탄생될 수 없다. 실상은 모든 솜씨가 융합돼 있는 것이다. 이른바 무법 중의 유법이다. 무를 꺽둑꺽둑 막 써는 것은 곰국 건지 썰던 솜씨요, 무를 날로 먹도록 한 것은 생채 먹던 솜씨요, 고춧가루를 벌겋게 버무린 것은 어리굴젓 담그던 솜씨요, 발효시켜서 익혀 먹도록 한 것은 김치 담그던 솜씨가 아니겠는가? 다 재래에 있어온 법이다. 요는 이것이 따로 나지 않고 완전 동화되어 충분히 익어야 하고 싱싱하고 얼근한 맛이 구미를 돋우도록 염담鹽淡을 잘 맞추어야 한다. 음식의 염담이란 맛의 생명이다. 그리고 이것이 한국인의 구미에 상하귀천 없이 기호에 맞은 것이다. 그러면 되는 것이다. 격식이 문제 아니요, 유래가 문제 아니다. 이름이야 무엇이라 해도 좋다. 신선로神仙爐니 탕평채蕩平菜니 두견화다杜鵑花茶니 가증스럽게 귀한 이름이 필요 없다. 깍두기면 그만이다. 이 깍두기가 반상(정식) 오첩에 올라 어육과 어깨를 나란히 하되 오히려 중앙에 놓이게 된 것이요, 위로는 궁중 사대부가로부터 일반 빈사貧士 서민에 이르기까지 애호를 받고 있는 것이다. (하략)

다음은 박지원의 〈소단적치인騷壇赤幟引〉의 첫 단락이다.

글을 잘 짓는 사람은 병법을 아는 것일까? 글자는 비유컨대 병사이고, 제목이란 것은 적국이며, 장고掌故는 싸움터의 진지다. 글자를 묶어 구절이 되고, 구절을 모아 문장을 이루는 것은 대오행진과 같다. 운으로 소리를 돕고 사詞로 빛나게 하는 것은 피리나 나팔, 깃발과 같다. 조응이라는 것은 봉화이고, 비유는 유격의 기병이다. 억양 반복하는 것은 끝까지 싸워 남김없이 죽이는 것이고, 제목을 깨뜨린 후 묶어주는 것은 먼저 올라가 적을 사로잡는 것이다. 함축을 귀하게 여기는 것은 반백의 늙은이를 사로잡지 않는 것이요, 여운이 있는 것은 군대를 떨쳐 개선하는 것이다.

한 사람은 깍두기로, 다른 한 사람은 병법에 견줘 글쓰기의 원리를 풀이했다. 생각이 같고 오간 마음이 한가지다.

피천득과 윤오영! 두 분이 있어 한국 수필이 새 기운을 얻고 새 기축을 열었다. 두 분이 어린 시절부터의 벗인 것은 뜻밖에 놀랍다.

세상이 아무리 변해도 사람의 생로병사의 사이클은 같다. 세상은 변해도 사람의 정서는 안 변한다. 무수한 시간의 흐름도 좋은 글 앞에서는 멈춰선다. 피천득 선생께서 살다 가신 햇수에 견주면 선생이 남긴 80여 편의 수필은 오히려 과작寡作에 가깝다. 선생은 "아름다움에서 오는 기쁨을 위하여 글을 써왔다"고 고백했다. 당신은 바닷속 깊은 곳의 산호와 진주를 꿈꾸었으나, 얻은 것은 양복바지 말아올리고 젖은 모래 위를 거닐며 주운 조가비와 조약돌에 지나지 않는다고 썼다. 우리는 당신의 그 조가비 조약돌을 산호와 진주로 안다.

우리 문학에서 거둔 빛저운 수확
_윤오영론

내가 윤오영 선생의 수필을 처음 읽은 것은 고등학교 교과서에 실린 〈마고자〉란 글을 통해서였다. 그 후에도 선생의 〈방망이 깎던 노인〉, 〈소녀〉 등의 글이 각종 교과서에 계속 실린 것을 보았다. 선생의 수필에는 그만의 독특한 체취가 서려 있다. 그것은 서양의 수필과는 확실히 계선을 달리하는 전통적 방식의 글쓰기에 연원을 두고 있는 것인데, 종종 그의 글을 읽다 보면 명말청초 이래의 소품산문을 읽는 느낌에 빠져들게 된다. 간결하고 절제된 문체가 그렇거니와 그 글에서 느껴지는 문정文情과 문사文思가 특히 그렇다.

종래 수필을 이야기하는 것을 보면 경계가 모호할 뿐 아니라 범위 또한 막연하기 짝이 없다. 시와 소설을 제외한 산문으로 된 잡기류의 글들을 모두 아우르는 어중간한 개념으로 수필을 규정하는 것을 흔히 보곤 한다. 선생은 《수필문학입문》이란 저서를 통해서 수필문학에 대한 투철하고 명확한 생각을 펼쳐 보인 바 있다.

그는 동양 수필의 연원을 항고혁신抗古革新의 만명晩明 소품문 운동에서 찾았다. 수필이 자유로운 산문이기는 해도 어디까지나 문학작품으로서의 자유로운 산문이라고 했다. 수필을 하나의 문학작품으로 볼 때, 흔히 수필이라고 일컫는 세간의 비문학작품적인 문장들은 한낱 잡문에 불과하다는 것이다. 지성을 기반으로 한 정서적·신비적 이미지화된 문학이 곧 수필이니, 수필이란 가장 오래된 문학 형태인 동시에 가장 새로운 문학 형태요, 아직도 미래의 문학 형태라고 했다.

그는 수필을 곶감에 비유했다. 곶감을 만들려면 먼저 그 고운 껍질을 벗겨야 한다. 좋은 글이 되려면 먼저 문장기를 벗겨야 하는 것과 한가지 이치다. 그다음엔 시득시득하게 말린다. 그러면 속에 있던 당분이 겉으로 드러나 하얀 시설이 앉는다. 만일 덜 익었거나 상했으면 시설은 앉지 않는다. 시설이 잘 앉은 다음에 혹은 납작하게 혹은 네모지게 혹은 타원형으로 매만져놓는다. 글 쓰는 이의 개성을 말한다. 감은 오래가지 못하지만 곶감은 오래간다.

수필의 정신은 산문정신이니, 평소에 쌓인 온축과 박학이 완전히 융화되고 체질화되고 생활이 되어 사물에 접할 때마다 자기의 독특한 리듬을 타고 흘러, 혹은 유머도 풍기고 혹은 위트도 빛나며, 혹은 풍자도 되고 혹은 우화도 되며, 굽이마다 새로운 기축을 열되 어느 때 어느 줄을 튕겨도 거문고는 거문고 소리, 비파는 비파 소리를 잃지 않는 것이 산문정신의 높은 경지라고 했다.

수필은 자유로운 산문이다. 이때 자유롭다는 말은 고전 문장의 일체의 규격과 제한된 사상에서 탈피하는 것이라 했다. 탈피란 허물을 벗는다는 뜻이다. 허물이 없고서야 탈피가 있을 수 없듯이, 과거의 문장을 모르고, 전통을 계승한 바 없고, 대가에 사숙私淑한 바가 없으면 탈피할 무엇도 없을 것이라고 했다.

내가 원중랑의 글을 읽은 뒤에 비로소 과거의 고전 문장이 오늘의 글이 될 수 없다는 것을 알았다. 과거의 고문을 다 털어버렸다. 그 후 10년간 나는 공안파의 글이 아니면 읽지 않고, 공안파의 글이 아니면 쓰지 아니했다. 그러다가 담원춘의 글을 읽고 나서 10년간 노심해서 쓴 내 글의 무가치함을 알고 다 불살라버렸다. 그러고 나서 나는 경릉파의 글만을 오직 애독하고 경릉파의 글만을 써왔다. 무릇 7년간을 그렇게 해왔다. 그러나 나는 차차 그 글에 불만을 느끼고 또 다 불에 태워버렸다. 그러고 나서 나는 내 자의에서만 글을 쓰고 내가 창조한 글만이 내 법이 되었다. 지금 내 글은 오직 장대의 글일 뿐이다.

만명의 문장가 장대의 글을 인용한 것은 사실은 수필의 바른 자리를 찾기 위해 연구하고 고심참담했던 자신의 여정을 말한 것이다.

그가 일생을 두고 강조했던 것은 잡문의 통속수필이 아닌 문학수필의 수립이었다. 그는 문학수필과 통속수필의 차이는 문학소설과 통속소설의 차이와 같다고 했다. 수필은 전체에서 하나의 시격詩格을 얻어야 하는데, 이것이야말로 동양적인 수필의 높은 경지라고 보았다. 수필에는 정해진 형식이 없다. 수필은 그 사람의 개성적인 성격과 그 나라 그 민족의 고유한 전통에서 오는 언어기습의 생명과 호흡과 체취로 이루어지는 문학이라는 것이다. 동양에 있어서 고전 문장은 수필의 모태다.

수필문학에 관한 이론서는 이미 출간된 것만 해도 수십 종을 헤아린다. 그렇지만 수필의 개념과 추구하는 목표가 그의 글에서처럼 이렇게 선명하고 명확하게 설명된 것은 찾아보기 드물다. 그의 글을 읽다 보면 반복적으로 나타나는 이름이 있다. 우리나라에서는 연암 박지원이 그 사람이고, 중국에서는 김성탄金聖歎과 장대가 그 사람이다. 특히 그는 박지원의 산문을 몹시 아껴, 글쓰기의 재료로 수도 없이 활용했다. 김성탄과 장대의 문학정신은 선생의 글 속에 혹은 제재로 혹은 표현으로 형상화되어 녹아들어 있음을 보게 된다.

연암이 말한 '법고이지변法古而知變, 창신이능전創新而能典'은 그의 글쓰기 정신의 바탕이었다. 옛것에서 배워왔으되 시대에 맞게 변화시켰고, 전에 없던 새것을 만들어냈지만 능히 법도에서 벗어남이 없었다. 배웠지만 같지 않을 수 있었던 것은 한유韓愈의 '사기의師其意 불사기사不師其辭'의 정신을 잘 체득했기 때문이다. 배울 것은 옛사람의 정신이지 말투나 표현이 아니다. 껍데기는 버리고 알맹이를 가져오되 지금의 그릇에 담았다.

수필이 가장 오래된 문학이면서 미래의 문학일 수 있는 까닭이 여기에 있다. 몇십 년 전에 쓴 글이고, 옛날의 일을 적은 것인데도 지금 읽어 전혀 생소하지 않은 것은 모동심이貌同心異의 껍데기를 추구하지 않고, 심동모이의 살아 있는 변화를 추구했기 때문이다.

찰스 램의《엘리아 수필집》에서만 수필문학의 연원을 찾고, 서양의 수필만을 수필로 알던 우리에게 선생은 동양 고전 수필의 깊고 아름다운 세계를 열어 보였다. 그리고 그 바탕에서 우러나온 한국적 수필의 진수를 실제 작품을 통해 선보였다. 그 말투가 예스러워서가 아니라, 글 안에 담긴 정신이 옛 선비의 카랑카랑한 음성을 듣는 듯한 느낌을 주어, 우리 수필문학에 새로운 경지를 열었다고 일컬어진다.

그의 문체는 간결하고 깔밋하다. 군더더기가 없고 함축과 여운이 유장하다. '언유진이의무궁言有盡而意無窮', 말은 다 끝났는데 마음속의 울림은 종소리의 파장처럼 쉬 가시질 않는다. 그 소재는 기이하지 않고 모두 일상에서 보고 듣고 느낀 것에서 취해왔다. 깍두기처럼 지극히 평범한 소재에서 취하고, 재래에 있어온 여러 방법에서 가져왔으되 전에 맛보지 못한 전혀 새로운 맛을 만들어냈다.

내가 거울을 꺼내 지금의 나를 살펴보다가 책을 들춰 그 사람의 글을 읽으니, 그 사람의 글은 바로 지금의 나였다. 이튿날 또 거울을 가져다 보다가 책을 펼쳐 읽어보니, 그 글은 다름 아닌 이튿날의 나였다. 이듬해 또 거울을 가져다 보다가 책을 펴서 읽어보니, 그 글은 바로 이듬해의 나였다. 내 얼굴은 늙어가면서 자꾸 변해가고 변하여도 그 까닭을 잊었건만, 그 글만은 변하지 않았다. 그러나 또한 읽으면 읽을수록 더욱더 기이하니, 내 얼굴을 따라 닮았을 뿐이다.

순조 때의 문장가 홍길주洪吉周는 수십 년간 연암 박지원의 문집을 구하지 못해 애를 태우다가 마침내 이를 읽고 느낀 감회를 이렇게 썼다. 세월이 지나 사람의 모습은 변해도 그 글을 읽는 감동만은 조금도 변함이 없음을 이렇게 말한 것이다. 나는 윤오영의 수필을 읽다가 홍길주의 감회를 새삼 떠올렸다.

'문여기인', 즉 글이 곧 그 사람이란 말은 옛사람이 늘 일러오던 이야기다. 하지만 글에 교언영색이 난무하고 허세과장이 넘치다 보니, 그 글만 읽어서는 그 사람을 알기가 어려워진 세상이 되었다. 그러나 선생의 수필에는 그의 육성과 체취가 지금도 살아 있다. 굳이 그를 만나보지 않았어도 그 글을 읽으면 그와 마주하고 있는 느낌이 든다.

1970년에 간행된 선생의 수필집은 그 제목이 '고독의 반추'다. 반추란 되새김질의 뜻이니 고독을 씹고 곱씹어 음미하고 사색하는 데서 우러나온 소담스러운 낙수落穗들을 모았다는 뜻이다. 그는 다른 문학은 마음속에서 얻은 것을 밖으로 펴지만, 수필은 밖에서 얻은 것을 안으로 삼키는 것이어서, 수필은 자기를 대상으로 한 외로운 독백일 수밖에 없다고 말한 적이 있다. 그의 수필이 바로 그렇다. 그 외로운 독백이 넋두리나 푸념으로 흐르지 않았던 데서, 고금의 문장에서 제혼섭백提魂攝魄하여 격조와 품격으로 승화시킨 그의 정신의 아득한 높이와 만나게 된다. 그의 수필은 한국 수필이 거둔 가장 빛저운 수확의 하나다.

돌처럼 굳세게, 칼처럼 날카롭게

_고암 정병례의 '삶, 아름다운 얼굴'전에 부쳐

얼굴은 얼의 꼴이다. 정신의 표정이다. 표정이 아름답다는 것은 살아온 삶이 아름답다는 말이다. 예쁘고 잘생겨서 아름답다고 하지 않고, 그 끼친 자취가 거룩해서 아름답다고 한다.

고암 정병례 선생이 서른한 분의 아름다운 얼굴을 돌에다 새겼다. 돌에다 새기는 일은 사진을 찍는 것과는 완전히 다른 일이다. 그림으로 그리는 것과도 같지가 않다. 단단한 돌과 굳센 칼이 만나 깊이 팬 주름살과 바람에 날리는 머리칼의 곡선들, 삶의 풍상이 깃든 환한 웃음과 음영 속에 짙게 가려진 고뇌의 모습들을 새겨놓았다. 어린애처럼 웃고 있는 할아버지, 조용히 이글거리는 정의의 분노, 그 날카로운 칼끝은 돌 속에 숨어 있던 표정들을 하나둘 필름을 인화하듯 화면 위로 떠올려놓았다.

민족의 독립을 위해 한 몸을 내던졌던 독립운동가도 있고, 좌표 잃은 시대에 빛으로 등대로 한 삶을 불 밝힌 종교인도 있다. 오로지 양심과 정의에 입각한 일생으로 우리를 부끄럽게 한 사람들과, 행동과 실천을 통해 이 사회의 건강한 힘을 회복코자 했던 사회운동가, 붓으로 노래로 역사를 지켜보고 시대를 증언했던 문화예술인도 있다. 인물의 선정을 두고는 사람마다 의견이 다를 수 있겠다. 그러나 그것은 온전히 작가의 몫이니 내가 말할 일이 아니다.

아직도 '전각篆刻' 하면 그저 도장을 떠올리고 마는 사람들이 대부분이다. 전각이 예로부터 예술의 떳떳하고 중요한 한 영역이었음을 잘 모르는 사람들이 많다. 전각은 서예와 조각, 회화와 구성을 아우르는 종합예술이다. 글씨를 몰라서도 안 되고, 칼끝이 무뎌서도 안 된다. 획 하나와 글자 하나의 구성에 따라 천변千變하고 만화萬化하는 변화가 백출百出한다. 칼끝은 예리하지만 그것이 돌 위에서 만들어내는 선들은 부드럽고 질박하고 매끈하고 섬세해서, 붓으로는 도저히 낼 수 없는 미묘한 감정을 잘 포착해낸다. 사방 한 치의 인면印面 위에 우주의 삼라만상이 뛰놀고, 음양태극의 온갖 철리가 깃든다.

전각가가 돌 위에 새기는 것은 일반적으로 문자다. 초형인肖形印이라 하여 새나 동물, 또는 갖가지 문양들을 새기는 경우도 꽤 있어왔으나, 사람의 얼굴을 이렇듯 야심차게 돌 위에 얹어볼 생각은 이전에는 누구도 해보지 못했다.

사의전신寫意傳神, 그 뜻을 읽고 그 정신을 전달하는 것을 예로부터 인물화의 가장 중요한 요소로 일러왔다. 닮고 안 닮고는 두 번째 문제다. 요컨대 그 정신의 표정이 살았느냐 죽었느냐에서 성패가 갈린다. 그 사람과 꼭 닮아도 그 정신을 꿰뚫는 직관이 살아나지 않으면 죽은 껍데기일 뿐이다. 이런 것은 작품이 아니다. 사진관의 증명사진과 작가의 예술사진이 다른 점은 바로 정신과 해석의 유무다. 예술작품 속에는 언어로는 설명할 수 없는 아우라가 있고, 그늘이 있다. 배경의 빛이 없이는, 배면의 그늘이 없이는 예술이 될 수 없다.

전각은 그림이나 사진과 달라서 중간색을 허용하지 않는다. 검은색 아니면 흰색이지 회색이 들어설 자리가 없다. 사진을 돌 위에 붙여놓고 판다 해서 될 일이 아니다. 설령 판다고 해도 남는 것은 일그러지고 왜곡된 이상한 모습뿐이다. 돌에다 정신의 표정을 약여하게 드러낼 수 있으려면 과장하고 단순화하고 변형하는 작가의 해석이 반드시 필요하다. 그림은 잘못된 획을 덧댈 수도 있고 교정할 수도 있지만 칼에는 용서가 없다. 칼날이 한 번 제 갈 길을 잃어, 다 된 작품을 놓치고 마는 경우가 허다하다.

불광불급! 미치지 않으면 미치지 못한다. 나를 잊는 미친 몰두 속에서만 예술은 숨 쉰다. 어제까지의 나에 안주할 때 예술은 없다. 지금까지의 관습과 통념에 편안해서는 예술은 생기를 잃고 만다. 정신의 뼈대를 하얗게 세우고, 빈손인 채로 언제든지 미지의 길로 나서는 용기 속에서 예술은 살아 숨 쉰다.

정병례, 그는 늘 새롭고도 파격적인 시도로 우리에게는 항상 낯선 존재다. 수백 년 단단한 예술 전통 속에 갇혀 있던 전각이 그에게 와서는 행위예술이 되고, 설치미술이 되고, 생활예술이 되었다. 이번 그의 작업에서도 나는 전각예술의 미래가 범상치 않으리란 직감을 받았다. 그것은 단순히 또 하나의 새로운 영역을 개척한 그의 노고를 찬탄하자는 것이 아니다. 그 멈출 줄 모르는 정신, 그치지 않는 열정이 나는 무섭다. 그가 여기 새긴 것은 서른한 분의 얼굴이지만, 실제 그가 새긴 것은 서른한 분의 열 곱은 될 것이다. 그 묵묵한 집중과 미련한 집착의 과정 속에서 그의 내면에 단단하게 아로새겨진 것은 무엇이었을까?

이제 한 분 한 분의 얼굴을 새기고, 그분들의 어록을 돌 위에 올려놓았다. 그네들의 삶이 다 달랐듯이 거기에 새긴 서체와 구성, 돌의 모양도 한결같지가 않다. 그 다양한 표정 속에 우리의 지난 100년이 깃들어 있고, 앞으로의 100년이 살아 숨 쉬고 있다. 그것은 지난 세기 동안 우리가 찾아낸 긍지요 보람이자, 앞으로 일구어나가야 할 가능성의 씨앗들이다.

그 얼굴들 앞에서 돌처럼 굳세게, 칼처럼 날카롭게 정신을 벼리고 마음을 다잡아야 하리라. 감동을 잊은 지 오래인 우리 마음의 빈 병에 물이 콸콸 차오르듯 기쁨이 샘솟을 것이다.

천진과 흥취

_문봉선 화백의 매화전에 부쳐

문봉선 화백이 외곬 탐매探梅의 스케치북을 펴니 백설이 난분분한 언 땅 위에 난데없는 매화동산이 펼쳐졌다. 추위의 기세에 움츠러들고 세상의 서슬에 주눅 들었던 마음이 그만 개운하게 펴진다. 그 긴 외사랑의 속내를 바깥 사람이 어찌 다 가늠할 수 있겠는가? 펼쳐진 화폭만으로도 켜켜이 서린 사연과 눅진한 풍정이 거나하다.

그는 지난 20여 년간 이 산하 곳곳의 고매古梅와 명매名梅를 찾아 긴 시간을 헤맸다. 선운사와 광양 매화농원을 거쳐, 김해농고와 지리산 단속사, 화엄사 구층암 등 이름난 매화가 있다는 곳이면 어디든 그의 발길이 가닿았다. 급기야 봄날 중국 난징의 매화산 아래서 한 시절을 보냈고, 일본 오사카성 매원梅園과 후쿠오카의 신사, 사찰과 농원을 샅샅이 훑고 다녔다. 도록에 실린 것만 70점을 헤아리고, 그간의 자취가 고스란히 담긴 스케치북이 50권을 넘는다. 동양 매화의 절창고조絶唱高調가 모두 그의 붓끝에 있다 한들 허튼말이 아니다.

무릇 글공부든 그림공부든 발로 해야 진짜 공부다. 그의 매화는 맨날 《개자원화보芥子園畵譜》나 《매보梅譜》를 베껴가며 책상물림의 손재주로 익힌 솜씨가 아니다. 쨍한 칼바람이 불고, 서릿발의 기상이 있다. 매화 가지마다 고즈넉한 산사의 흰 달빛이 서렸고, 그의 말대로 4분의 3박자로 밀려드는 도저한 매화 향기가 풍겨나온다. 언 손 언 붓을 녹여가며 사생한 현장이 떠오르고, 관성에 따라 마른 가지에 꽃을 달다가 시골 농부에게 혼이 난 사연이 있다.

다 같은 매화도 같은 것이 없다. 둥치의 체세가 다르고, 가지의 성정이 같지 않다. 꽃의 빛깔이 제가끔이다. 나라마다 다르고 품종으로 구별되며, 생육 환경에 따라 차이가 난다. 하지만 빙자옥질氷姿玉質, 빙부설의氷膚雪衣로 기리고, 청향투골淸香透骨, 일점무재一點無滓를 아끼는 마음이야 나라의 경계도 소용없고, 고금의 차이도 흥미 없다.

매화의 단일성장端一誠莊과 유한정정幽閑貞靜에서 옥 같은 미인의 담장淡粧을 떠올리고, 담박을 즐겨 부귀를 마다하는 소쇄瀟灑함을 보고 지사志士의 고심苦心을 읽기도 한다. 매서운 동장군의 기세 속에 그 야윈 그림자가 창에 가로걸려 암향暗香이 호흡을 따라 부동浮動할 때면, 세상의 제아무리 견디기 힘든 시련과 역경이란 것도 따지고 보면 아무것도 아니려니 하는 기개가 불쑥불쑥 솟곤 하는 것이다.

매화는 꽃이 아니다. 차라리 하나의 엄연한 인격체다. 사군자로 매란국죽梅蘭菊竹이 나란해도, 매화를 첫손으로 꼽는 데 아무 이견異見이 없다. 이제 옛 선인들이 매화에 대해 품었던 애호의 긴 사연을 푸는 것으로 글머리를 열어본다.

퇴계 이황 선생에게 매화는 범상한 꽃일 수가 없었다. 임종하시던 날 아침, 퇴계 선생이 하신 말씀은 "저 매화 화분에 물을 주어라"였다. 병이 위중해 그 며칠 전 옷을 입으신 채 설사를 하셨다. 매화 화분을 다른 곳으로 옮기라며 하신 말씀이 또 이렇다. "매형梅兄에게 불결하니, 마음이 절로 미안하다." 선생은 평생 매화를 끔찍이 아껴, 자신이 지은 매화시 91수를 모아 《매화시첩梅花詩帖》이라는 시집을 펴냈다. 도산서원에 수십 그루의 매화를 심었고, 아예 매화동산으로 꾸밀 작정을 두었다. 애지중지하던 매화가 얼어죽자 그 넋을 달래는 장시를 짓기까지 했다.

다음은 선생이 남긴 〈도산 달밤의 매화(陶山月夜詠梅)〉 중 한 수다.

산창 홀로 기대서니 밤빛이 차가운데
둥그런 보름달이 매화 가지 끝에 돋네.
괜스레 미풍 오라 굳이 부를 것도 없이

해맑은 그 향기가 뜨락에 가득하다.
獨倚山窓夜色寒 梅梢月上正團團
不須更喚微風至 自有淸香滿院間

그 유혹을 끝내 못 이겨 선생은 그예 뜨락으로 내려서고 만다. 다시 한 수.

뜰 가운데 거니는데 달이 나를 따라오니
매화 둘레 몇 번이나 서성이며 돌았던고.
밤 깊도록 오래 앉아 일어설 줄 몰랐는데
향기는 옷깃 가득, 그림자는 몸에 가득.
步屧中庭月趁人 梅邊行遶幾回巡
夜深坐久渾忘起 香滿衣中影滿身

이제 그는 뜰 가운데 한 그루 매화나무로 서 있다. 뼛속까지 저미는 해맑은 운치란 이런 경계를 두고 하는 말이다.

이덕무는 매화에 벽이 있어, 자신의 호도 '매화에 완전히 미친 바보'란 뜻으로 매화탕치梅花宕癡 또는 매탕梅宕이라 했다. 매화가 다 진 뒤에도 매화를 1년 내내 가까이 두고 볼 수 없는 것이 그는 늘 서운했다. 그래서 밀랍과 종이로 매화 꽃잎과 가지를 만들어 피우는 방법을 익혔다. 이름하여 윤회매輪廻梅다. 그가 윤회매 만드는 방법을 설명한 〈윤회매십전輪廻梅十箋〉이란 글이 문집에 남아 있다. 그는 이렇게 적었다.

내가 17~18세 때 삼호三湖의 수명정水明亭에서 조용히 지낸 것이 3년이었다. 매화를 만들어서 책을 읽다가도 등불에 비치는 그림자를 감상하곤 했다. 평소 세속이 좋아할 만한 운치는 없었지만, 대략 마음을 붙일 만한 즐거움이 있었다. 봄비가 갓 내리고, 온갖 새들의 울음소리가 변하며, 바위의 얼음이 녹고, 붉은 이끼가 둥글게 무리질 때면, 매화를 바위틈에 꽂아놓고 울타리를 서성이며 목을 빼어 멀리서 바라보곤 했다. 남은 꽃잎이 외롭게 빛나 문득 임포林逋 생각이 떠올랐다.

그는 또 "옛날 임포는 매화 365그루를 심어놓고, 날짜를 매화 한 그루씩으로 헤아렸다더군요. 이제 제가 비록 이를 배우려 해도 고산孤山 같은 동산이 없으니 어찌하겠소"라고 적었다. 그러니 결국 윤회매라도 만들밖에 다른 도리가 없다는 얘기다.

박지원과 유득공도 이덕무에게서 윤회매 만드는 방법을 배웠다. 유득공은 자신의 거처에 납매관蠟梅館이란 현판까지 내걸었다. 박지원은 이덕무의 방법대로 매화 한 가지를 만들어 보증서까지 붙여서 팔았다. 보증서의 내용이 이랬다.

"만약 가지가 가지답지 못하거나, 꽃이 꽃답지 못하고, 꽃술이 꽃술답지 못하며, 상 위에 놓아도 빛이 나지 않거나, 촛불 아래 그림자가 성글지 않으며, 거문고와 어울려 기이하지 않고, 시 속에 넣어도 운치나지 않는 등 이중 한 가지라도 해당한다면 영원히 물리쳐 배척한다 해도 끝내 원망하는 말을 하지 않겠소."

보증서 뒤편에는 이덕무와 유득공 등이 보증인으로 서명까지 했다. 그 매화를 비단가게에 팔아 20전을 벌고 나서 이덕무에게 보낸 편지가 남아 있다.

> 꽃병에 매화 열한 송이를 꽂아 팔아 돈 스무 닢을 받았소. 형수님께 열 닢 드리고, 아내에게 세 닢 주고, 작은딸에게 한 닢, 형님 방에 땔나무 값으로 두 닢, 내 방에도 두 닢, 담배 사는 데 한 닢을 쓰고 나니, 묘하게 한 닢이 남았구려. 이렇게 보내드리니 웃으면서 받아주면 참 좋겠소.

말하자면 이 한 닢이 수업료였던 셈이다. 이덕무는 답장에서 그 한 닢으로 구멍난 문을 발라, 올 겨울 이명耳鳴도 나지 않고 손도 트지 않을 수 있게 되었다고 기뻐했다. 그 적빈赤貧의 세월 앞에서도 따뜻한 유머를 잃지 않았던 그들의 마음자리가 고맙고 그립다.

박지원은 대단한 매화 마니아였던 정철조에게 보낸 편지에 이렇게 썼다. "군자의 도는 담박하되 싫증나지 않고(淡而不厭), 간결하나 문채가 난다(簡而文)고 했는데, 이 말은 바로 매화를 위한 칭송인 듯하오. 소동파가 도연명의 시를 논하면서, '질박하나 실제로는 화려하고(質而實綺), 여위어도 절로 기름지다(癯而自腴)'고 했는데, 이 말을 매화에 빗대면 다른 평이 필요 없겠지요." 또 다른 편지에서는 "곽유도郭有道는 곧아도 속세를 끊지 않았고〔貞不絶俗〕, 부흠지傅欽之는 맑았으나 번쩍거리지는 않았다〔淸而不耀〕고 했는데, 매화가 이 두 가지 덕을 갖추었다 하겠소"라고 했다. 이럴 때 매화는 단순한 식물로서의 꽃일 수가 없다.

승지 박사해朴師海는 매화벽이 대단했다. 하루는 안채에서 밤을 지내는데, 눈보라가 몰아쳤다. 한 채밖에 없던 이불로 매화 화분을 두툼하게 둘러놓고, 정작 내외는 옹송그려 발발 떨면서, 고작 한다는 말이 이러했다. "안 춥겠지?" 이때 지었다는 시가 남아 있다.

포근한 이불 내주고서 홀로 추위 참으니
이런 나의 멍청함을 다시 누가 따르랴.
해마다 눈보라가 날리는 시절 오면
맑은 바람 500칸과 나누어 산다네.
借與衾溫自忍寒 蒼巖癡絶更誰攀
每年鹽絮飛時節 割據淸風五百間

맑은 바람이 제 안뜰 휘젓듯 마음 놓고 돌아다니던 한겨울 안방의 정상情狀이 가긍하다. 그저 사랑채에서 잘 일이지, 괜히 안채로 건너와 아닌 밤중에 이불마저 빼앗긴 그 아내의 심정이 자꾸 궁금해진다. 차라리 매화를 마누라로 삼을 일이지…….

영조 때 김석손金祏孫은 매화를 사랑한 나머지 매화시에까지 미쳤던 인물이다. 그는 마당에 수십 그루의 매화를 심어놓고, 당대에 시에 능한 사람 수천 명의 매화시를 받아왔다. 신분의 높고 낮음도 거리의 원근도 따지지 않았다. 그렇게 모은 시를 비단으로 꾸미고 옥으로 축을 달아 족자로 만들었는데, 그 둘레가 소허리통만 했다. 사람들은 매화시에 미친 놈이라고 해서 그를 '매화시전梅花詩顚'으로 불렀다.

〈매화서옥도梅花書屋圖〉로 이름난 조희룡趙熙龍도 매화광이었다. 그는 거처에 매화루梅花樓란 편액을 걸고, 호를 매화수梅花叟라 했다. 입으로는 매화시를 읊고, 손으로는 매화도를 그리며 늙겠노라고 다짐했다. 63세 때 임자도로 귀양 가 살 때도 매화도만 그렸다. 병풍으로 꾸밀 매화를 그리는데, 그 큰 종이를 펼쳐놓을 데가 없자, 눈 내린 마당 위에 대문짝만 한 화선지를 펼쳐놓고, 호호 입김을 불어 언 붓을 녹여가며 그림을 그렸다.

한번은 술이 얼큰하게 취해 일필휘지로 매화를 그렸다. 그날 밤 꿈에 한 도사가 나타나 이렇게 말했다.

"나부산羅浮山 가운데 산 것이 500년이라오. 매화 1만 그루를 심었지요. 돌난간 옆의 세 번째 그루가 가장 기이해서 여러 매화 가운데 으뜸이었소. 어느 날 저녁 비바람에 휘말려서 간 곳을 몰랐더니, 어찌 그대의 붓끝에 이끌려 갔을 줄을 알았겠소. 원컨대 나무 아래서 사흘만 자고 돌아가리다."

자기 그림에 대한 묘한 자부마저 느껴진다. 다음은 나부산의 도사가 꿈속에서 벽에 적어주고 갔다는 시다.

구름의 뜻 푸른 바다 알지 못하고
봄빛은 산허리로 오르려 한다.
인간 세상 떨어져 천겁 지나도
여태 매화 사랑해 못 돌아갔네.
雲意不知滄海 春光欲上翠微
人間一墮千劫 猶愛梅花未歸

자신은 인간 세상에 귀양 온 신선인데, 매화에 대한 벽을 끊지 못해 천겁의 세월이 지나도록 구름 위 천상계로 복귀하지 못하고 있다는 이야기다. 조희룡의 《한와헌제화잡존漢瓦軒題畵雜存》에 나온다.

구한말 서주보徐周輔란 이가 끼니도 잇지 못하는 빈한한 살림에 빚을 내서 엄청난 값에 세 길 남짓 되는 매화와 실버들을 한 그루씩 사와 좁은 뜰에 옮겨 심었다. 집안에서 당장 난리가 났을 것은 불 보듯 뻔한 일. 이건창李建昌이 이 소문을 듣고 시를 지어 보냈다. 그 시의 내용이 이랬다.

온종일 가난한 집 작은 방에 앉았자면
부엌 종이 쫑알대는 소리가 들려오리.
"실실이 버들실은 옷 지으면 좋겠고
낱낱 매화 꽃잎으론 밥 지으면 맛있겠네."
盡日淸齋坐小龕 時聞廚婢語呢喃

絲絲楊柳裁衣好 粒粒梅花作飯甘

"으이구! 내가 못 살아."

그 집 마나님과 부엌 계집종의 속 터지는 소리가 이곳까지 들리는 것만 같다.

이상 두서없이 선인들의 매화 사랑을 시 몇 수와 일화 몇 가지로 간추려보았다. 다 꼽기로 말하면 열 권 책으로도 될 일이 아니다. 매화를 향한 옛사람의 애호가 이러했다.

청나라 공자진龔自珍이 쓴 글에 〈병신 매화의 집〔病梅館記〕〉이 있다. 널리 읽힌 글이 아니라 여기서 잠깐 소개한다. 전문은 이렇다. 원문도 첨부한다.

강녕의 용반산龍蟠山, 소주의 등위산鄧尉山, 항주의 서계西谿에서는 모두 매화가 난다. 어떤 이는 이렇게 말한다. "매화는 굽어야 아름답지, 곧으면 자태가 없다. 비스듬해야 멋있지, 바르면 볼맛이 없다. 가지가 성글어야 예쁘지, 촘촘하면 볼품이 없다."

맞는 말이다. 이것은 문인文人과 화사畵士가 마음속으로는 그 뜻을 알지만, 드러내놓고 크게 외칠 수는 없는 것인데, 이것으로 천하의 매화를 구속해버린다. 또 천하의 백성으로 하여금 직접 곧은 줄기를 찍어내고, 촘촘한 가지를 제거하며, 바른 줄기를 김매서 매화를 요절하게 하고, 매화를 병들게 하는 것을 업으로 삼아 돈을 벌게 할 수는 없다. 매화를 기우숙하게 하고, 성글게 하며, 굽게 만드는 것은 또 돈벌이나 하려고 하는 어리석은 백성들이 능히 그 지혜의 힘으로 할 수 있는 것이 아니다. 문인과 화사의 고상한 벽은 가만히 감추고서 매화 파는 자에게 분명하게 알려주어 바른 가지를 찍어내서 곁가지를 길러주며, 촘촘한 것은 솎아내어 어린 가지를 죽이고, 곧은 것은 김매서 생기를 막아버린다. 이것으로 비싼 값을 받으니, 강절江浙 땅의 매화는 모두 병신이 되고 말았다. 문인과 화사의 매운 재앙이 이 지경에 이르렀단 말인가?

내가 매화 화분 300개를 구입했는데, 모두 병신으로 하나도 온전한 것이 없었다. 그렇게 사흘을 울고 나서 이를 치료해주겠다고 맹세했다. 놓아주어 제멋대로 자라게 하려고 그 화분을 부숴 모두 땅에다 묻고, 옭아맨 노끈과 철사를 풀어주었다. 5년으로 기한을 삼아 반드시 온전하게 회복시켜주려고 한다. 나는 본래 문인도 화사도 아니다. 달게 욕먹을 각오를 하고 병매관病梅館을 열어 이를 기르겠다. 아아! 어찌해야 내게 한가한 날이 많고, 노는 땅이 많게 하여, 강녕과 항주와 소주의 병든 매화를 널리 기르면서 내 인생의 남은 세월을 다해 매화를 치료해볼까?

江寧之龍蟠, 蘇州之鄧尉, 杭州之西谿, 皆産梅. 或曰: “梅以曲爲美, 直則無姿; 以欹爲美, 正則無景; 梅以疏爲美, 密則無態.” 固也. 此文人畵士心知其意, 未可明詔大號, 以繩天下之梅也; 又不可以使天下之民, 斫直·删密·鋤正, 以殀梅病梅爲業以求錢也. 梅之欹·之疏·之曲, 又非蠢蠢求錢之民, 能以其智力爲也. 有以文人畵士孤癖之隱, 明告鬻梅者, 斫其正, 養其旁條; 删其密, 殀其稚枝; 鋤其直, 遏其生氣, 以求重價, 而江浙之梅皆病. 文人畫士之禍之烈, 至此哉! 予購三百盆, 皆病者, 無一完者. 旣泣之三日, 乃誓療之, 縱之順之, 毁其盆, 悉埋于地, 解其椶縛; 以五年爲期, 必復之全之. 予本非文人畫士, 甘受詬厲, 闢病梅之館以貯之. 嗚乎! 安得使予多暇日, 又多閒田, 以廣貯江寧杭州蘇州之病梅, 窮予生之光陰, 以療梅也哉?

멀쩡한 매화를 분매盆梅로 꾸며 생가지를 끊고, 곧은 줄기를 찍어낸다. 일부러 늙은 태를 내려고 철사로 옥조여 비틀고 구부린다. 겨우 숨 하나 붙어 고졸한 맛을 내지만 생기는 하나도 없는 병신들이다.

공자진이 정말 하고 싶었던 말은 무얼까? 지난 학기 고전명문 감상 수업 시간에 학생들과 이 글을 함께 읽었다. 강독을 다 마치고 나서 내가 말했다.

"그러니까 이 병신 매화는 바로 너희다. 하고 싶은 일 하려 들면 잘라버리고 솎아내버린다. 값비싼 상품이 되려면 온전히 제 성질대로는 안 된다. 정작 내가 무엇을 하고 싶은지, 무엇이 되고 싶은지는 생각지 않고, 돈 많이 벌고, 남들이 하고 싶어 하고 되고 싶어 하는 것만 좇아다닌다. 나는 너희가 화분을 깨고 두 팔 쭉쭉 뻗으며 자라고 싶은 대로 자라는 젊은이들이 되었으면 좋겠다. 그래서 이 글을 함께 읽었다."

매화 이야기인 줄로만 알고 듣다가 다들 망연자실한 표정을 지었다.

이번 전시회의 매화는 아무 손댄 것 없는 자연산 매화들이다. 눈치 보지 않고 제멋대로 커서 볼품이 없을망정 기상이 없는 것은 없다. 여기에 그의 장한 붓이 어우러져 한바탕 난장을 벌여놓았다.

이제 글을 마무리하겠다. 매처학자梅妻鶴子로 유명한 송나라 때 임포의 매화시 한 구절.

> 성근 그림자 맑고 얕은 물가에 비꼈는데
> 그윽한 향기 달 황혼에 가벼이 떠 일렁이네.
> 疎影橫斜水淸淺 暗香浮動月黃昏

매화 성근 가지가 비스듬히 물가에 서 있다. 초저녁 달빛 창백한 황혼 무렵, 숨을 들이쉴 때마다 매화 향기가 물밀 듯 끼쳐온다. 매화시의 천고절창千古絶唱으로 꼽는 구절이다. 사실 이 구절은 그의 시가 아니라, 오대五代 시절 남당 사람 강위江爲의 잔구殘句였다. 원래 구절은 '대 그림자 맑고 얕은 물가에 비꼈는데, 계수 향기 달 황혼에 가벼이 떠 일렁이네(竹影橫斜水淸淺, 桂香浮動月黃昏)'였다. 앞의 두 글자만 바꿔서 매화시로 삼자 의경이 확 살아났다.

주자는 《주자어류朱子語類》에서 이 구절을 이렇게 평했다.

> 이 열네 글자야 누군들 모르겠는가? 하지만 선배들은 다만 칭찬하고 감탄하며 그가 매화를 잘 형용하였다고만 말했다. 이것은 쉽게 말할 수 있는 것이 아니다. 스스로 말 밖의 뜻을 얻어야만 비로

소 얻을 수 있다. 모름지기 매화 속에 담긴 정신을 보아야만 한다. 만약 정신을 얻게 되면 절로 활발한 뜻이 생겨나 저도 모르게 발을 구르고 소리를 지르며 손과 발이 춤추게 될 것이다. 여기에는 두 가지 중요한 점이 있다. 글의 뜻을 밝게 아는 것이 하나이고, 의미가 어째서 좋은지를 아는 것이 다른 하나다. 만약 겉으로 드러난 의미만 알고 그 안에 담긴 좋은 뜻은 모른다면 하나의 큰 병통이 아닐 수 없다.

핵심을 찌르는 정신은 손재주로는 결코 투득透得할 수가 없다. 매화 속에 깃든 정신을 얻을 때, 붓끝에 기운이 생동하고, 손이 춤추고 발이 뛴다. 자기도 모르게 미쳐 소리 지르게 된다. 겉모습을 그대로 사생하는 것이야 숙련된 기술만으로 충분하다. 하지만 매화의 살아 있는 정신을 잡아채려면 기교만으로는 어림없다.

문봉선 화백의 매화 그림에는 환호작약의 흥취가 여전히 살아 있고, 일기가성一氣呵成의 천진天眞이 새초롬하다. 한 폭 한 폭의 장면마다 그가 현장에서 맞닥뜨렸던 고매의 아운雅韻과 언 붓을 녹여가며 바삐 오간, 살아 영동靈動하는 필치가 되살아난다.

그의 전시가 시작되면, 조희룡의 꿈속 일처럼 전국 방방곡곡의 유서 깊은 노매老梅와 난징 매화산, 오사카성 매원의 명매들이 한꺼번에 그의 붓끝으로 빨려들어와 실종되는 사태를 빚게 될 것만 같다. 그래서 매화를 지키던 신선들이 할 일 없어 밤마다 전시장 어둠 속과 화가의 꿈속을 서성이는 멋진 상상을 해본다.

불변과 지고의 세계 회사후소
_구자현의 금지화

'회사후소繪事後素'는 《논어》에 나오는 말이다. 그림 그리는 일은 바탕을 희게 한 다음 시작된다. 맨벽에다 색칠하면 물감이 안 먹는다. 분칠을 희게 해야 비로소 온갖 색이 제 빛깔을 낸다.

삼베를 세 번 거듭 깨끗이 빨아 판에 붙인다. 제소gesso, 즉 생석회를 개어 삼베 위에 칠한다. 그것이 마르면 다시 칠하고, 또 한 번 칠하고, 거듭 칠한다. 열 번 칠하고, 열두 번 칠한다. 켜가 앉고 두께가 생겨난다. 표면을 깎는다. 그라인더로 갈아내고 칼로 깎아낸다. 비로소 순백의 평면을 얻는다. 면은 물성物性의 가장 순수한 상태를 보여준다. 준비가 끝난 것이다. 하지만 그 절대의 흰빛 위에는 정작 아무것도 그릴 수가 없다.

금지金紙를 붙여나간다. 금지는 너무도 예민해서 변덕 심한 아가씨 같다. 낱낱의 금지가 순백의 평면을 채워가자 화면은 어느새 금지金地, 즉 황금의 땅으로 변한다. 불변과 지고至高의 들판이 된다. 중세 연금술사의 마법 같은 손길이다. 색깔이 빛깔로 바뀐다. 아무것도 없고, 없는 것이 없다. 형形 속에 숨었던 태態가 드러난다. 같지만 다르고, 다르면서 같다. 태깔이 있다. 빛의 방향에 따라 그것들은 경련한다. 볼 때마다 다르고, 언제나 같다.

내가 구자현의 금지화 작업을 처음 본 것은 2년 전 그의 전시회에서였다. 전시장을 가득 메운 황금의 벽면들이 주던 특별한 느낌이 아주 강렬한 인상으로 남아 있다. 나는 그림에 대해선 '문밖의 사람'이다. 그의 작업 과정이 600년 역사를 지닌 전통 서양화의 기법인 템페라tempera인 것도, 그중에서도 화면에 얇은 금박을 덧붙이는 금지화金地畵, gold ground tempera인 줄도, 다 빈치의 〈모나리자〉를 비롯해 그 많은 서양의 그림들이 캔버스 위가 아닌 템페라 기법으로 그려진 것도 나중에야 알았다.

열 번이고 열두 번이고 생석회를 화면 위에 거듭거듭 칠하는 작업은 참 힘들고 지루한 반복이다. 과정은 극히 단순하다. 칠하고 또 칠한다. 누구나 할 수 있지만 아무도 하지 않는다. 되풀이는 어쩔 수 없이 따분하다. 따지고 보면 인생도 따분하다. 나날은 나른히 반복된다. 지겨워도 어쩔 수가 없다. 살아내지 않으면 안 된다. 그래서 그는 매일 그 단조로운 과정을 되풀이한다. 그의 작업 과정을 보면서 나는 김환기의 글을 생각했다.

그제도 어제도 오늘도 그 점을 찍는 일을 계속한다. 오만 가지가 다 생각나지. 죽어간 사람, 살아 있는 사람, 흐르는 강, 내가 오르던 산, 돌, 풀 한 포기, 꽃잎…… 실로 오만 가지를 다 생각하며, 내일을 알 수 없는 미래를 생각하며 점을 찍어나간다.

이승훈의 시 〈엔조 쿠치〉를 읽으면서도 나는 그를 생각했다.

선생에게 책을 던졌기 때문에 그는
학교에서 퇴학당하고 화가가 되었다

그러나 그는 말한다 정말이지 회화는
끔찍하고 정말 지겹습니다 그럼 왜

그림을 그립니까? 왜냐하면 다른 것은
생각할 수 없기 때문입니다

그림을 그린다는 것은 하나의 강박관념
입니다 그건 우스운 악습이나 미신과 비슷하지요

땀으로 범벅이 되어 생석회칠을 하며 그는 무슨 생각을 할까?

금종이를 붙여나가면서 그는 어떤 생각을 할까? 나는 그것이 언제나 궁금하다. 세월의 켜가 앉는 동안, 삶의 연륜이 두터워지는 동안, 그는 무슨 생각을 할까? 생석회칠과, 켜를 앉히고 나서 평면을 만드는 작업은 중노동에 가깝다. 하지만 다른 사람이 대신 하지 않는다. 과정이 없으면 결과도 없는 까닭이다. 모든 의미는 과정 속에 들어 있다. 사람들이 원하는 것은 결과뿐이지만, 결과는 언제고 과정에 우선할 수가 없다. 아닌 게 아니라 그것은 하나의 강박관념 같은 것이다. 정신과 육체를 지치게 하는 악습이나 미신과 비슷한 것이다.

불광불급不狂不及이라 했다. 미치지 않고는 미칠 수 없다. 미친 듯한 몰두 속에서만 예술은 빛난다. 맨정신으로는 도달하지 못한다. 이삼만李三晩은 먹을 갈아 평생 여러 개의 벼루에 구멍을 냈다. 최흥효崔興孝는 우연히 왕희지와 같게 써진 글씨가 아까워서 과거시험 답안지를 제출하지 못하고 집으로 들고 왔다. 이징李澄은 아버지에게 종아리를 맞으면서도 눈물을 찍어 새를 그렸다. 위대한 예술은 위대한 정신에서 나온다. 나를 온전히 잊는 몰두만이 나를 구원한다. 하여 세상에 빛이 된다.

그림을 그리는 일은 무언가를 그리는, 즉 그리워하는 일이다. 그리움 없이는 그림도 없다. 그림은 절대를 향한 안타까운 짝사랑이다. 그가 오랜 세월 동안 계속해온 판화 작업에서, 그리고 이번에 선뵈는 금지화 작업에서 나는 그런 안타까움을 읽는다. 그리움을 본다.

회화의 본질은 평면성에 있다고 그는 말한다. 평면은 평평한 면이다. 굴곡 없이 평평한 바탕을 얻기 위해 그는 그 힘겨운 되풀이를 견뎌낸다. 금박지는 아무 데나 붙지 않는다. 그렇게 다듬어진 평평한 바탕 위에만 붙는다. 순결한 살결 위에 지고가 빛난다.

황금의 고깔을 쓴 평면은 더 이상 평면이 아니다. 평면 위에 평면을 붙이자 평면은 어느덧 양감量感을 지닌 입체로 변한다. 요철이 생겨나고 그늘이 만들어진다. 햇살이 쏟아져들어와 햇무리를 만든다. 시선이 머무는 곳마다 새로운 세상이 열린다. 잃어버린 아르카디아Arcadia요, 황금의 땅 엘도라도다. 옥황상제가 거처하는 백옥경白玉京의 황금 궁궐은 아닐까? 아, 황홀한 빛의 소용돌이!

색깔 속에는 빛깔이 있다. 꼴(形) 속에는 태態가 있다. 색깔이 빛깔로 화化해야 예술이 된다. 형상 속에 태깔이 깃들어야 예술이 된다. 색깔만 있고 빛깔이 없으면 그림이 아니다. 형상만 있고 태깔이 없으면 그림이 아니다. 아무리 아름다워도 태가 없는 미인은 마네킹일 뿐이다. 빛깔이 없으면, 아우라Aura가 없으면 소용이 없다.

의미는 반복 속에 있다. 단순함 속에 깃든다. 복잡한 것은 가짜다. 속임수다. 그는 자꾸 화면에서 형상을 지워나간다. 단순화시켜나간다. 무표정해진다. 말을 아낀다. 면과 면은 자기들끼리 빛 속에서 아주 편안하게 논다.

때로는 순백의 여백만으로 의미를 전달하기도 한다. 흰색의 빛깔이 그토록 그윽할 수 있음을 나는 그에게서 처음 알았다. 흰 여백 위에서 손길이 지날 때마다 저 혼자 파르르 떠는 황금의 조각들. 열락悅樂의 꽃이 핀다. 빛깔들의 잔치다.

다시 '회사후소'다. 《고공기考工記》는 이렇게 부연한다. "그림을 그리는 일은 희게 칠하는 작업의 뒤에 이루어진다. 말하자면 바닥에 분칠을 해서 바탕을 만든 뒤에 오색을 베푸는 것은, 사람이 아름다운 자질을 갖춘 뒤에야 꾸밈을 더할 수 있는 것과 같다." 그러니까 바탕을 희게 하는 것은 먼저 사람이 되어야 한다는 말이다. 사람이 되지 않고는 그림을 그려도 가짜 그림이 된다는 뜻이다. 바탕을 갖춰야만 그림 그릴 준비가 끝난다는 말이다. 그것은 어쩔 수 없이 지겹고 지루한 과정을 수반한다. 하고 싶어서 하는 것이 아니다. 하지 않을 수 없어서 하는 것이다.

바야흐로 가짜들이 판을 치는 세상이다. 가짜들만이 겉꾸밈에 민감하다. 본바탕의 부족함을 자꾸 덮어 가리려 한다. 시선을 현혹하고, 정신을 어지럽힌다. 노자가 말했던가. 대상무형大象無形, 큰 형상은 정해진 꼴이 없다. 대교약졸大巧若拙, 큰 기교는 겉보기에 졸렬해 보인다.

그는 자꾸 그림에서 꼴을 걷어내고, 말을 걷어내고, 결과를 걷어낸다. 반복되는 과정만 남고, 동일한 면들의 나열만 남겨두었다. 그러면서 그는 화면 앞에서 정면으로 자신과 맞대면한다. 그 무표정한 뒷모습, 무언無言으로 갈무리해둔 그 침묵 속의 언어가 나는 못내 궁금하다.

난향과 차향
_고산 김정호의 서화

2005년 11월에 열린 서화전 '우직과 쾌활' 이후 7년 만에 열리는 전시다. 차와 난초, 매화의 향기가 어우러진 위에 아취 있는 문인화 소품들이 새틋하다. 사람은 발전하는 걸까, 변화하는 걸까? 7년은 첨신尖新의 예기銳氣가 노련과 원숙으로 옮겨가기에 넉넉한 시간이다. 굳이 품격으로 붙이자면 '담박澹泊'과 '고졸古拙'이라고나 할까?

그의 그림과 글씨는 푸근하고 편안하다. 어렵사리 구한 해묵은 고지古紙 위에 피어나는 먹빛이 해사하다. 그의 붓은 재주를 부리지 않고 정신을 담는다. 유묵유필有墨有筆이라 했던가? 붓질은 군더더기가 없고, 먹은 제 성질이 잘 살아 있다. 이만한 전시를 언제 또 보았던가 싶다. 무엇보다 화가의 해맑음이 그림 속에 그대로 묻어난다. 매화와 난초는 기품이 오롯하고, 소품은 재치 있고 정겹다. 글씨는 맵짜서 힘 있다.

그는 부드럽지만 물러터진 사람은 아니다. 곧지만 교만하지도 않다. 나는 그가 욕심 사납게 구는 모습을 한 번도 본 적이 없다. 늘 허허 사람 좋은 웃음을 띠고, 손해 볼 일만 한다. 남 챙기기 바빠서 제 일 보기는 늘 뒷전이다. 그를 아는 사람들은 그런 그를 아끼고 사랑한다.

차에 관한 시구는 진작에 차 잡지 〈차의 세계〉에 1년 넘게 연재했던 내용이다. 당시 차인들의 반응이 따뜻했다. 난초와 매화는 여러 해 동안 내려놓지 않았던 화두다. 대나무 가지에 올라앉은 멧새는 선정禪定에 들었고, 홍매紅梅를 보다가 '공산미인空山美人'의 외사랑을 되뇐다. 투계의 도사린 어깻죽지와 발톱에서 탁세濁世를 향한 결기가 느껴진다. 호로박을 돌아보는 참새의 귀가歸家는 술 한 잔의 풍류를 거르지 않는 자기 얘기일 터. 색색의 매화는 은근히 화려한데 야하지는 않다.

세상이 너무 바쁘다. 발을 동동 구르며 하루하루가 떠내려간다. 막상 방향도 모른 채 너나없이 등 떠밀려 우왕좌왕한다. 그사이에 마음은 저만치 달아나고 없다. 달아난 마음을 거두어와서 고운 봄볕도 쬐어주고 거풍도 시켜주어야겠다. 난초와 매화 향기가 이렇게 맵지 않은가. 은근한 차향이 막힌 비공鼻孔을 뚫어준다. 삶은 가지 위에 잠깐 앉은 멧새의 몸짓처럼 가볍다. 아웅다웅하던 비루한 일상을 내려놓고, 그의 그림과 글씨 앞에서 잠깐 서 보자. 후줄근하던 마음이 비로소 개운해질 것이다.

불쑥 솟은 어깨뼈
_필장 정해창 선생에게 바치는 헌사

서울시무형문화재 필장筆匠 기능보유자 정해창丁海漲 선생이 보유자 지정을 기념해 전시를 연다. 자신이 만든 붓과 그 붓에서 탄생한 각종 서화작품을 나란히 보이는, 국내외를 통틀어 처음 있는 희한한 전시다. 웬만한 자신감으로는 이런 전시를 기획할 수 없으려니와, 출품한 작가의 면면을 보면 중국과 일본 그리고 국내의 대가들이 모두 망라된 야심차고 가멸진 구성임이 놀랍다.

선생은 경북 예천 율현에서 붓을 만들던 고조외할아버지 홍오후洪五厚 이래 5대째 이어진 필장의 집안이다. 타고난 안목과 눈

썰미에 더해 좋은 재료에 대한 집착에 가까운 욕심이 어우러져, 이제는 무형문화재에 값할 뿐 아니라, 한중일을 다 합쳐도 그를 능가할 필장을 찾을 수 없다는 것이 그의 붓을 써본 사람이면 이구동성으로 하는 말이다.

1986년 일본으로 건너가 6년간의 공부로 일본 붓의 제법과 특성을 파악하고, 1999년부터는 중국으로 진출해 조선 붓의 우수성과 표현력을 담은 붓으로 내로라하는 대가들의 찬탄을 한몸에 받았다. 좋은 붓털을 얻기 위한 그의 집념은 멀리 러시아 연해주 지역뿐 아니라 시베리아와 남해의 외딴섬에 이르기까지 발길이 닿지 않은 곳이 없다.

그는 평생 외눈을 파는 법 없이 붓 만드는 일로 살아왔다. 1970년 인사동에 정착한 이래 반세기에 달하는 동안 붓 만드는 일을 한 번도 손에서 놓은 적이 없다. 이른 새벽부터 붓과 함께 시작되는 그의 일과는 좁은 공방에서 한쪽 어깨를 비스듬히 숙인 채 갈무리해둔 각종 붓털을 종류별로 추스르고, 침을 묻혀가며 털을 빗질하고, 끝을 고르며, 심을 박고, 아교를 칠해, 하나의 붓을 완성해가는 단순한 반복의 세월이었다. 그사이에 그의 어깨뼈는 단단히 뒤틀려 한쪽이 불쑥 솟았고, 고정된 자세로 반복하는 동작으로 인해 관절 마디 하나 안 아픈 데가 없다.

임꺽정처럼 생긴 투박한 사내가 좁은 공방에서 아무 소리도 안 듣고, 다른 아무것도 보지 못한 채 붓털 끝에다 온 신경을 쏟아 몰입하는 광경은 흡사 거룩한 종교의식을 치르는 듯이 보인다. 뭉텅이로 뽑아낸 어지러운 터럭이 수많은 빗질을 통해 정돈되면서 끝이 가지런해지고, 족 고르게 되어 하나의 붓으로 말려 탄생하는 과정을 지켜보노라면, 어수선하고 뒤죽박죽이던 일상마저 문득 가지런해지는 느낌이 든다. 거꾸로 된 털 하나조차 용납하지 않는 염결廉潔, 좋은 재료를 얻기 위한 끝없는 헌신 속에는 삶의 비의秘義를 숨어서 지켜보는 감동마저 있다.

그는 100년이 아니라 몇백 년 전의 붓도 터럭 몇 가닥만 있으면 그것을 오늘에 오롯이 복원해낼 수 있는 유일한 사람이기도 하다. 붓 만드는 사람은 세상에 적지 않지만, 오직 그가 만든 붓이라야 하는 것은 써본 사람만 안다. 먹과 물감을 묻혀, 글씨든 그림이든 제 마음먹은 대로 붓끝이 자유자재로 오갈 때, 서화가는 미상불 붓 제작자에 대한 감사와 찬탄을 올리지 않을 도리가 없다. 명필일수록 붓을 가린다. 붓의 도움 없이 예술작품의 탄생은 없다.

이번 전시에 선생이 만든 붓과 나란히 선보이는 각종 서화작품은 한중일 3국의 서화가들이 필장 정해창 선생에게 바치는 헌사獻辭에 다름 아니다. 그가 조선 붓을 만드는 장인인 것이 자랑스럽다. 그는 붓으로 중국과 일본 대가들의 말문을 닫히게 만들었다. 그는 말 그대로 인간 그 자체로 문화재가 된 사람이다. 그에게 이르러 조선 붓은 새로운 문화의 아이콘이 되었다.

야성을 깨우는 소리 송뢰성
_백범영의 '소나무 그림'전에 부쳐

백범영, 그는 야성적인 사내다. 햇볕에 검게 그을린 얼굴, 투박한 말투는 화가 같지 않고 농사꾼 같다. 근자엔 허연 수염까지 길러 더하다. 그는 늘 일탈을 꿈꾼다. 스무 살 대학생도 아닌 쉰을 넘긴 대학교수가 불쑥 배낭 하나 둘러메고 보름을 걸어 국토를 종단하고 횡단한다. 무거운 짐 속에 스케치북을 잔뜩 넣고 걷고 또 걷는다. 그는 걸으면서 본 것과 보면서 느낀 것, 그리고 걷는 동안 그린 것들로 충만해져서 더 새카매진 얼굴로 돌아온다.

그림 그리다 말고 동양철학을 본질로 파고들겠다며 진작 한문 공부에 한 세월을 보낸 뒤 대학원 동양철학과로 진학할 때부터 그는 남달랐다. 남이 안 가는 길로만 갔고, 안주를 늘 거부했다. 그는 반복적 일상의 나른함을 혐오하고, 손끝의 재간으로 그리는 그림을 경멸한다. 늘 극단으로 자신을 내몰아세워 종종 퇴로를 차단한다. 그간 네 차례나 국토를 종주하면서 몸이 고통스러울수록 마음이 정화되는 기이한 체험을 거듭했다지만, 나는 그가 그 나이에도 자신을 그토록 괴롭히는 이유를 잘 모르겠다.

그 극한의 걷기 속에서 그는 야생의 소나무와 가슴으로 만났다. 원예사의 손길로 잘생기게 다듬어진 궁궐의 소나무 말고, 오랜 세월에 시달린 흔적이 고스란히 녹아든 못생겨도 씩씩한 야성과 해후했다. 일본의 소나무는 굵어도 굳지 않고, 중국의 소나무는 멋없이 솟기만 해서 꿈틀대는 맛이 없다. 미국의 소나무는 장하기는 해도 아예 딴 나무처럼 보인다. 소나무는 우리 산야 사계의 흔적을 고스란히 간직한 것이라야 비로소 화가의 붓을 꿈틀대게 하는 힘이 있다.

철린鐵鱗을 두른 용이 허리를 틀어 하늘로 솟는다. 그 서슬 따라 눈길을 올리면 아스라한 하늘 위 삼연森然한 잎새에 눈이 먼저 휘청한다. 그 쭉 뻗은 장쾌한 줄기며 눈 쌓인 가지 사이를 겨울 칼바람이 건듯 밟고 지날 때 나그네는 때아닌 해도성海濤聲에 놀란다. 사시장철 푸른 솔의 기상에서 손 뒤집듯 바뀌는 염량의 세태를 탄식하며 세한연후지송백지후조歲寒然後知松柏之後凋를 되뇐 것은 추사의 〈세한도〉에서다. 울근불근 돋은 송근松根을 베고 누워 풋잠에 들었다가 학 탄 신선에게서 선계仙界의 인연을 듣는 이야기는 송강의 〈관동별곡〉에 보인다. 화가는 솔 위에 으레 학 한 마리를 얹어 송수학령松壽鶴齡의 장수를 꿈꾸었고, 바닷가 파도 앞의 낙락장송으로 일품당조一品當朝의 소망을 깃들이기도 했다. 솔은 꿈이요 닮고 싶은 표상이었다.

이제 백 화백이 가슴으로 만난 솔은 또 다르다. 그는 화가면 누구나 제법 그리는 잘생긴 소나무 말고 걷다가 만난 강원도 바닷가 야생 솔의 생생한 표정들을 이번 전시에서 담아냈다. 시련의 시달림을 온몸에 새긴 야성의 기운에 눈길을 주었다. 기법을 버려 내키는 대로 그린 솔은 둥치를 내질러 화면 밖까지 뻗는다. 울근불근 주체할 수 없는 기운이 옹이로 맺혀 넘침을 자제한다. 적절하게 절제하거나 편집한 화면이 아닌 생긴 그대로 못나서 씩씩한 모습들이다. 하지만 작은 한옥 갤러리에서 열리는 전시라 큰 화폭에 담지 못해 그 씩씩한 기운을 누르려 애쓴 것은 조금 안쓰럽다.

그가 그 고생을 자청해 국토를 걸으며 제 가슴속에 숨어 있던 낙락한 소나무를 다시 꺼내왔다. 몸을 혹사해 비워진 마음에 야성의 기운이 싱싱하게 푸르다. 이것이 다시 꼴액자의 투박한 외곽 속에 드니 아연 기운이 비등한다. 전시회 제목을 '송뢰松籟'로 정했다. 송뢰는 바람이 솔가지 사이를 뚫고 지날 때 나는 피리 소리다. 가지가 흔들리면서 가락이 바뀌고 속도에 따라 음의 고저가 달라진다. 그야말로 자연의 가락이요 펄떡이는 기운이다. 화면 속에서 화가의 내면을 읽는데 그림 밖에서는 송뢰성松籟聲

의 가락이 들린다. 조촐한 전시장에 청청한 기운이 가득하다. 작은 화폭 속 소나무가 틀 밖으로 꿈틀대며 아우성을 친다.

그가 허심탄회하게 가슴을 열고 만난 소나무, 우리 소나무! 바닷바람에 시달려 한쪽으로 쏠리고도 용비늘 갑옷 벗지 않고 독야청청 푸르른 옛 선비의 꼬장꼬장하고 시원시원한 기운과 만나러 가자. 그의 소나무 그림은 이제부터다.

향기 나는 책

제 2 부

책의 행간과 이면

1장

절망 속에 빛난 희망

_《어느 시골 신부의 일기》

고등학교 때, 찬물에 밥 말아 꾸역꾸역 밀어넣듯 괴롭게 완독한 소설이다. 덮고 싶은데 덮을 수가 없었다. 시골 본당의 잿빛 분위기와 우울한 군상들, 끊임없이 분심이 들게 하던 일기체의 길고 지루한 서술. 30여 년 만에 담담하게 새로 읽었다. 답답한 느낌은 여전했다. 그런데 이상스레 생각이 맑게 헹궈졌다.

몇 대목에서는 그때 기억이 선명하게 되살아났다. 소녀 세라피타가 신부에게 한 말. “전 우는 게 역겹고 더러운 일이라고 생각해요. 울면 슬픔이 빠져나가버리고 마음은 버터 녹듯 녹아버리죠. 끔찍한 일이에요!” 의사 라빌이 진단 후 신부에게 건넨 처방.

"누구나 제 병을 지닌 채 사는 데 익숙해져야 합니다. 정도의 차이야 있겠지만 우리 모두 다 말입니다."

다음은 새로 읽으면서 밑줄 친 몇 대목이다.

"맹수 조련사가 하듯 불의란 놈의 눈을 똑바로 바라보면 그놈이 뒷걸음질 칠 거라고 생각해서는 안 되네!"

"고해소를 찾아와 부당 이익을 취했다며 죄를 고백하는 일은 흔하지 않습니다!"

"그 부류도 가난뱅이 입장에 처하면 술집으로 갈 것이다. 비참한 사람의 배는 빵보다는 얼큰한 환상을 더 필요로 하니까."

"부인, 지옥이란 더 이상 사랑하지 않는 것입니다."

"육욕의 악마는 말이 없다."

"증오는 무관심과 무시입니다. 그런데 지금 당신은 마침내 그분과 정면으로 마주하고 계십니다."

"모르핀으로는 취하지 않으니 안심하십시오. 이놈은 골속을 꽤나 분명하게 정리해주죠. 저는 아마도 당신이 기도에서 구하는 것을 이것에서 구할 뿐이죠. 망각 말입니다."

"희망은 인간 안에 있는 힘세고 사나운 짐승입니다. 제풀에 조용히 숨이 꺼지게 그놈을 내버려두든지 고삐를 놓치지 말아야 합니다! 손아귀에서 놓쳐버리면 그 짐승은 할퀴고 물 겁니다."

삶의 깊은 통찰에서 나온 이런 문장들이 도처에서 웅성거린다. 세상은 보이는 게 다가 아니다. 사람들은 저마다 깊은 고통을 감추고 산다. 삶은 위장의 가면이다. 평화는 은폐된 유예다. 일상은 아슬아슬한 줄타기의 연속이다. 엊그제 TV에 나와 애정을 과시하던 잉꼬부부는 얼마 뒤 '사실은 끔찍했다'며 갈라선다. 만인이 부러워할 미모의 여배우는 자꾸만 자살하고, 부자들은 끊임없이 송사를 반복한다. 하루가 비참한 인생들은 사는 게 차라리 단말마의 비명 같다. 인생에 구원은 있는가? 신은 대체 있기는 한가?

선과 악이 밀도가 다른 두 액체처럼 안 섞인 채 포개져 있는 듯한 앙브리쿠르 시골 본당. 나른한 권태와 뒤틀린 절망이 11월에 내리는 는개처럼 둘러싼 공간. 첫 본당에 부임한 지 3개월 된 초짜 신부. 그가 자신들의 삶 속에 끼어들까 봐, 속물적 군상들은 신부를 완강히 거부한다. 몇 소소한 사건 너머로 편견과 오해와 독선과 음모가 늪처럼 숨어 있다.

젊은 신부의 열정을 감상벽으로, 신자를 짐승떼에 견줘 훈계하는 토르씨의 본당 신부. 백작 딸과의 갈등을 신부를 통해 풀려다가 안 되자 저주의 악담을 익명의 편지로 보내는 가정교사 루이즈 양. 아들의 죽음을 딸에 대한 증오로 맞바꾼 백작 부인은 발작적으로 저항하다가 신부에게서 가까스로 평화를 얻고 이튿날 자살한다. 무신론으로 신부를 공박하던 델방드 의사 선생은 사냥총으로 간단히 자기 삶을 끝낸다. 그 둘레에는 등을 돌린 채 마치 고양이처럼 두 눈을 반쯤 감고 곁눈질로 신부를 관찰하는 마을 사람들이 있다. 덫은 도처에 쳐 있고, 그 영혼들 때문에 그는 부단히 고통받는다. "나는 오직 나만을 위해 하느님을 청했다. 그분은 아니 오셨다."

그는 환속한 동창 신부의 지저분한 방에서 숨을 거둔다. 삶은 여전히 시궁창 속 같고, 비루하다. 구원의 시간은 결코 올 것 같지가 않다. 위암을 선고받고 그는 말한다. “이 아침과 저녁들, 이 길들을. 변화무쌍하고 신비스러운 저 길들, 사람들의 발자취가 가득 새겨진 저 길들. 대체 나는 저 길들, 우리 길들, 이 세상의 길들을 그리도 사랑했더란 말인가?” “아무려면 어떤가? 모든 것이 은총이니.” 그는 이 말을 남기고 숨을 거둔다. 그는 꺾이지 않았다. 졌지만 이겼다.

이 소설을 새로 읽으면서 30여 년 전의 여드름투성이 소년과 난데없이 조우했다. 읽는 내내 마음이 짠했다. 신부가 되기로 결심하고 어머니와 함께 본당 신부님을 찾아갔던 고등학교 1학년 짜리의 꿈이 이 소설 때문에 바뀌고 말았는지는, 이제 와서 분명한 기억이 없다.

동심의 결로 돌아가다
_《이상한 아빠》

《이상한 아빠》 1권과 2권은 소설가 이문구 선생이 지은 동시집이다. 사진 속 얼굴은 산적같이 생겼는데, 시를 읽어보면 눈빛 맑은 소년의 눈동자가 떠오른다.

산 너머 저쪽엔
별똥이 많겠지
밤마다 서너 개씩
떨어졌으니.

산너머 저쪽엔
바다가 있겠지
여름내 은하수가
흘러갔으니.
_〈산 너머 저쪽〉

오다 말다 가랑비
가을 들판에
아기 염소 젖는
들길 시오리.

개다 말다 가을비
두메 외딴집
여물 쑨 굴뚝에
연기 한 오리.
_〈가을비〉

흔히 아이들 읽게 하려다 어른들이 더 푹 빠질 때 어른을 위한 동화니, 동시니 하고 말한다. 이문구 선생의 동시는 그런 뜻에서 확실히 어른을 위한 것처럼 여겨진다. 그런데 이 어른을 위한 동시란 말 속에 요즘 아이들이 읽기에는 너무 어렵겠다는 염려가 들어 있는 것은 아닐까?

확실히 선생의 동시는 토속적 언어의 질감과 가락이 잊을 수 없는 긴 여운을 준다.

한데 열 살 난 딸아이에게는 그게 잘 안 오는 모양이다. 하긴 생각해보니 딸아이는 한밤중 하늘 위로 흘러가던 은하수 한 번 제대로 본 적이 없다. '들길 시오리'의 '시오리'란 어휘가 주는 새끼 염소의 울음소리 같은 가녀린 느낌과, 그것이 '15리'의 연철 표기임과, 15리가 어느 정도나 되는 거리인지를 나는 딸아이에게 잘 설명해줄 자신이 없다. 그러니 어쩌겠는가? 동심을 추억하고, 동심의 결로 돌아가 살았으면 싶은 어른들이 숨겨두고 아끼고 읽고 또 외울밖에.

집이 학교 턱밑이고 보니 저녁을 먹고도 곧장 연구실로 올라가곤 했다. 그때마다 네 살짜리 둘째는 문간을 막아서서는 못 간다고 막무가내로 버텼다. 한번은 학교로 올라가 의자에 앉는데 엉덩이를 무엇이 찌른다. 주머니를 뒤져보니 꼬마가 가지고 놀던 레고 블록 하나가 나왔다. 아비가 기어이 저와 안 놀고 학교로 가자 아이는 제 레고 블록을 슬쩍 아비 주머니에 집어넣었던 모양이다. 그 일이 나는 두고두고 마음에 걸린다. 아이가 나를 얼마나 '이상한 아빠'로 여겼을까?

이제 여섯 살이 된 녀석은 혼자서도 잘 논다. 건강이 좋지 않아 집에 일찍 들어앉아 있는 요즘엔 놀아주려 해도 아이가 반갑지 않다는 표정이다. 뭘 물어보아 대답해주면 쪼르록 제 엄마한테 달려가 "엄마! 아빠 말 맞어?" 한다. 자업자득이란 말을 실감하고 산다.

아! 5월은 어린이달이다. 아이들은 무럭무럭 자라 금세 어른이 된다. 함께 놀아줄 날은 너무도 짧구나.

(벌써 20년 전에 쓴 글이다. 그사이 또 한 세월이 지나갔다.)

양반 문화의 이면

_《나의 양반문화 탐방기》

기차에서 처음 만난 두 노인이 마주 앉아 동행이 된다. 자식 얘기, 세상 돌아가는 얘기로 말이 오가다 성씨가 같다는 것을 알고는 마침내 서로의 본관을 묻는다. 같은 관향임을 확인한 노인들은 깜짝 놀라 다시 항렬자를 따지기 시작한다. 그 결과 60대의 젊은 노인이 70대 노인보다 두 항렬 높다는 것이 확인되었다. 이후 상황은 180도 역전되어, 젊은 노인은 조금 전 처음 인사를 나눈 노인에게 말을 낮추며 해라체를 연발하고, 나이 든 노인은 꼼짝도 못하고 연신 예예 하더라는 것이다.

어느 분의 수필에서 읽은 글이다. 가만히 생각해보아도 참 진기한 광경이었겠다 싶다.

윤학준 선생의《나의 양반문화 탐방기》는 도무지 이런 세상도 있었나 싶을 정도로 '경이로운' 우리 양반문화에 대한 문화인류학적 보고서다. 그렇다고 딱딱한 학술서와는 거리가 멀다. 수필투의 푸근하고도 정겨운 입담으로 독자를 빨아들이는 흡인력을 지닌 그런 책이다.

저자는 안동 지역의 독특한 체취 속에서 어린 시절을 보냈고, 이후 일본에 건너가 한때 좌익과 반한 운동에 참여했던 전력으로 고국행을 봉쇄당했던 인물이다.

그런 그가 타국에서 어린 시절의 기억을 더듬어 '온돌야화'란 제목 아래 일본어로 출판했던 것이 바로 이 책의 처음 모습이다. 일본에서도 이 책은 대단한 반향을 일으켰던 모양이다. 그도 그럴 것이, 4촌 이후로는 한집안이라는 의식조차 박약하고 족보의 개념은 상상조차 할 수 없는 일본인들에게, 한국의 양반문화는 도저히 납득할 수도 없고 이해되지도 않는 신기한 것이었을 터이다.

이 책은 우리나라 양반문화의 이면을 참으로 실감나게 그려내고 있다. 그 안에 속한 이들이 읽기에는 다소 민망한 대목도 적지 않다. 이 책의 내용을 두고 그 지역에서는 말들도 많았던 모양이다.

내가 이 책과 처음 만나게 된 것은 역시 어린 시절을 안동 지역의 독특한 양반문화 속에서 자랐고, 지금도 한 가문의 종가로서 1년이면 수십 차례의 봉제사를 치르고 있는 내 또래 젊은 교수의 추천 때문이었다. 아직도 우리의 의식 한 켠에 변치 않고 도사리고 있는 양반문화의 의식구조를 이해하려 할진대 이 책을 반드시 읽어보아야 한다고 나는 생각한다.

유배지의 시선, 절망을 넘어서는 방법
_《야생초 편지》

흑산도로 유배 간 정약전이 막막한 절망감에 무너지고 있을 때, 보이는 것은 바다뿐이었다. 그는 물고기를 관찰하기 시작한다. 새로운 물고기를 만날 때마다 이름을 묻고, 생태를 묻고, 그것을 기록했다. 주체할 수 없는 시간과 에너지를 그렇게라도 소모하지 않았다면 그는 미쳐버렸을 것이다. 지금도 《현산어보》를 펴면 흑산 앞바다의 그 절망스러운 파도 소리가 사무치게 들려오는 것만 같다.

황대권의 《야생초 편지》를 읽었다. 그림이 참 예쁘다. 어쩜 들풀은 종류도 그리 많을까? 그의 삶 속에 뿌리내린 야생초 이야기는 말 그대로 경이롭다. 그런데 글을 읽는 내내 내 귀에는 자꾸 환청처럼 정약전이 들었을 그 파도 소리가 차올라온다.

유학생이었던 그는 학원간첩단 사건으로 무기징역을 선고받는다. 혹독한 고문 끝에 감옥에 간 서른 살의 젊은이는 마흔네 살의 중년으로 출소한다. 그러고는 국가기관의 조작극이었다고, 대단히 미안하게 됐다는 한마디를 들었다. 없던 일로 하자고 한다. 무슨 기막힌 장난인가?

무신란으로 촉망받던 장래가 한순간에 짓밟힌 후 다시는 안 나오겠다며 청학동을 찾아들던 고려 때 이인로의 심정이 그랬을까? 물고기 비늘을 세며 시간을 죽이던 정약전의 심정이 그랬을까? 글쓴이는 예상과는 달리 전혀 담담하다는 투다. 오히려 감옥에서 야생초와 만나게 되어 고맙다고 한다. 그 편안함에 읽는 이가 외려 불편하다. 공연히 미안해 어쩔 줄 모르겠는데, 그는 팔자 좋게 야생초 이야기만 한다.

절망을 감내하는 태도에서 우리는 그 사람의 그릇을 본다. 천연두로 자식 여럿을 죽인 정약용이 《마과회통》을 지어 치료법을 책으로 정리했듯이, 그들은 어떤 시련과 역경 속에서도 자기의 꽃을 피워낸다. 뽑아도 돋아나는 야생초같이.

무문관無門關을 돌파하고 나온 고승처럼, 감옥에서 한소식을 깨치고 나온 고수들을 그간 많이 만나왔다. 신영복의 《감옥으로부터의 사색》이 그랬고, 박노해의 《사람만이 희망이다》가 그랬다. 보통 이런 특수한 상황에서 나온 글은 뭔가 한 수 가르쳐주려는 생각이 앞서 자칫 읽기에 거슬릴 때가 없지 않다. 생태환경과 관련된 책도 그런 경우가 많다. 지킬 수도 없는 것들을 강요하고, 정작 곁의 사람은 사랑할 줄 모르면서 자연만 사랑하자고 외치는 녹색운동가들도 많이 보았다. 그의 글은 그렇지가 않다. 따뜻하게 감싸안고, 힘 있게 주장한다. 억지스러운 구석이 없다. 몸에서 나온 말씀이지 머리에서 나온 말이 아니다. 그 일렁이는 분노를 삭여 이렇게 되기까지 그가 겪었을 그 참혹한 시간들이 참 눈물겹다.

얼마 전 혼자 17년간 전국을 다니며 들풀 4,439종의 씨앗을 모아 '토종들풀 종자은행'을 세운 고려대 강병화 교수의 기사를 보았다. "엄밀한 의미에서 잡초는 없습니다. 밀밭에 벼가 나면 잡초고, 보리밭에 밀이 나면 또한 잡초입니다. 상황에 따라 잡초가 되는 것이죠." 오호라! 상황에 따라 잡초가 된다, 이 얼마나 의미심장한 말이냐. 사람도 한가지다. 뻗어야 할 자리가 아닌데 다리 뻗고 뭉개면 잡초가 된다. 뽑혀서 버려진다. 달고 고마운 말씀이다.

이번엔 그가 말한다. 잡초는 없다고. 우리가 아직 그 가치를 모를 뿐이라고. 정작 뽑아 내던져야 할 것은 야생초가 아니라 우리 자신의 그 잘나빠진, 기실은 누추한 삶이라고. 읽는 내내 부끄러움이 가슴을 쳤다.

무슨 잔말이 있겠는가!

_《산거일기》

"어디서나 무슨 소식이 있을 듯하여 종일 기다렸으나 편지 한 장도 오지 않았다. 저녁 후에 과연 한 줄기 소나기가 왔다."

김달진 선생의 《산거일기》 중 한 대목이다. 글 중에는 산문山門에 들어 번민은 더욱 심각해만 간다는 독백도 보이지만, 그가 기다렸던 편지 한 장의 속내보다, 그 막막한 기다림을 한 줄기 소나기로 응답하는 엇갈림이 내게는 더 상쾌하게 여겨진다.

또 이런 글도 있다.

"오후에 어제 하다 둔 도벽塗壁을 마치다. 세상일이란 더러워진 벽인가? 닦을 줄 모르고 덮기만 한다."

도배를 하다가 떠오른 메모다. 벽이 더러워지면 닦는 게 아니라 그 위를 그저 덮어 가리기에만 급급하구나.

꽉 껴안고 싶은 아침. 마루 끝에 나가 앉아보면 이마가 못 견디게 자글거리고 눈은 저절로 감긴다. 해가 오른다. 숲속에 황금의 부챗살을 편다. 나는 늙은 느티나무에 기대어서서 따스한 햇볕을 이마 가득히 받아본다. 머리 위에 새소리가 금조각을 뿌린다. 물오른 나무 가지가지마다에 새 움이 톡톡 터지는 소리가 나는 듯하고, 마른 풀 잎새마다에 숨소리가 들리는 듯하다. 하다못해 하늘을 우러러 휘파람을 날리며 앞 개울가를 시름없이 거닐었다. 오래오래 떠나 있는 사랑하는 사람을 만나본 심정이 이렇다 할까? 내 가슴속에는 어떤 알 수 없는 하나의 힘이 움직이고 있음을 나는 느끼었다. 호박빛으로 공기는 한껏 투명하였다.

선생의 글 여기저기서 한 문장씩 옮겨따와 적어본 것이다.《산거일기》는 선생의 나이 34세 전후의 일기다. 그래서인지 중간중간 젊음의 번뇌도 엿보이고, 이성을 향한 마음의 자락도 불쑥불쑥 들여다보인다. 나는 그것이 읽기에 더 즐겁다. 일기란 원래 뒤숭숭한 제 마음을 추스르자는 글이 아닌가? 번뇌 걷힌 말끔한 하늘처럼 투명한 현자의 음성만 있다면 그것은 이미 일기가 아닐 것이다.

이 밖에도 58세 전후의 단상을 모은 '삶을 위한 명상'과 그 밖에 선생의 세 편 글을 수록하였고, 선생의 문학에 대해 다섯 분이 각자의 방향에서 쓴 글도 함께 실려 있다.

책 속에는 밑줄 쳐 읽고 싶은 구절이 많다.

"승리와 패배는 오직 자기만이 아는 것이다."

"자기를 세우는 곳에 세계는 지옥화한다."

"얼음같이 살자. 그렇지 않으면 불같이 살자."

"삶이란 나날의 향상, 때때의 창조, 찰나찰나의 새로움이어야 할 것이다."

"겸손은 일종의 진공상태다."

"충고 속에 얼마나 많은 지배욕이 도사리고 있는가."

"새로운 꿈이 끊임없이 솟으리니, 나그네 길은 언제 끝나려나."

"생활을 단순화하라. 그러나 창조를 갖추지 않은 단순은 무료와 권태를 동반하는 위험이 있다."

어제 책상머리에 붓글씨로 원효 스님의 '난인능인難忍能忍', 즉 참기 어려운 것을 능히 참는다는 말을 써붙여놓았는데, 선생의 글에도 "남이 참을 수 없는 바를 능히 참아야 비로소 남이 할 수 없는 바를 할 수 있을 것이다"란 구절이 있다. 공연히 마음이 오간 듯하여 내가 즐겁다. 마음으로 느낄 뿐 또 무슨 잔말이 있겠는가. 돌咄!

저녁연기 가득한 대숲 집

_《보길도에서 온 편지》

그는 '오늘 새벽에는 너무 쓸쓸해서 거의 울어버릴 뻔'했다고 적고 있다. 눈 덮인 오두막 위로 늙은 새들이 날고, 저녁연기가 대숲의 뒤란까지 가득한 집, 더러 길 잃은 별들이 '눈먼 나'에게 길을 묻곤 하는 섬집에 그는 산다.

'뻘뚝(보리수)'을 따다 술 담그고, 인동꽃 따다 금은화차를 만들며 산다. 푸릇푸릇한 '멍에(머위)'와 돌미나리로 한 상 가득 풍성한 식단도 마련하고, 세살문에 창호지를 새로 발라 겨울 장작을 준비하며, 칡넝쿨과 '까상쿠(가시)'가 뒤엉킨 오솔길의 풀도 베고, 무덤가에 지천으로 돋은 달래를 캐 김치도 담그며, 봉순이와 꺽정이, 부용이를 기르면서 그는 거기에 살고 있다.

마당에 비파와 매화, 배나무와 오얏나무, 거기에 포도나무까지 욕심 사납게 잔뜩 심어두고, 가을밤에는 잠 못 들어 자주 문밖을 나서기도 하며, 지나가는 바람 소리, 창문으로 들어온 달빛, 추녀 끝에 떨어지는 빗방울 소리에도 설레어 잠을 깨면서, 바람의 시작과 끝을 알리는 풍경소리와 신경전을 벌이며 거기서 그렇게 살고 있다.

저녁의 군불 때는 따뜻한 시간들 때문에 혼자서도 그 적막히 긴 겨울을 버틸 수 있었노라고, 고향에 너무 일찍 돌아와버려서, 이젠 어디에도 돌아갈 곳이 없구나 싶어 문득 막막하고 서러웠노라고 그는 적고 있다.

사는 일은 갈수록 신산스럽기만 한데, 꽁지에 불이라도 붙여놓은 듯 허황하고 바쁜 일상 속에 허우적대는 내게, 너무 쓸쓸해서 거의 울어버릴 뻔했다는 그의 말은 긴 여운을 남긴다. 우리는 너무 정신없이 사니까, 그 적막한 섬집에서 밤낮 혼자서 자기 자신과 정면으로 마주하며 사는 그의 일상은 마치 까맣게 잊고 있던 나 자신의 반쪽과 불시에 맞닥뜨린 느낌으로 왈칵 다가온다. 그가 어느 날 아침 문득 존재 자체만으로 소중하고 아름다운 그 사람을 그리워하듯이, 나는 겨울의 눈보라와 칼바람을 견디고 핏빛으로 벌겋게 지천으로 피어나는 보길도의 동백꽃과, 태풍을 알리는 불안한 풍경소리와 그 집 아궁이 속의 서늘한 장작 불꽃을 그리워한다.

내가 보길도를 처음 찾은 것은 대학 3학년 때 탁본여행의 마지막 행선지로서였다. 해질녘에 출발한 배가 한바다로 나서자 동편에서 둥실한 보름달이 바다 위로 떠올랐다. 온통 금물결 일렁이는 밤바다를 바라보며, 누가 먼저랄 것도 없이 우리는 〈밤배〉를 부르고 〈콜로라도의 달〉을 불렀다. 누군가가 불쑥 노래를 부르지 말자고 말했다. 너무 아름다워 바다에 뛰어들어 죽고 싶다고도 했다. 나는 진짜 그런 일이 생길까 봐 내심 불안했다. 그 뒤로 이 남쪽 바다 끝의 작은 섬은 내게는 언제나 금물결로 무리지는 이어도가 되었다.

그런데 이 책 속에는 금물결 은물결의 이야기만 있는 것이 아니다. 회양목 그늘 아래서 먹이를 찾다가 사람을 보고 황급히 대숲 위로 날아가는 무당새만 있는 것이 아니다. 동백꽃과 예송리의 먹자갈밭, 쪽빛의 푸른 바다만 있는 것이 아니다. 경제력 있는 서른여섯인데도 장가를 들지 못해 깊은 밤 40대 후반의 다방여자를 데리고 술 취해 찾아와 장가보내달라고 푸념하는 친구의 뒷모습도 있고, 앰프를 틀어놓고 '뽕짝'에 맞춰 디스코를 추며 노는 노인들, 고된 노동의 여독을 풀자고 캄캄한 밀실 현란한 조명 아래 티켓을 끊어 불러온 다방 아가씨를 가운데 두고 목청껏 노래를 부르는 사내들도 있다.

십수 년 전만 해도 한적한 포구였던 이곳이 볼품없이 네모난 슬라브 건물과 국적 불명의 양옥들로 채워지는 동안, 상수원 댐 때문에 계곡엔 물이 바짝 마르고, 수도요금을 내고 수돗물을 먹으며 농업용수 부족으로 고통받는 주민들의 이야기도 있다. 방파제 공사를 위해 아름다운 돌산 하나를 모조리 깎아내는 파괴 현장을 고발하는 분노의 목소리도 들린다.

기섬과 갈마섬, 당사도와 복생도 등 섬들이 전해주는 전설 속에서 보길도 해변의 수많은 갯돌들이 아기장수의 군사들로 되살아나고, 1920년대 6천여 명의 주민 중 800명 이상이 일제에 의해 불령선인으로 낙인찍혔던 소안도는 인간 해방을 상징하는 돌탑으로 말없이 우뚝 서 있다. 여름이면 인구 3,500명의 작은 섬에 매일 그보다 더 많은 피서객들이 붐비는 보길도, 이 섬의 갈피갈피에 서린 한숨의 역사와 애증의 세월도 책 속에 담겨 있다. 껍데기만 보아서는 그 동백꽃의 의미를 알 수가 없다. 추억 속의 금물결 은물결로 이 섬이 아름답듯이, 인간의 더운 숨결이 뿜어내는 아픈 생채기들로 이 섬은 더 아름답다.

냄비 속 떡국 끓는 소리에도 세월이 간다고, 그는 적었다. 바위와 나무와 풀들, 구름과 별…… 이런 말없는 것들이 자꾸만 부러워진다고, 그는 썼다. 부황리 눈 덮인 오두막 위로 저녁연기가 피어올라 대숲을 잠재울 때면 군불처럼 따뜻한 평화가 내면에 깃든다고, 그는 말했다. 내 일도 아닌데 내 마음이 푸근하고, 내 집도 아닌데 그 아궁이 앞에 내가 쭈그리고 앉아 있는 것만 같아 가슴이 더워진다. 도대체 우리는 얼마나 오랫동안 나 자신을 버려두고 돌아보지 않았던가. 그사이에 마음밭은 황폐해져서 가슴 속에는 온통 서걱이는 모래바람뿐이다.

어느 청명한 아침, 나는 부용이를 앞장세우고 옥소대 가는 소롯길로 접어들어, 너럭바위에 벌렁 드러누워 멀리 해남 땅끝 사자산 봉우리를 건너다보며 누추해진 내 삶에 해바라기를 하고 싶다. 갓 피어난 연꽃 봉오리 같은 부용 동천洞天 안에서 헹굴 것은 헹구고, 버릴 것은 버리고, 말도 없이 가만히 한나절 앉았다 오고 싶다. 그러고 보니 '동천'이란 말은 신선들이 사는 거처를 뜻한다. 고산 윤선도가 허망한 꿈을 묻었던 동천석실 아래 부용동이 있고, 세연정 들어가는 입구 언덕배기에 그의 동천다려洞天茶廬가 있다. 그 집 다실에 앉아서 그가 겨우내 손수 따서 말려둔 금은화차나 인동차를 우려서 마시면 내 마음속으로 저 고산이 꿈꾸었던 신선 세상이 뚜벅뚜벅 걸어들어올 것만 같다.

광기에서 탄생한 위대한 예술혼

_《천재와 광기》

천재적 예술가들에게서는 스스로도 주체할 수 없는 광기가 느껴진다. 위대한 예술가들은 과연 천재인가, 아니면 광인일까? 슈테판 츠바이크Stefan Zweig의 《천재와 광기》는 일생을 내부로부터 터져나오는 열정적 광기 속에서 위대한 예술을 탄생시킨 아홉 사람의 전기집이다.

"어디서나 무슨 일을 하든 나는 일평생 한계를 넘어섰었다"고 토로했던 도스토옙스키. 내부에서 분출하는 폭발적 광기를 주체 못해 극단만을 추구하다가 한 여인과 동반자살로 삶을 마감한 클라이스트. 병과 고통을 가장 잘 참아내는 자가 천재이자 초인이라며 몸을 떨던 니체. 천상의 소리를 지상에 전달하는 피뢰침의 역할을 자임했던 횔덜린. 82세의 고령에도 말을 타고 질주하며 신과의 교감을 원했던 톨스토이. 근대 서구 위대한 영혼들의 뜨거운 삶의 자취가 이 책 속에 녹아 있다.

무엇이 그토록 그들을 가눌 길 없는 광기의 격정 속으로 몰아넣었던가? 그 격정 속에서 그들이 찾아낸 궁극의 세계는 무엇이었던가? 인간은 왜 고통 속에서 더 열정적으로 세계와 만나게 되는가?

전기를 기술하는 츠바이크의 문체는 현란하다 싶을 정도로 격정적이다. 정신분석학의 방법으로 서술하고 있는 그의 묘사는 역사 속의 영혼들을 불러내 바로 우리 곁에 숨 쉬는 인물로 되살려낸다. 읽다 보면 마치 그들이 직접 자신의 깊은 이야기를 털어놓고 있는 것은 아닌가 하는 착각에 빠질 정도다.

그렇지만 나는 그의 글에서 오히려 그가 이들의 입을 빌려 자신의 비밀스러운 충동을 고백하고 있다는 느낌을 받았다. 이 느낌은 1882년 유대계 혈통으로 오스트리아 빈에서 태어난 그가, 제1차 세계대전을 피해 이곳저곳을 전전하다 극심한 우울증에 시달리던 끝에 1942년 부인과 함께 동반자살하고 만 사실과도 무관치 않다.

나는 이 책을 읽다가 우리 옛 선인들의 예술혼과 그것을 휩싸고 있던 광기에 대해 이 책과 같은 체재로 전기집을 써보고 싶다는 강렬한 충동을 받았다.

신선, 닫힌 세계 속의 열린 꿈

_《불사의 신화와 사상》

사람들은 오랜 옛날부터 드넓은 허공을 마음껏 훨훨 날아다니고, 더 이상 늙지도 않고 병들지도 않으며 죽지도 않는 삶을 꿈꾸어왔다. 이른바 '신선'은 바로 그런 소망이 빚어낸 '꿈'이다. 이런 꿈은 삶의 조건들이 열악할수록 더욱 강렬한 위력을 발한다.

신선들의 거처는 은하수 건너 아득한 하늘 저편에 있는 황금 궁궐이다. 그들은 봉황이나 용 또는 기린이 끄는 수레를 타고 다니며, 한 알을 먹으면 3천 년을 산다는 복숭아를 먹고 산다. 그네들이 입는 옷은 동해의 무지개를 실로 자아 직조한 것이다. 이 밖에도 밤이면 곤륜산 꼭대기에서 서왕모의 주재로 열린다는 요지연의 잔치 이야기, 제때 하늘나라에 돌아가지 않거나 옥황상제의 심부름을 잘못한 죄로 신선이 인간 세상에 귀양 온 이야기 등은 예전 소설에 단골로 등장하는 친숙한 이야깃거리다.

신선은 과연 실재하는가? 은하수 저편 세계로 위성을 쏘아올리는 오늘날에도, 어느 산에 가면 수염이 허연 신선이 축지법을 쓰고 둔갑술을 행한다거나 하는 이야기는 여전히 진한 매력으로 우리의 호기심을 끌어당긴다. 그러나 신선의 실체는 좀체 드러나지 않는다. 드러나지 않을수록 사람들은 그것이 분명히 존재하고, 또 누구나 그 경지에 도달할 수 있으리라는 은밀한 유혹에 사로잡힌다. 도처에 붙어 있는 단학丹學이니 선법仙法이니 하는 광고 전단들은 '나도 신선이 될 수 있다'는 유혹을 부추긴다.

정재서 교수의 《불사의 신화와 사상》은 매우 매력적인 제목의 책이다. 그는 이 책에서 고대 중국에 있어서 불사不死의 신화와 사상, 다시 말해 신선을 향한 꿈이 어떻게 형성되었고, 어떻게 이어져왔으며, 그 유형에는 어떤 것이 있고, 그 구조는 어떠한가 하는 여러 문제를 아주 명쾌하면서도 체계적으로 서술해놓았다. 이 책은 일반 대중의 호기심을 충족시키려고 쓴 책은 아니다. 오히려 학자들을 염두에 두고 쓴 전문 연구서다. 그렇지만 신선에 대해 호기심을 지닌 독자라면 어렵지 않게 읽을 수 있는 친절하고 유익한 책이다.

이 책은 "이성의 제국주의를 불신하고 설화의 힘을 믿었던, 신선이라는 고대 중국의 특이한 존재자에 대한 설화학적 탐구"를 담고 있다. 나아가 저자는 책의 서론에서 동북아 문화에서 유교의 이성주의에 대항하는 이면 문화로서 도교-신화적 상상력이 진작에 누렸어야 할 응분의 평가를 돌려주겠다는 야심을 피력하고 있다.

사실 서구적 편견 속에서 바라보는 동양 문화는 저열하고 체계적이지 못하며 모순투성이다. 신화의 체계 또한 그러하다. 그러나 저자는 이런 편견을 단호히 거부하고, '미라'나 '화석'이 아닌 살아 숨 쉬는 실체로서 신선의 꿈을 말하고 싶어 한다. 저자는 우리에게 근엄한 이성주의자들에 의해 조성된 신선에 대한 종래의 천박한 인식과 선입견에서 과감히 떠날 것을 요구한다. 나아가 그는 중국과 주변 문화의 뿌리 깊은 차별적 구도를 철폐하고 호혜적 문화의식의 시각에서 이 문제를 시종 검토함으로써, 의식의 명징성과 건강함을 잃지 않고 있다.

거리의 포도 위로 분분히 지는 낙엽은 우리에게 본래의 자리로 돌아가는 자연의 섭리를 일깨운다. 그 속에서 인간은 끊임없이 반란을 꿈꾼다. 꿈을 꾸는 자에게 꿈은 더 이상 꿈이 아니다. 엄연한 현실이다. 불로장생이나 불사에의 열망은 이제 고대인의 상상 속에서만 존재하지 않는다. 혹 이런 생각들에 대해 체계적이고 학술적인 대답을 듣고 싶다면 이 책을 읽어보기 바란다.

조용하긴 뭐가 조용하단 말인가

_《조선의 뒷골목 풍경》

사르트르가 말했다. "미래도 과거와 같다. 역사는 무의미하다. 인생은 우스꽝스럽다." 세상이 아무리 변해도 본질적으로 인간의 삶은 바뀐 것이 없다. 지나간 역사를 들여다보면 그때나 지금이나, 여기나 저기나 하나도 다를 것이 없다는 데 실소를 금치 못할 때가 많다.

정작 교과서에서 배운 역사는 그렇지가 않았다. 강목화되어 암기 대상으로만 존재하는 인물과 책 이름들, 거대담론만 있고 인간의 삶은 실종된 건조한 기술 태도는 늘 역사를 따분하다 못해 고리타분한 것으로 생각하게 만든다.

근자에 들어 과거의 시간 속에 박제된 인물과 사건들에 생생한 숨결을 불어넣는 작업들이 '미시사'란 이름으로 활발하게 이뤄지고 있다.《마르탱 게르의 귀향》,《왕 여인의 죽음》,《치즈와 구더기》 등의 저작이나,《미시사란 무엇인가》,《문화로 보면 역사가 달라진다》 같은 책을 읽으면서 이제 우리나라에서도 볼만한 미시사적 성과들이 나올 때가 되었다는 생각을 한 지가 꽤 오래되었다. 그런가 하면 황금이나 먹거리, 카페, 시간, 담배 등 어느 한 가지 소재나 개념을 단위로 한 작업도 미시사의 또 다른 한 갈래로 각광을 받는 듯하다.

이 책들이 보여주는 공통점은 그간 남들이 별 관심을 갖지 않거나, 별로 중요할 것 같지 않아 그냥 스쳐지나쳤던 소재를 통해 그 시대를 꼼꼼하게 들여다보고, 한 사회를 섬세하게 살펴보고 있다는 점이다. 사실 최근 들어 우리에게도 그런 시도가 없었던 것은 아니다. 하지만 최초의 미시사적 작업이라 해서 읽어보면 그저 자질구레한 이야기가 많이 들어간 인물 전기에 불과하거나, 소설도 아니고 역사도 아닌 잡탕, 그나마 전거마저도 신뢰하기 힘든 아마추어적 작업이 미시사의 이름으로 거론된 경우도 적지 않았다.

미시사는 역사 연구 방법론의 한 갈래겠지만, 읽는 이의 입장에서 보면 보다 생생하고 살아 있는 역사와 만나게 되는 설렘이 있다. 그랬구나, 그때도 똑같았구나. 어쩜 그럴 수가 있지? 이런 감탄사를 역사 속에서 찾고 싶은 것이다.

강명관 교수가 펴낸《조선의 뒷골목 풍경》을 통독했다. 참 통쾌하고 시원했다. 이 책은 조선시대 생활사에 대한 흥미진진한 보고서다. 요즘으로 치면 조폭, 도박, 룸살롱, 대학입시, 간통·강간 사건, 양아치, 오렌지족, 오입쟁이에 관한, 저자 본인의 말에 따르면 그야말로 허접스러운 이야기들을 모아놓은 책이다. 기상천외, 포복절도할 내용부터 통렬하고 안타까운 사연들이 저자의 거침없는 입담과 만나 볼만한 풍경을 이루어놓았다.

그의 말투는 툭툭 부러진다. 그의 말투는 대충 이렇다. "한국을 조용한 아침의 나라라고 말한 이가 누구던가? 지금 한국의 이미지를 홍보하는 말로 자리 잡은 이 문구가 나는 자못 불만스럽다. 조용한 아침이라니, 조용하지 않은 아침도 있는가?" 그래놓고 살인, 강도, 강간이 자행되고 술집과 기방과 도박판에서 왈짜들이 야단법석을 떠는 광경을 잔뜩 늘어놓은 뒤, "조용하긴 뭐가 조용하단 말인가?"로 글을 맺는 식이다. 책을 읽다 말고 독자들은 실제 저자의 모습과 말투가 자꾸 궁금해질 것이다.

그는 자신의 이 글이 논문이 아닌 잡문이요 잡동사니라고 했고, 강박관념처럼 여기저기서 스스로 한심한 필자라는 사실을 되풀이해서 강조하고 있다. 하지만 정작 겸양으로 하는 소리일 뿐 저자 자신은 잡문은커녕 눈곱만큼도 한심하다고 생각하는 것 같지 않다. 그는 역사를 '인간의 현재를 이해하기 위한 방법'이라고 생각한다. 그러니까 오늘을 제대로 보기 위해 어제에 관심을 둔다는 것이다. 색안경을 끼고 보는 교훈적·목적의식적·기념비적 역사관을 그는 믿지 않는다고 썼다. 교훈적 거대담론과 기념비적 민족사관에 입각한 역사학계의 많은 성과들에 대한 그의 시선은 자못 냉소적이기까지 하다.

이런 '한심한 잡글'을 통해 그는 거침없이 문제를 던지고, 정면으로 돌파한다. 그 거룩한 열녀 담론을 남성이 여성의 성을 독점하기 위해 제출한 책략으로 보고, 열녀의 문제는 곧 섹스의 문제라고 단언한다. 그러고 나서 조선 사회를 뒤흔들었던 감동과 어우동 스캔들을 따라가면서 남성들의 성적 욕망의 분출 문제와 병치시켜 살핀다.

사회현상으로서 도박의 성행이 사회 자체의 불확실성과 놀라울 정도로 일치한다며, 대뜸 우리 역사에서 지금보다 도박이 성행한 시대는 없었다고 찔러 말한다. 도박은 모든 것이 불확실성에 의해 지배된다는, 신뢰를 상실한 세계에 대한 또 다른 이해의 방식이라고 해석한다. 거대한 세금 수입원인 술이 국가경제에 미치는 영향을 따지면서, 술단지 밑바닥에 녹아든 인간의 사회와 역사, 경제와 문화를 고민한다. 조선 후기의 과거열풍을 이야기하다가 느닷없이 불안한 고용구조의 현대 자본주의 사회에서 공무원이 갖는 직업의 안정성, 신분의 수직 상승, 권력과 돈에 대한 기대 등이 얽혀 빚어지는 고시열풍의 병리적 현상에 메스를 가한다.

이렇게 보면 그는 옛날을 통해 인간의 현재를 이해하는 통로를 마련하려고 이 책의 곳곳에서 부단히 애를 쓰고 있는 셈이다. 그의 책 속에서는 그간 우리가 별로 눈여겨보지 않았던 풍속화들이 논거로 살아나고, 정지 장면은 그의 글과 만나면서 갑자기 활동사진이 되어 돌아가기 시작한다. 질탕한 술집의 풍경, 비밀결사를 방불케 하는 조직폭력배들의 행태, 어안이 벙벙해지는 과거시험장의 난장판, 도박판의 실감나는 광경 등 땀내 절고 왁자지껄한 사람 냄새가 훅 하고 끼쳐온다.

역사학계는 그의 이런 작업을 어떻게 평가할까? 옛날에서 현재를 읽으려 드는 그의 관점과 태도가 역사학자들은 심히 못마땅할 것이다. 왜 하필이면 뒷골목 풍경이냐고, 그 좋은 것 다 놔두고 하필 구질구질하고 지저분한 이면을 자꾸 들추느냐고 타박할지도 모르겠다. 아니면 때로 문헌 기록 하나를 놓고 대뜸 일반화의 논리로 건너뛰는 그의 논법이 심기를 거스를 수도 있겠다.

문학 연구의 방법으로 역사를 연구하면 공허해지기 쉽고, 역사의 방법으로 문학을 연구하면 건질 것이 별로 없다. 하지만 공허하다고 외면하고, 건질 것 없다고 뒤돌아보지 않으면 할 수 있는 것이 아무것도 없다. 문학 연구자나 역사 연구자나 서로 문제의식을 느껴 출발했는데 배척만 하고 있으면 서로에게 득 될 것이 없다. 더구나 이 둘은 훌륭한 상호보완적 관계가 아닌가?

그는 이 책을 얼마 남지 않은 단편의 퍼즐들을 하나씩 맞춰 전체상을 재구성해가는 방식으로 서술했다. 그런데 없어진 조각들이 워낙 많다 보니, 때로 어떤 부분의 논리는 조금 위태로워 보이지 않는 것도 아니다. 하지만 이런 것은 이 책 전체가 보여주는 미덕에 견준다면 크게 시비할 것이 못 된다. 그는 남들이 다 그저 지나치는 이야기 하나하나를 금싸라기 줍듯 모아, 하나의 큰 서사를 이끌어냈다. 검계를 설명하려고 《백범일지》를 인용하고, 심지어 김지하 등의 대담까지 끌어들인다. 일제시대 신문에 실린 사건 기록에서, 일제시대 풍속 기록까지 원용된다. 한시나 가사 작품도 그에게는 훌륭한 사료가 된다.

사료에 접근하는 그의 태도는 한심하지 않고 진지하다. 그저 독자들에게 재미나 선사하자고 과장하거나 너스레 떨지 않는다. 말하자면 그의 이 글은 잡문 같은 논문이고, 논문 같은 잡문인 셈이다. 진작에 그가 펴낸 《조선시대 문학예술의 생성 공간》을 이번에 이 글을 쓰면서 새로 꺼내 읽어보고, 이번 책의 상당 부분이 이 책 속에 이미 구상되어 있었음을 알았다. 그사이에 그는 더 많은 자료를 모으고, 부족한 퍼즐을 채우기 위해 동분서주했던 것이다.

그는 또 《조선 사람들, 혜원의 그림 밖으로 걸어나오다》도 펴낸 바 있다. 한번은 그가 재직하고 있는 대학에 저명한 미술사가가 와서 조선 후기 풍속화에 대한 특강을 했단다. 그는 잔뜩 기대하고 갔다가 크게 실망하고 왔다. 도대체 저 장면은 어떤 상황을 그린 것인지가 오래전부터 궁금했는데, 강연자는 그의 궁금증은 안 채워주고 계속 색채가 어떻고 그림의 선이 어떻고 구도가 어떻고만 이야기하더라는 것이다. 그래서 그는 이 책을 직접 썼다. 같은 풍속화를 보고도 미술사가들은 색채와 구도를 보고,

역사학자들은 그 시대를 읽고, 문학 연구자는 행간의 사연을 들여다본다. 이 세 가지를 다 아우를 수 있다면야 더 바랄 나위가 없겠지만, 그게 참 어렵다.

그는 내친김에 앞으로 본격적인 풍속사를 기술할 뜻을 지닌 듯하다. 주변적인 담론이야말로 그 주변성으로 인해 주류 담론으로 편입될 수 있는 시대에 우리는 살고 있다. 서구의 풍속사를 읽으면서는 그네들의 치밀한 고증과 꼼꼼한 자료 수집에 탄복하면서, 영성零星한 사료 속에서 사금 채취하듯 하나하나 주워모아 빛바랜 사진에 생명을 불어넣는 그의 작업에 대해, 사료 해석의 객관성 운운하며 입을 삐죽인다면 그것은 정말 공정한 일이 아니다.

사람 사는 세상은 한 번도 달라진 적이 없다. 그때그때 놓인 상황에 따른 반응이 달랐던 것뿐이다. 인간은 결코 변화하지 않는다. 이런 점을 거침없이 내뱉듯이 이야기하므로 그의 글은 언제나 시원시원하고 통쾌하다.

책을 처음 펴들고서 '수만 백성 살린 이름 없는 명의들'이 나오는 것을 보고, 그렇고 그런 예화 모음집인 줄 알고 실망했다. 실망은 얼마 안 가서 흥미로 급격히 고조되었지만, 편집상의 배려가 아쉬웠다. 간혹 검계나 탕자 기술 부분에서 논리의 지나친 비약이나 추정, 섣부른 일반화가 눈에 거슬리지 않은 것은 아니다. 하지만 강 교수의 《조선의 뒷골목 풍경》은 내게는 우리 인문학이 도달한 한 높이와 깊이를 상징적으로 보여주는 한 사건으로 받아들여진다.

민족의 우수성도 좋고, 기념비적 역사관도 소중하지만, 그것이 실상의 왜곡이나 외면을 전제로 하는 것이라면 곤란하다. 지금까지는 보고도 못 본 체했던, 어쩌다 말을 꺼내도 그저 말초적인 흥미를 자극하는 수준에 그치고 말았던 뒷골목의 땀내 나는 이야기들이 문득 살아 있는 군상群像이 되어 먼지 앉은 그림 밖으로, 혹은 문자 너머로 걸어나와 우리에게 말을 건넨다. 이 어찌 신나고 즐거운 일이 아니겠는가?

파편의 시대에 꿈꾸는 천년왕국의 신화
_《신라인의 마음으로 삼국유사를 읽는다》

포산包山은 지금의 대구 달성군 비슬산이다. 신라 때 관기觀機와 도성道成이란 두 성사聖師가 이곳에 살았다. 한 사람은 남쪽 고개에 암자를 짓고 살았고, 한 사람은 북쪽 굴에 살았다. 북쪽 사는 도성이 관기를 보고 싶어 하면 산속의 나무가 모두 남쪽을 향해 고개를 숙였고, 관기가 도성을 맞이하려 하면 나무들은 일제히 북쪽을 향해 고개를 숙였다. 두 사람은 나무가 쏠리는 대로 달밤이면 노래하면서 구름길을 헤치고 늘 서로 왕래하였다.

《삼국유사》에 나오는 이야기다. 사람의 마음결이 바람결에 얹혀 숲속의 나무들까지 기울게 하는, 거룩하고 아름다운 소통의 현장이다. 지금에 와서 까맣게 잊은 설레도록 고마운 말씀이다. 이름 그대로 한 사람은 미묘한 기미機微를 관찰할 줄 알았고, 한 사람은 이미 도를 이뤄 깨달은 이였다. 그래서 그는 바위 사이에서 몸을 빼 하늘에 둥실 떠올라 떠나갔다. 세상은 덧없고, 깨달음은 영원하다. 신라 사람들은 도성이 머물던 굴 아래에 절을 지어 그 자취를 기렸고, 그때마다 신령스러운 응험이 있었다.

일연은 왜 이 이야기를 책에 실었을까? 인간과 자연의 교감이 단절된 시대, 아름다움을 보지 못해 신령스러운 응험도 끊어진 그의 시대를 향해 무슨 이야기가 하고 싶었던 걸까? 《삼국유사》를 읽다 보면 도대체 떠오르는 상념들이 끝이 없다. 갑자기 우물 용의 옆구리에서 닭의 부리를 한 여성이 나오고, 어느 날 문득 하늘에 두 개의 해가 걸린다. 노래 한마디에 쳐들어왔던 일본군이 얌전히 물러가는가 하면, 당나귀 귀를 한 임금은 뱀을 덮고서야 편히 잠을 잔다. 터무니없다 하기엔 어조가 너무도 진지하고, 사실로 받아들이기엔 도무지 납득 안 될 소리뿐이다.

이도흠 선생의 책 《신라인의 마음으로 삼국유사를 읽는다》는 이 도무지 납득 안 될 이야기 속에 담긴 신라인의 마음과 신화를 해체하여 우리 문화의 원형을 복원시키고 있는 야심찬 저작이다. 모두 21개의 토막글에 《삼국유사》 속 이야기로 들어가는 비밀스러운 지도가 친절하게 안내되어 있다. 저자는 전체 신라사의 맥락을 염두에 두고 《삼국유사》 속의 난해하기 짝이 없는 이야기들을 골라 신화 읽기의 실제를 보여준다. 갈피를 잡을 수 없던 이야기들도 그의 손길이 닿으면 맥을 못 추고 진실을 드러낸다. 코드를 잃어버려 다시는 열 수 없을 것만 같던 비밀의 문들이 하나둘 빗장을 푼다.

시조 박혁거세와 알영의 이야기에서 풍류도 시대 신라인의 세계관과 삶의 원리가 구체화되고, 선도산 성모 사소가 부처를 만나는 이야기에서는 절이 별처럼 들어섰다던 그 시대 불법의 신속한 전파를 읽어낸다. 황룡사의 출현에 얽힌 이야기와 독룡毒龍의 의미, 그 안에 담긴 불연국토사상佛緣國土思想의 행간이 훤히 들여다보이고, 사랑을 위해 왕위를 버렸던 진지왕과 도화랑의 목숨을 건 사랑 뒤에 담긴 정치사의 맥락도 꼼짝없이 그 실체를 드러낸다. 혜성이 몰고 온 변괴를 바로잡은 융천사, 지팡이 끝에 자루를 달아 지팡이 혼자서 탁발을 하게 했던 양지, 스치듯 성인과 만난 스님들과 민중 속에 스며든 불교가 마침내 광덕·엄장에 와서 극락왕생을 이루는 이야기 등은 차라리 '설화로 읽는 신라의 역사'다.

이 책은 풍류도로 시작한 신라인의 정신세계가 풍류만다라의 시대를 거쳐 저 찬란한 화엄만다라의 시대를 열기까지의 과정과, 마침내 '국종망國終亡'의 처용설화로 큰 낙차를 보이며 그 광휘가 사윌 때까지 신라인의 마음 궤적을 낱낱이 분석하고 있다. 그 길의 끝에서 그는 우리 문화와 예술을 형성하는 고유의 원리를 분명하게 감지한다. 그것을 정情과 한恨이 어우러지는 화쟁和諍의 문화라 했다.

이를 통해 우리는 한반도의 한 모퉁이에서 가장 늦게 일어나, 화쟁의 원리로 모든 대립과 갈등, 다양한 사상과 종교를 아울러, 마침내 통일을 이루고 찬란한 문화를 꽃피운 신라인의 저력과 만난다. 경계를 갈라 네 것 내 것을 따지며 갈등하고 싸우는, 거룩함과 총체성이 사라진 지금 세상에서 꿈꾸는 천년왕국의 신화는 정녕 허망한 꿈일 뿐인 것인가?

해삼의 눈을 통해 보는 태평양 문명 교류사

_《해삼의 눈》

뭔가 한 가지 시선으로 오랜 시간 들여다본 책들에 자꾸 마음이 끌린다. 얼마 전 요네하라 마리의 《팬티 인문학》을 읽었다. '유쾌한 지식여행자의 속옷 문화사'란 재미난 부제가 붙은 이 책은 말 그대로 팬티의 역사를 종횡무진한 고급 인문서였다. 구소련 사람들이 제2차 세계대전 당시까지 바지 안에 팬티를 아예 입지 않았다는 흥미로운 사실과 서구에서 팬티의 역사가 그다지 오래되지 않았다는 뜻밖의 사연을 자세히 알게 되었다.

이 글에서 소개하려는 책 《해삼의 눈》에는 '함경도에서 시드니까지, 문명 교류의 바닷길을 가다'라는 부제가 붙어 있다. 저자는 쓰루미 요시유키, 역시 일본인이다. 제목 그대로 해삼의 시선으로 '인간족人間族'을 오래, 그리고 깊이 투시했다. 해삼은 사실 눈이 없다. 해삼은 수심이 깊지 않은 바닷가 모랫벌 위에 엎드려 죽을 때까지 반경 15미터 범위를 벗어나지 않는다. 하지만 해삼은 고대로부터 중국에서 불로장생의 건강식으로 각광받아온 고급 젤라틴 식품이다. 이것을 말려 수출하는 사업이 국가의 경계를 넘어 오랜 세월 지속적으로 이루어졌다.

이 책은 사소한 관찰이 큰 통찰로 이어질 수 있음을 잘 보여준다. 책에 따르면, 1832~1841년 10년 동안 오스트레일리아의 뉴사우스웨일스는 고래기름과 고래연골을 무려 170만 톤이나 수출했다. 고래기름은 고급 양초에 반드시 필요했고, 귀부인들의 코르셋에도 고래의 연골이 꼭 들어가야 했기 때문이다. "고래에게 진정한 적은 작살이나 창을 든 포경선원이 아니라 유럽이나 북아메리카의 귀부인과 가정이었다"는 책 속 블레이니 교수의 언급은 허먼 멜빌의 《백경》을 바라보는 우리의 낭만적 시선을 단번에 바꿔버린다.

저자는 르포 작가일 뿐 해삼 전문가가 아니다. 그는 19세기 초 영국인 래플스가 남긴 《비망록》을 읽다가 해삼과 관련된 언급에 깊은 흥미를 느꼈다. 이를 계기로 20년 넘게 해삼의 자취를 추적했다. 동북아시아와 중국, 동남아시아를 거쳐 남태평양을 포괄하는 폭넓은 지역에서 이루어진 해삼 채취와 가공, 보관법과 요리 방법, 전파와 유통 경로를 꼼꼼히 살펴 해삼과 바닷사람들에 의 한 아시아·태평양 문명 교류사를 복원해냈다. 그는 해삼을 직접 건조해보기도 하고, 건조한 해삼을 불려서 전후의 무게를 비교해보기도 한다. 오스트레일리아의 원주민 마을을 까다로운 절차를 밟아 직접 방문하고, 여러 지역에서 수많은 인터뷰를 통해 집적한 정보를 이용해서 그 복잡한 해삼 문화사의 가닥을 하나하나 잡아나갔다. 그 과정이 참으로 소설 이상으로 감동적이다.

저자는 말린 해삼이 고대 한반도 함경도 해안에서 소금에 절여 먹는 구황식품으로 처음 식탁에 오른 이래로, 19세기 이후로도 백인의 식민주의에 지배당하지 않은 자립적인 세계시장 상품이었다고 주장한다. 서양인은 해삼을 먹지 않았으므로 그들은 이것을 자국으로 가져갈 필요를 못 느꼈다. 저자는 해삼 산업이 발달하면서 남태평양 피지섬에서 벌어진 민족과 환경의 대혼란, 구미의 교역선이 마닐라맨에게서 해삼 가공법을 익힌 뒤, 중국에 팔기 위해 운반을 시작하면서 생긴 흥미로운 교역사를 하나하나 되살려냈다.

뿐만 아니다. 20세기 초 일본 내에서 수심 20미터 이내의 얕은 바다에서 잠수기를 사용한 어로가 전면 금지되자, 잠수기를 사용하는 싹쓸이식 해삼 및 패류 채취가 식민지였던 조선 해역으로 옮겨온 사연도 흥미롭다. 청일전쟁 무렵, 강원도와 함경도 연안에서 활동하던 일본의 해삼 배가 42척이나 되고, 잠수기 32대에 어부가 무려 338명이나 조업하고 있었다는 통계도 보인다. 이로 인해 동해안의 어장이 초토화되어, 잠수부가 목숨의 위험을 무릅쓰고 점점 깊은 바다로 뛰어들지 않으면 안 되는 악순환이 초래되었다.

해삼을 매개로 볼 때, 적어도 저자가 여러 차례 '중앙주의 사관'이라고 명명한 국가 단위의 역사관은 아무 의미가 없어 보인다. 국경의 경계는 죽을 때까지 15미터 범위를 벗어나지 않는다는 이 극피동물이 수만 리 바닷길을 왕래하는 데 아무런 장애가 되지 않는다. 하나의 작은 메모에서 이 장대한 서사가 완성되었다. 해삼에 미쳐 끝장을 본 결과, 전혀 예상치 않은 문명 교류의 새 루트가 확인되었다. 그 갈피에 서린 저자의 호기심과 집중력에 찬사를 보낸다.

열 개 벼루 밑창내고
천 자루 붓이 모지라졌다

_《완당평전》

추사 김정희, 아니 완당을 한 마디로 규정한다면 어떤 말이 가능할까? "산숭해심山崇海深, 산은 높고 바다는 깊네."《완당평전》을 끝맺으며 던지는 유홍준 교수의 말이다. 깊이와 너비를 가늠할 길 없는 그의 예술세계를 붓끝으로 그려낸다는 것은 애초에 무모한 만용 없이는 안 될 말이다.

이 책을 읽는 지난 며칠 동안 나는 분에 겨운 안복眼福을 누렸다. 무려 389개에 달하는 도판으로 완당의 전 생애와 오롯이 만났다. 처음엔 놀랍다가, 그다음엔 어리둥절하고, 마지막엔 멍해졌다. 엄청난 자료의 수집과 발로 뛴 답사, 그것을 우리말로 옮겨

내어 의미를 부여한 역정은 실로 감격적이다. 《완당평전》 두 책을 다 읽고 난 첫 번째 소감은, 이제야 비로소 우리도 이런 평전을 하나 갖게 되었구나 하는 것이다.

우리 예술사에서 완당은 실로 난처한 존재다. 김생 이래 한석봉을 거쳐 이광사로 이어지던 동국진체는 그가 들고나온 북비남첩론北碑南帖論에 의해 맥을 잃었다. 겸재 정선 이후 뚜렷한 궤적을 보여온 진경산수도 하루아침에 남종문인화에 자리를 내주고 말았다. 이런 변화는 시대의 변동이 안받침된 예술사의 역동적 움직임에 기인한 것이 아니라, 한 천재가 일으킨 '바람'에 말미암은 것이어서 우리의 놀라움은 더하다. 이것이 과연 발전인가 퇴보인가? 완당을 앞에 두고 예술사가들의 고민은 쉬 끝날 것 같지가 않다.

25세의 조선 청년은 자제군관의 자격으로 아버지를 따라 연경에 도착한다. 거기서 당대의 큰 학자 완원阮元과 옹방강翁方綱을 만나 그들의 인가를 받는다. 수장품이 8만 점에 달했다던 옹방강의 석묵서루를 마음대로 드나들며 역대의 진적들을 한껏 열람하고, 이에 대해 토론했다. 이 한 번의 나들이로 그는 완전히 다른 사람이 되어 돌아왔다. 그리고 그 교류는 평생을 두고 지속되었다.

문자향 서권기 없이는 그 정신이 드러날 수 없다고 그는 잘라 말했다. 난초 한 촉을 그려도 가슴속에 5천 권의 서책을 담고, 팔뚝 아래 금강저의 울력이 없다면 하찮은 환쟁이의 기예일 뿐이라고 했다. 종정고관에서 근원을 캐어, 《한례자원》에 수록된 309비의 온축 없이는 예서는 입도 떼지 말라고 했다. 9,999분까지 이르러도 마지막 1분을 이루지 못하면 소용이 없다고 했다. 이 얼마나 자부와 오만에 찬 발언인가.

노력도 대단했다. 평생 먹을 갈아 열 개의 벼루를 밑창냈다. 1천 자루의 붓이 몽당붓이 되었다. 하지만 그의 삶은 결코 득의롭지만은 않았다. 8년 3개월에 걸친 제주도 유배, 이어 66세의 노구를 이끌고 오른 북청 유배의 길. 뼈를 깎는 고통의 시간들이 그의 예술혼에 불을 질렀다. 젊은 날의 오만과 독선이 씻겨나간 자리에 지고至高의 정신이 빛났다.

그는 자신의 만년 거처를 '수졸산방守拙山房', 즉 졸한 것을 지키는 집이라고 했다. 대교약졸大巧若拙, 큰 기교는 겉보기에 보잘것없어 보인다. 평생을 두고 그는 글씨에서 기름기를 걷어내고, 기교를 걷어내고, 군살을 걷어냈다. 그 자리에 뼈대를 남기고 정신을 깃들여 웅혼하고 독보적인 예술세계를 창조했다. 그의 글씨는 갈수록 바보스러워지고 괴기스러워졌다. 그러려고 해서 그랬던 것이 아니다. 그러지 않을 수 없어 그렇게 되었을 뿐이다.

완당을 알면 조선 후기의 예술사가 한눈에 들어온다. 그의 스승은 북학파의 거두인 박제가였다. 다산 정약용, 초의선사, 그리고 소치 허련 등 19세기의 지성사와 예술사가 모두 그의 자장 안에 얽혀 있다. 금석학과 다도茶道와 서예와 회화사의 중심에 그가 있었다. 그의 식견은 국내용에 그치지 않았다. 청나라의 내로라하는 학자들의 그에 대한 존숭은 사뭇 지나치다 싶을 정도였다.

그간 파편적으로 전해오던 완당을 둘러싼 모든 풍문과 소문의 진상이 이 두 권 책 속에 오롯이 다 들어 있다. 과장과 왜곡도 모두 제자리를 찾았다. 이런 작업은 어느 누가 뜻을 세워 작정한다고 될 수 있는 일이 결코 아니다. 시대의 문운文運이 뒷받침되고, 인문적 환경의 밑바대가 갖춰지지 않고는 가능치 않다. 나는 무엇보다 이 책의 출간에서 이 점을 기뻐한다.

꼼꼼히 읽어보니 부분적인 오류나 잘못된 해석이 없지 않다. 하지만 허물 고치기를 기뻐하는 것은 저자가 지닌 아름다운 미덕이니, 문제 될 것이 없다. 완당이 있어 조선의 19세기가 빛났다. 문화는 하루아침에 업그레이드되는 법이 없다. 이제 우리는 어떻게 해야 할까? 다시 이 질문 앞에 선다.

역사 속에 지워진 한 무장의 비장한 생애
_《백제 장군 흑치상지 평전》

강의를 하러 갈 때 그는 분필을 한 주먹 가득 쥐고 뚜벅뚜벅 걸어들어간다. 갑째 가져가지 않고 굳이 손에 움켜쥐고 가는 까닭을 나는 알 수가 없다. 그런 그를 볼 때마다 나는 분필을 연신 부러뜨려가며 강의하는 그의 열정적인 모습을 떠올리곤 한다. 이럴 때 그의 모습은 확실히 절풍折風의 모자를 쓰고 고개를 뒤로 젖힌 고구려의 무사를 생각나게 한다.

역사를 연구하는 작업은 감수성과는 거리가 멀 거라는, 아니 감수성은 오히려 방해가 될 거라는 막연한 생각을 나는 지녀왔다. 그런데 그와 이야기를 나누다 보면, 역사 연구, 특히 자료가 영성한 고대사 연구야말로 그 어느 분야보다 상상력과 감수성이 필요하겠다는 느낌이 든다. 역사가 무슨 소설일 수야 없겠지만, 그 시대의 가슴속으로 들어가 그 품에 안길 줄 아는 사랑이 없이는 그것이 온전한 연구일 수도 없겠다는 생각이 든다.

1996년 봄 그는《꿈이 담긴 한국 고대사 노트》두 권을 펴내, 고대의 인물과 역사를 향한 자신의 짝사랑을 유감없이 보여주더니, 그해 가을 연거푸《백제 장군 흑치상지 평전》을 펴내 만장의 기염을 토했다. 혹 그가 쉴 새 없이 성과를 내는 것을 두고 백안白眼의 시선조차 없지는 않은 듯하나, 나는 그의 그런 열정이 부럽다.

이 책《백제 장군 흑치상지 평전》에는 백제 멸망 이후 흑치상지가 백제 부흥운동의 선봉에 서서 투혼을 불태우던 과정, 부흥운동 실패 이후 당나라로 망명해 무장의 길을 걷다가 모함을 입어 60세를 일기로 감옥에서 목을 매 자살하기까지의 파란만장한 생애가 그려져 있다.

정작 흑치상지에 관한 사료라고 해봐야《당서唐書》열전과, 사후 1,300년이 더 지난 1929년 망산邙山에서 출토되어 세상에 공개된 그의 묘지명이 고작이다. 그런데 그는 여기에 전공인 백제사의 해박한 안목을 얹어 역사의 티끌 속에 지워진 한 무장의 비장한 생애를 복원해냈다.

독실한 가톨릭 신자인 그는 이 책을 출간하고 나서 흑치상지 장군의 영혼을 위로하는 위령미사를 올렸다고 한다. 나는 그 말을 듣고 역시 그답다고 생각하며 웃었다. 그의 이름은 이도학이다.

깊고 푸른 절망의 그늘
_《현산어보를 찾아서》

세 책으로 된 《현산어보를 찾아서》를 받아들고 망연했다. 마침내 공식적으로 이 책이 제 이름을 찾았구나 하는 생각, 도대체 이런 무지막지한 책을 쓸 생각을 하고 실천에 옮긴 사람에 대한 궁금증이 어느 것이 먼저랄 것도 없이 떠올랐다.

책을 펴들고는 생각이 또 달라졌다. 일본 것, 서양 것 베끼기 바쁜 도감의 그림만 보아오다 어떤 도감보다 훌륭한 물고기 그림을 보니, 그린 사람의 공력도 공력이지만, 묵묵히 도왔을 출판사의 뱃심이 더 놀랍다. 입만 열면 인문학의 위기를 합창하는 것은 근래에 붙은 습관이다. 막상 이런 책 앞에 서면 인문학의 부흥에 대한 기대가 외려 벅차다. 우리 출판문화도 이쯤에 이르면 어디에 내놓아도 손색이 없겠다.

정약전, 천주학쟁이로 몰려 귀양 간 흑산도. 16년에 걸친 귀양살이 끝에 그는 뭍을 다시 밟지 못하고 세상을 떴다. 보이는 것은 바다뿐, 숨이 턱 막히고 절망에 숨죽여 울던 밤도 많았을 것이다. 거기서 만난 사람들, 그들에게서 들은 물고기 이야기. 그는 이것을 하나하나 적어옮겼다. 그렇게라도 잊지 않고는 차마 견딜 수 없었을 것이다. 그 책이 바로《현산어보玆山魚譜》다.

그동안 이 책 이름은 '자산어보玆山魚譜'로 더 많이 알려졌다. '자玆' 자는 검을 '현玄' 자 두 개를 포개 쓴다. '검다'는 뜻으로 읽을 때는 '현'으로 읽어야 옳다. 흑산도의 '흑산黑山'이 주는 어둡고 공포스러운 느낌이 싫어 흑산을 현산이라 했다고 정약전은 서문에 썼다. 사람들은 물고기에 대한 그의 섬세한 관찰에 감탄하지만, 나는 여기서 그 깊고 푸른 절망의 그늘을 본다.

책 속에는 희한한 이야기들이 참 많다. 말미잘의 어원이 '말 미주알'인 것, 상어를 잡아먹는다는 2미터가 넘는 전설의 고기 '대면'의 정체가 돗돔이라는 사실, 외눈박이 물고기 비목이 실은 눈이 두 개라는 것 등이 특히 그렇다. 그간의 번역본이 밝혀내지 못했던, 다산의 제자이자 공동 저자라 할 이정의 존재도 분명히 짚어냈다. 수십 번 흑산도를 드나들다가 기록으로만 남아 있던 우리나라 소나무 '행정'과 관련된 최초 유일의 논문인 정약전의 《송정사의松政私議》를 발굴한 것도 저자다. 단순한 번역만으로는 전혀 흥미를 느끼지 못할 전문적인 내용을 수많은 도판과 사진, 그리고 관련된 주변 이야기로 짚어내는 솜씨는 자연과학과 인문학이 접목되는 아름다운 현장이다.

다만 좀 장황한 흠이 있다. 자칫 딱딱해지기 쉬운 글을 부드럽게 읽게 하자는 배려지만, 자꾸만 끼어드는 곁가지 이야기가 때로 읽기에 불편하다. 저자는 전문 학자가 아니다. 30대 초반의 현직 고등학교 교사다. 그 바쁜 와중에 방학을 이용해 먼 섬을 수도 없이 들락거리면서 엄청나고 자랑스러운 일을 해냈다. 바빠 죽겠다고 날마다 징징거리던 내 말버릇이 단번에 데꺽 떨어질 것 같다. 통쾌하다.

고전이 고전인 이유

2장

일기를 쓰는 까닭
_《석담일기》

우리가 일기를 쓰는 것은 크게 보아 두 가지 이유에서다. 실타래처럼 얽히고설킨 인간사에 치여 마음의 갈피를 잡을 수 없을 때, 일기는 자신을 돌아보게 하고 가야 할 길을 떠올려 보여준다. 또한 일기는 잊고 싶지 않은 일, 잊어서는 안 될 일을 그때그때 기록하여 뒷날 비망備忘의 자료로 삼게 해준다. 이때 일기는 역사가 되기도 한다.

율곡 이이 선생이 쓴 《석담일기》는 어떤 성격이냐 하면, 후자에 해당한다. 그의 일기를 보면 개인의 주관적 서정이나 일상에 대해서는 단 한 마디도 말이 없다. 그가 조정의 여러 관직을 거치면서 듣고 본 일들, 여러 사건을 둘러싼 군신과의 대화, 당대 여러 인물에 대한 수많은 일화와 그들에 대한 시대의 공론, 조정 안팎의 여러 사건의 시말과 경과 등이 피력되고 있을 뿐이다. 그리고 한 단락이 마무리될 때마다 그는 '삼가 생각하건대'로 시작되는 사평史評을 얹어 자신의 생각을 분명하게 밝혔다.

글은 곧 그 사람이라는 말이 있다. 율곡 선생의 이 일기를 읽노라면 그 배경에서 선생의 올곧은 체취를 십분 느낄 수가 있다. 조정에서 일어난 여러 일을 상세히 기록한 것이라 하면 으레 그렇고 그런 고리타분한 이야기만 있을 줄 생각하기 쉽지만, 막상 책장을 펼쳐들면 전혀 그렇지가 않다. 여기에 나오는 수많은 인물의 언행과 몸가짐이 거울처럼 내 삶을 돌아보고 반성하게 하는 까닭이다. 어찌 보면 겉으로 드러난 삶의 양태만 달라졌을 뿐, 그때나 지금이나 사람 사는 세상은 조금도 변한 것이 없다는 생각마저 하게 된다.

이 일기는 주로 명종에서 선조 대에 이르는 시기를 다루고 있다. 간신 김안로에게 아첨하여 장원급제했다가 뒤에 전리로 추방되고 만 심통원이나, 즉위 후 덮개 꾸민 가마를 타고 와 청탁을 하던 유모를 준절히 나무라며 내쫓은 선조, 권력을 믿고 날뛰다가 끝내 약 먹고 자살한 윤원형의 첩 난정, 충직하고 효성스러웠으나 사람만 좋고 역량은 없어 끝내 남의 속임에 넘어가 죽음에 이른 송인수, 갖은 농단을 부리며 교묘한 언변으로 출세에만 급급하다가 마침내 본색이 드러나 쫓겨난 김명윤, 자신을 소인이라 지칭한 계사를 보고 충격을 받아 분을 품고 죽은 김개, 바른말을 하고도 아첨하는 태도를 지어 비루하게 여겨진 정희적 등 수많은 일화 속에서 우리는 복잡한 세상에서 바르게 살아가는 것이 과연 어떤 것인지에 대해 스스로 묻게 된다.

이 밖에 《석담일기》에는 궁중의 여러 전례와 법도를 둘러싼 이런저런 이야기들뿐 아니라, 기묘사화와 을사사화 등 당시 사림士林을 죽음으로 몰고 갔던 큰 사건 전후의 경과가 생생하게 기록되어 있다. 경연의 문답에서는 임금 앞에서도 위의와 절차를 잃지 않았던 선인들의 올곧은 삶의 자세가 엿보인다. 그리고 당시에 이미 움트고 있던 동서분당東西分黨의 조짐 속에서 중간에서 이를 중재하기 위해 애쓰던 율곡의 노력도 그려져 있다. 일기의 곳곳에서 끊임없이 반복되는 선조에 대한 평가에서는 처음의 기대가 점차 실망으로 바뀌어가는 과정도 숨김없이 토로되어, 나라를 향한 선생의 붉은 마음을 읽기에 부족함이 없다.

율곡 선생의 《석담일기》는 그 자체로 하나의 역사라 할 수 있다. 《선조실록》 등 정사正史로는 가늠할 수 없던 저간의 사정들이 이러한 기록 속에 다 들어 있다. 엄정하고 치밀한 기록정신과 마주해 우리는 경탄을 금할 수 없다.

영원히 늙지 않는 도시 베이징

_《베이징 이야기》

베이징의 사계는 소리 속에 오고 간다. 자장가 같은 야경꾼의 딱따기 소리. 동네에 이발사가 왔음을 알리는 대형 소리굽쇠의 진동음. 쏸메이탕酸梅湯 장수가 두드려대는 놋쇠쟁반 소리. 밤 11시경 사람들의 표정을 환하게 해주는 탕위안湯圓 장수의 도자기 두드리는 소리. 봄이면 복사꽃 가지를 꺾어 인력거를 타고 '꽃 사세요'를 외치는 매화성賣花聲. 물론 지금은 들을 수 없는 1940년대 이전 추억 속의 소리다.

1956년 한 프랑스 작가가 국제회의 참석차 베이징의 한 호텔에 묵었다. 새벽 1시, 난데없는 확성기 소리와 징소리에 놀라 잠을 깼다. 베이징 주민들이 참새 쫓는 소리였다. 알아보니 며칠이고 잠을 못 자게 하면 참새가 놀라고 스트레스를 받은 끝에 죽어 멸종할 것이라는 생각에서였다나.

하늘에 올라가 입을 다물거나 좋은 말만 하게 하려, 음력 12월 23일이면 붉은 종이에 그린 부엌신의 입에다 아교를 바르거나 꿀을 먹이는 사람들. 다리 아래 비석에 '북경성北京城'이란 세 글자를 새겨두고, 신들이 화가 나 베이징을 물바다로 만들려 하다가도 이 세 글자가 잠기면 베이징이 물에 다 잠긴 줄 알고 비를 그치게 할 거라고 믿었던 사람들. 연못에서 계란을 먹여 사육한 게만 전문으로 요리하는 음식점 정양루나, 직접 소를 키우며 한 마리를 잡으면 또 한 마리를 키우는 식으로 100년간 영업을 계속해온 명원루 이야기.

린위탕林語堂의 《베이징 이야기》에 나오는 못 말리는 중국 사람들 이야기다. 1961년 미국에서 영문으로 출판된 것을 1994년에야 중국어로 번역해 중국에서 간행했다. 린위탕 특유의 재치 있는 글맛과 동서고금을 자재로이 넘나드는 해박함이 잘 어우러진 그런 책이다. 서양 사람이 쓴 베이징 관련 기록은 물론, 중국 역대 전적을 섭렵한 위에, 과거와 현재 베이징의 풍광들이 그의 섬세한 손끝에서 마치 누에가 실을 잣듯 꼬물꼬물 풀어져나와 문맥 속에 녹아든다.

《베이징 이야기》는 공산화 이전 베이징의 풍광과 역사 유물, 그리고 그곳에 사는 사람들의 이야기다. 모두 열한 개의 토막글로 구성된 이 책은, 원래는 서구의 독자들에게 베이징을 알려달라는 편집자의 주문에 따라 씌어진 글이다. 자금성 이야기를 하다가 스페인 세비야의 고딕식 석주와 비교하고, 만곡형 지붕 이야기 도중에 갑자기 뉴욕 유엔빌딩을 끌어들이며, 광서제의 비극적 운명을 말하다가 프랑스의 철가면 이야기로 옮겨가는 것은 이 글의 독자층을 의식한 고려였을 터이다. 이런 것도 이제 와서는 흥미로운 동서 비교의 시각을 열어준다.

말이 '베이징 이야기'이지, 궁정과 어원御苑, 사원·탑·조형예술, 회화와 서예, 신앙과 풍속 등의 제목에서 짐작할 수 있듯, 중국 문화 입문서의 구실도 충분히 감당한다. 그는 베이징이라는 유리창을 통해 중국의 문화와 역사를 들여다본다.

의화단 사건, 서태후 이야기, 명 숭정 황제의 자살 장면 등 곳곳에서 중국의 지나간 역사가 끼어든다. 마르코 폴로의 눈에 비친 북경의 모습, 줄리엣 브레든이 기억하는 천단의 풍경 묘사는 색다른 느낌을 준다. 경극 등 베이징 사람들이 즐기는 예술문화와 각종 오락, 태극권과 새 키우기, 귀뚜라미 싸움 등의 취미생활, 재능은 팔아도 몸은 팔지 않았던 자존심 높던 가기歌妓들 이야기, 서예와 회화의 올바른 감상법, 중국인의 주택 설계 양식과 구조 등등. 정말 중국적인 생각과 중국다운 느낌을 갖게 해주는 장면들이 책 도처에 숨어 있다 느닷없이 튀어나와 읽는 눈을 즐겁게 한다.

내가 세간 나면서 가져온 선친의 장서 가운데 하나가 다섯 권으로 된《임어당전집》이다. 1968년 휘문출판사에서 간행한 것이다. 이중에는《북경호일北京好日》이란 장편소설도 들어 있다. 그는 남쪽 푸젠 사람인데 베이징에 대해 말할 수 없는 신비한 매력을 느꼈던 것 같다. 그것은 책 속의 말처럼 '세심하게 음미해야 하는 어떤 맛이며, 마음속에 젖어드는 일종의 향기' 같은 것이었는지도 모르겠다.

무엇보다 이 책이 주는 즐거움은 반세기도 더 지난 옛 베이징의 풍경 사진과 수많은 도판들이다. 지금과 비교해보면, 마치 해방공간의 서울 풍경 사진을 보는 듯한 감회도 없지 않다. 이 책을 읽고 서울을 두고는 왜 이런 책이 나오지 않았을까 하는 생각을 했다. 깔끔한 번역이 돋보이고, 도판도 선명하다.

울지 않는 큰 울음

_《라오찬 여행기》

울음으로 시작해서 울음으로 끝나는 것이 인생이다. 연암 박지원은 드넓은 요동벌을 만나 '한바탕 통곡할 만한 곳'이라고 말했다. 조선에서는 결코 만날 수 없는, 지평선 사라지는 드넓은 벌 앞에서 그는 왜 통곡하고 싶다고 했을까? 울음은 영성靈性에서 나오는 것이니, 인간이 만물의 영장이 되는 까닭이다. 짐승들은 결코 울 줄 모른다. 영성은 감정을 낳고 감정은 울음을 낳는다. 울음에도 약한 울음과 강한 울음이 있다. 울음에 의하지 않은 울음이야말로 참으로 강한 울음인 것이다. 요동벌과 마주하여 조선의 숨 막히는 현실을 아파하는 연암의 울음이 그런 울음이요,

제국주의의 침탈 앞에 쇠잔해가던 청나라의 현실을 아파하는 류어劉鶚(1857~1909)의 울음이 또한 그런 울음이다.

《라오찬 여행기》, 원제목 《노잔유기老殘遊記》는 근세 류어가 1903년에 발표한 소설이다. 그는 이 소설의 서두에서 '울음론'을 들고나와, 이미 판이 끝나가는 중국의 암울한 현실을 통곡하는 취지로 이 소설을 집필하였음을 밝히고 있다. 라오찬, 즉 노잔이란 늙고 힘없는 사람이란 뜻이요, 유기란 여행자의 기록이다. 그러니 이 책은 늙어 힘없는 관찰자가 각처를 떠돌아다니며 견문한 사실을 적은 여행의 기록이 된다.

소설의 주인공 라오찬은 요령을 흔들며 이곳저곳을 다니면서 병을 고쳐주는 떠돌이 의사다. 그는 중국 각처를 편력하면서 견문했던 당시 청나라의 사회상을 풍자하고 비판한다. 상징과 비유의 함축으로 이루어진 소설 속의 이야기는 전아한 고문투의 유려한 문체와 사실적이면서도 정감 넘치는 묘사로 독자를 흡인하는 힘이 있다. 루쉰은 그의 《중국소설사략》에서 청말의 4대 견책소설譴責小說의 하나로 이 작품을 꼽았다. 후스胡適는 풍경과 인물을 묘사하는 그의 탁월한 필치에 경탄을 아끼지 않았다.

이 작품이 출간되자 이와 비슷한 제목의 수많은 위작이 쏟아져나왔으니, 당시의 인기가 어떠했는지 짐작할 수 있다. 그런데 작가 류어에게 이 작품은 유일한 소설이었고, 오히려 그는 치수학治水學과 갑골학甲骨學에 대단한 식견과 조예를 지닌 학자였다. 뒤에 위안스카이 정부를 비판한 죄로 신장新疆에 유배되어 거기서 세상을 떴다.

이 소설은 잡지에 연재된 후 한 권의 책으로 출간되었다. 매회 다양한 인물과 사건들이 전개되어 독자를 작품 속으로 몰입케 하는 힘이 있다. 첫 대목에는 부호 황루이훠를 치료하는 이야기가 나온다. 온몸이 썩어가는 병에 걸린 그는 해마다 몇 군데씩 썩어 구멍이 생기고, 올해 치료하고 나면 다음 해에는 다른 곳이 썩는 불치의 병을 앓고 있었다. 여기에 나오는 황루이훠는 황허黃河를 상징하고, 그의 몸에 생기는 구멍을 치료하는 일은 황허의 치수를 암유한다. 실제 류어는 1888년 황허 범람 때에 직접 제방공사를 진두지휘하여 치수에 크게 성공했고, 이듬해 산둥山東의 수재 때에도 치수 공사에 큰 업적을 남긴 일이 있다.

또 두 사람의 친구와 함께 일출 구경을 위해 바다로 나가는 장면에서 성난 파도에 휩쓸려 표류하는 큰 배를 묘사한 대목이 있다. 이는 당시 전운이 감돌던 러시아와 일본의 대립과 서구 열강의 침탈 앞에서 갈팡질팡하는 중국 현실에 대한 비유로 읽힌다. 작품 속에 나오는, 자신의 청렴을 앞세워 백성들을 가혹하게 괴롭히는 혹리酷吏의 이야기도 당대 현실에서 실제 인물들을 모델로 한 것이다. 스스로 정의롭다는 잘못된 자기 확신 때문에 수많은 사람을 숨 막히는 고통 속으로 몰아넣는 일은 비단 그때에만 있었던 일은 아니다.

이 밖에 겨울철 꽁꽁 언 황허에 갇힌 배를 꺼내려고 밤새 혹한 속에서 얼음을 깨는 백성들의 고초며, 몸을 파는 기녀들의 입을 통해 신랄하게 펼쳐지는 지식인들의 허위에 대한 폭로, 아버지의 권세를 믿고 제멋대로 폭력을 휘두르다 경을 치는 쑹 공자 이야기 등은 모두 그 시대의 현실을 다양한 창으로 들여다보게 해준다.

그러나 이 소설의 매력은 이러한 현실 풍자와 비판에만 있는 것이 아니다. 선쯔핑이라는 등장인물이 산골 처녀와 나누는 대화에서는 유·불·도 삼교를 넘나드는 고담준론이 펼쳐진다. 이 대목에서 발휘되는 저자의 호한하고도 해박한 식견은, 아마 학술논문으로 정리한다 해도 이 책을 통해 요약되는 이상의 논의를 얻기 어려울 정도다. 또한 현실에 물들지 않은 아름다운 여인들의 천진하고 사랑스러운 모습과, 눈앞에서 벌어지는 사건들을 하나둘 해결해나가는 라오찬의 심려 깊고 슬기로운 처신은 책을 읽는 독자들에게 통쾌한 즐거움을 선사해준다.

이 작품은 고문투에 가까운 전아한 문체로 이루어져 있다. 그런데도 전혀 고리타분하지 않고 설교투도 아니다. 구시대의 소설임에도 읽는 재미는 오늘날의 소설에 조금도 밑돌지 않는다. 무엇보다 묘사의 치밀함과 서사의 파란은 읽는 동안 계속 영상으로 각각의 장면들이 뚜렷이 떠오르게 한다.

라오찬은 지혜의 스승이면서 문제 해결사의 역할을 자임한다. 그러나 현실의 벽 앞에서 그는 결국 본질적인 문제 해결의 길을 외면한 채 속세를 떠나는 것으로 소설은 끝이 난다. 그가 개탄했던 문제들은 지금도 여전히 현재진행형이다. 최근에도 황허는 아니지만 양쯔강의 범람은 측량할 수 없을 만큼의 피해를 중국의 인민들에게 안겨주었다. 관리들은 탐욕에 젖어 구복口腹을 채우기에 급급하다. 그것이 어찌 중국만의 일이겠는가? 세상은 참으로 알 수가 없다. 까마득한 옛날의 일인데도 그것은 바로 목전의 일이기도 하다. 다람쥐 쳇바퀴 돌 듯 도는 것이 세상일이다.

모든 새로운 것들은 나오는 즉시 낡은 것이 되어버린다. 이 현란한 삶의 속도 속에서도 변치 않는 것들이 있다. 참으로 울고 싶은 암담한 현실 앞에서, 울음으로 울지 않는 '큰 울음'을 같이 울어줄 사람은 몇이나 있을까?

인생의 의미를 찾아 떠나는 여행
_《금오신화》

《금오신화金鰲新話》는 우리 소설사의 첫머리에 놓이는 작품이다. 다섯 편의 길지 않은 이야기로 이루어진 이 작품에는 알 수 없는 운명 앞에 선 인간의 무력감과 이로 말미암아 배태된 고독감이 전편에 짙게 깔려 있다. 인생의 참된 가치는 어디에 있는가? 초월적 운명 앞에서 인간의 의지는 어떤 힘을 지니는가? 사람은 무엇으로 사는가?

1990년대 초 〈사랑과 영혼〉이라는 영화가 공전의 히트를 쳤을 때, 그해 대학 입시에서 도예과의 입학 성적이 10~20점가량 높아졌더라는 이야기를 들었다. 영화 속 주인공이 도자기를 만드는 장면이 인상 깊었던 탓이라는 것이다. 홍콩에서 만든 〈천녀유혼〉이라는 영화는 2탄, 3탄의 시리즈가 나올 정도로 예상외의 호응을 받았고, 〈은행나무 침대〉란 국산 영화도 수십만의 관객을 동원하면서 폭발적인 인기를 누렸다.

이 세 영화는 모두 결코 있을 수 없는 황당한 이야기를 줄거리로 삼고 있다는 공통점이 있다. 교통사고로 죽은 남자의 영혼과 살아 있는 여자의 사랑 이야기, 이미 오래전에 죽은 여자 귀신과 남자의 사랑 이야기, 아니면 전생에서 못다 이룬 사랑을 환생해서까지 이루려는 지순한 사랑 이야기 등이 그것이다.

TV에서도 〈이야기 속으로〉나 〈미스터리 극장〉처럼 주로 귀신 이야기를 다루는 프로들이 인기를 끌었던 것을 보면, 귀신 이야기에 대한 일반의 기호는 꽤 뿌리가 깊은 듯하다. 더구나 그것이 사랑 이야기일 때 대중의 호응은 자못 폭발적임을 위 세 편 영화의 성공은 잘 말해준다.

과학이론으로 무장된 최첨단의 시대에 이런 허무맹랑한 이야기에 더욱 집착하게 되는 것은 어째서일까? 그 속에는 어떤 진실이 담겨 있는가? 그것은 혹 아슬한 삶의 속도감 속에서 까맣게 잃어버린 소중한 꿈을 찾아 떠나는 여행 같은 것은 아닐까?

《금오신화》는 〈만복사저포기〉, 〈이생규장전〉, 〈취유부벽정기〉, 〈남염부주지〉, 〈용궁부연록〉 등 다섯 작품으로 이루어져 있다. 제목에 '신화新話'란 말을 붙이고 있는 데서도 알 수 있듯이, 이들 이야기는 당시 독자들에게 전에는 일찍이 경험해보지 못했던 전혀 '새로운 형식의 이야기'였을 것임이 틀림없다.

다섯 작품 가운데 처음 세 편은 죽은 여인 또는 전설 속 선녀와의 사랑 이야기이고, 뒤의 두 편은 염라국과 용궁에 다녀온 선비가 그곳에서 듣고 본 이야기를 적은 기록이다. 다섯 편 모두 사람과 귀신의 사랑, 또는 이계異界로의 진입을 다루고 있는 셈인데, 여기 등장하는 남주인공들은 모두 현실에서 좌절의 쓴 경험을 맛본 인물들이다. 그러므로 이들이 엮어내는 낭만적 환상은 어디까지나 현실의 불우를 보상받고자 하는 심리가 빚어낸 '가상현실'일 뿐이다.

〈이생규장전〉의 이생은 전란 통에 죽은 줄만 알았던 아내를 다시 만나 꿈같은 신혼을 보내고, 〈만복사저포기〉의 노총각 양생은 부처와의 내기에서 이겨 아름다운 처녀를 점지받게 된다. 또 〈취유부벽정기〉에 나오는 홍생은 부벽루 아래에서 고대의 선녀 기씨녀箕氏女와 만나 하룻밤의 꿈같은 대화를 나눈다.

그러나 이런 '가상현실'의 환상은 아내가 저승으로 다시 떠나가버리거나, 그 처녀가 죽은 귀신임을 깨닫는 순간, 급전직하 차가운 현실로 돌아올 수밖에 없다. 그들은 현실의 불우에서 벗어나고자 '가상현실'을 꿈꾸었는데, 꿈이 깨는 순간 그런 꿈이 지상에는 결코 존재치 않는 것임을 깨닫는 아이러니를 경험하게 된다.

《금오신화》 속의 현실세계는 모순과 불합리, 전쟁과 모함, 약탈과 살육 등 온갖 추악한 가치들이 횡행하는 비정한 모습으로 그려지고 있다. 이를 벗어난 가상의 공간 위에 삶의 이상을 그려 보이려 했다는 것은, 현실에서 이상의 실현이 불가능하다고 여긴 작가의 비극적 세계관을 반영한다. 알고 보면 인생은 얼마나 불가해한 일들의 연속이며, 운명은 또 얼마나 폭력적인가? 정의는 승리하기는커녕 씁쓸한 패배를 강요당하고, 공도公道는 언제나 행해지지 않는다. 정당한 노력이 그만큼의 보상을 가져오지도 않는다.

참으로 이상한 것은《금오신화》가 다른 고전소설들이 으레 그렇듯 권선징악의 해피엔딩으로 끝나기를 거부하고 있다는 사실이다. 그들은 사랑의 영원한 이별을 맛보거나 이계에서 귀환한 뒤, 그간 집착했던 인간의 가치들을 훌훌 털어 내던지고 만다. 어찌 보면 패배적 퇴영의식의 소산으로 읽을 수도 있다.

그러나 작품 속의 주인공들은 그저 폭력적인 운명 앞에 순종하며 체념으로 그것을 받아들이는 소극적 자세에 머물기를 거부한다. 〈이생규장전〉의 최녀崔女는 정조를 유린하려는 홍건적의 폭압 앞에 죽음으로 항거한다. 겉으로 드러난 것은 돌아온 현실 앞에서 다시금 좌절을 곱씹으며 아예 현실에 뜻을 잃고 종적을 감추거나 죽음을 선택하는 것이지만, 운명은 결코 그들의 내면 가치마저 짓밟지는 못한다.

오랫동안 연구자들을 당혹케 했던 것은, 이 작품이 소설사의 가장 앞장에 있으면서도 그 미학의 수준이나 작품의 완성도 면에서 역대 어느 소설작품이 거둔 성취보다도 우뚝하다는 사실이었다. 그렇다면 우리 소설사는 시작과 함께 이미 더 이상 오를 수 없는 정점에 서버린 것일까?

매월당 김시습의 시대나 과학 최첨단의 오늘이나 삶의 본질은 조금도 변한 것이 없다. 그가 고민했던 인생의 여러 문제는 오늘날에도 여전히 우리의 관심사이고, 폭력적 현실의 모습도 그대로다. 무상한 권력, 덧없는 명예, 부질없는 집착에 사로잡혀 삶의 진정한 의미를 간과하며 사는 것도 그때와 다를 바 없다.

혼자 꾸면 꿈이지만 함께 꾸면 현실이 된다고 했다. 오늘날의 과학은 가상현실을 가능하게 하여, 예전 꿈에서나 그릴 수 있었던 일을 현실에서 체험할 수 있게 해준다. 인간의 미망迷妄이야 앞으로도 끝이 없겠지만, 그런 줄을 알기에 우리는 이렇듯 '황당해 보이는' 낭만적 사랑 이야기에 집착하게 되는지도 모르겠다.

삶을 관통하는 프리즘

_《어우야담》

옛날에 명화로 일컬어진 그림이 있었다. 할아버지가 손주에게 밥을 떠먹이는 그림이었는데, 흡사 신채神采가 살아 움직이는 것 같았다. 세종대왕이 이를 보더니, "이 그림이 비록 좋지만 무릇 사람이 어린아이에게 밥을 먹일 때는 그 입이 자기도 모르게 벌어지는 법인데, 그림에는 다물고 있으니 크게 실격이 된다"고 하였다. 이로부터 마침내 버린 그림이 되었다. 화가가 정작 놓친 것은 사소한 관찰이 아니라 한 숟가락이라도 더 떠먹이고 싶은 할아버지의 마음이었던 것이다.

또 채수가 손자 채무일을 업고 눈 위를 걷다가 시 한 구를 지었는데, "개가 달려가자 매화가 떨어지네〔犬走梅花落〕"라고 하였다. 무슨 말인고 하니, 개가 눈밭 위로 달려가자, 눈 위에 찍힌 발자국이 마치 매화 꽃무늬 같더라는 것이다. 그러자 그 말이 미처 끝나기도 전에 채무일이 "닭이 지나자 댓잎이 이뤄지네〔鷄行竹葉成〕"라 대답하였다. 그러고 보니 닭의 발자국은 흡사 댓잎과 같으니, 응수로는 절묘한 짝을 이뤘다. 이때 채무일의 나이는 불과 5~6세였다.

모두 유몽인柳夢寅(1559~1623)의 《어우야담於于野譚》에 실려 전하는 이야기다. 유몽인은 자신이 견문한 이런저런 이야기들을 모아 이 야담집을 엮었다. 《어우야담》은 한글로 번역되어 읽혔을 정도로 두고두고 폭넓은 독자들의 사랑을 받았다. 현재 전하는 이본만도 20여 종에 달하고, 500개가 넘는 이야기들이 수록되어 있다.

그 내용은 다채롭고도 재미가 있어 오늘날 읽기에도 참으로 흥미진진하다. 주로 역대의 인물들과 관련된 일화를 많이 담았고, 시문에 얽힌 이런저런 이야기에서, 폭넓은 독서에 바탕한 해박한 식견을 보여주는 기록들, 삶의 경계로 삼을 만한 풍자와 해학이 담긴 교훈적 이야기들이 주종을 이루고 있다. 그는 인물이나 사건을 중심으로 간결하면서도 함축적인 필치로 당대의 인물 군상들이 빚어내는 삶의 여러 단면을 입체적으로 그려냈다. 왕실과 명공귀인의 일사逸事에서부터 역관과 상인, 천민과 기녀 및 무당의 수문搜聞에 이르기까지 다양한 군상들의 삶이 작가의 시선을 거쳐 다채로운 프리즘으로 반사되고 있다.

매의 생태를 이용해 새끼 매를 잡는 방법과, 명나라 장수로부터 배운 큰 소나무를 죽이지 않고 옮겨심는 방법 등이 자세하게 실려 있고, 각종 지명에 얽힌 전설도 흥미롭다. 초서를 잘 썼던 황기로와 성수침, 그리고 서예가 최흥효와 화가 안견, 임꺽정에게 붙잡히고도 피리를 잘 불어 풀려났던 종실 단산 현감 이야기 등 당대 예인藝人들의 이야기도 그 시대의 이면을 이해하는 데 유익한 단서를 준다.

김시습이 5세 때부터 능히 글을 지어 '오세五歲'라고 호를 지었는데, 이를 오세傲世, 즉 '세상을 오만히 본다'는 뜻을 담았다고 해석한 것은 그답게 재치 있는 관찰이다. 이 밖에도 홍유손이나 장응두, 박지화와 정희량 등 체재 밖의 방외方外로 떠돌았던 은사隱士와 도류道流들에 관한 기록도 매우 풍부하다. 꿈에 얽힌 이야기, 귀신과 관련된 이야기는 수십 항목에 달할 만큼 많다. 단순한 흥밋거리에 그치지 않고, 현실에 대한 풍자나 교훈을 깃들이는 것을 잊지 않았다.

그 자신이 재기 발랄한 문인이었던 만큼 시인이나 문사들의 창작과 관련된 이야기가 특히 많아, 시화詩話의 구실도 감당할 만하다. 글을 쓸 때 초고를 마련하지 않고, 한참 생각한 후에 종이 위에 점도 찍고 동그라미도 그리고, '대저'나 '오호' 따위의 글자만 써놓고는 바로 답안지에 정서하면 한 글자도 고치지 않았다는 박충원과, 베개를 베고 누워 관을 벗어서 얼굴을 덮어 가린

후 자는 듯 누었다가 갑자기 벌떡 일어나 글을 썼다는 신숙의 글쓰기에 대한 소개 끝에, "무릇 글을 지음에 어려운 점은 뜻을 세우는 것(命意)이지, 문자는 단지 붓끝에 달린 것일 뿐이다"라고 한 것은, 오늘날 글 쓰는 사람들이 한번쯤 음미해봄직한 말이다. 또 제목이 나오기도 전에 외워 써간 답안지를 베껴 쓰기 바쁜 과거시험장의 풍경을 풍자한 이야기들은 오늘날 논술시험의 답안지 모습과도 흡사한 점이 있다.

유몽인은 애초에는 우계牛溪 성혼成渾의 문인이었다. 문장에 특히 뛰어나 진작에 두각을 드러냈다. 젊은 시절 월사 이정구가 자신을 조정에 천거했다는 말을 듣고는 "지난해에는 기근이 들어 아이들이 떡을 다투기에 막상 가서 살펴보니 콧물이 끈적끈적하더군요. 몽인은 강호에 있으면서 한가하여 일이 없어, 지난해에는 《춘추좌씨전》을 읽었고, 금년에는 두시를 외우니, 이것이 진실로 해를 보내는 벗입니다. 이로써 여생을 보내면 그뿐이지요. 아이들과 더불어 콧물 묻은 떡을 다투는 것은 원하는 바가 아니올시다"라는 편지를 올린 일이 있다. 그의 호방하고 얽매임 없는 성격이 그대로 드러나는 글이다.

그러나 재주가 지나치게 비상하여 경솔하다는 평도 없지 않았다. 이런저런 빌미로 인조반정 직후 역모사건에 연좌되어 사형당했다. 《어우야담》도 이 바람에 바로 출간되지 못하고, 필사본으로만 전해지게 되었다. 오늘날 전하는 20여 종의 이본들도 필사자에 따라 이야기의 출입이 적지 않고, 원본을 확정하기 어려운 것도 모두 이런 사정에 연유한다.

우리나라의 야담집은 이전에 《태평한화골계전》이나 《촌담해이》, 《어면순》, 《용재총화》와 같은 것들이 있었으나, 표제에 '야담'을 표방하면서 이전과는 구분되는 폭넓은 소재를 다룬 본격적인 야담집은 《어우야담》이 최초다. 《어우야담》이 나오자 이를 이어 《계서야담》, 《청구야담》, 《동야휘집》, 《동패낙송》 등의 야담집들이 속출했다.

이전의 설화집들이 주로 귀신 이야기나 성性과 관련된 소화笑話에 치중한 것과는 달리, 《어우야담》은 앞서 보았듯 인간 삶의 제 측면을 포괄하는 다채로운 사건들에 관심을 기울여 그 서사의 폭을 대폭 확장시켰다. 또한 후대의 야담집이 획일화된 구조로 정형화된 데 비해, 《어우야담》은 아직 그런 정형화가 이루어지지 않아, 오히려 생동감 있게 그 시대를 들여다볼 수가 있다.

18세기의 한 표정
_《청장관전서》

최근 들어 영·정조 시대에 대한 관심이 높아지고 있다. 이 시기 조선은 새로운 문화환경에 따른 변화 욕구가 내적으로 고조되고 있었는데, 이는 각 방면에서 다양한 에너지로 분출되어 사회 전반에 생동감 있는 활력을 불어넣었다. 영·정조 시대에 대한 관심은 주체적 문화 역량 강화라는 현시대의 당면 과제와 맞물려, 옛날의 거울에 오늘을 비춰보자는 바람의 한 표현일 터이다.

'청장관전서靑莊館全書'는 이덕무가 지은 33책 71권 분량의 방대한 저술을 총칭하는 이름이다. 여기에는 저자의 다양한 지적 편력이 고스란히 담겨 있어, 당시 조선의 문화 역량과 문예 수준뿐 아니라 문화계의 새로운 움직임을 들여다볼 수 있는 한 통로가 된다. 그는 정조가 설립한 왕립 학술기관인 규장각에 검서관으로 발탁되어 일반이 구해보기 힘든 수많은 책들을 접할 수 있었다.

이 전서는 20여 종의 다양한 저술로 이루어져 있다. 자신의 시문을 모은 《영처고》와 《아정유고》 외에 《예기억》과 아동용 역사 교과서인 《기년아람》, 예절과 수신修身에 관한 규범을 적은 《사소절》 등이 있다. 이 밖에 《이목구심서》와 《선귤당농소》는 일상 견문을 통한 삶의 깨달음을 적은 경구나 일화를 기록한 향기 나는 글모음이고, 《청정국지》는 일본의 역사·문화 및 풍속·언어를 기록한 일본 보고서다.

그는 두 눈이 짓물러 눈을 뜨지 못하는 중에도 책을 손에서 놓지 않았던 독서광이었다. 스스로 '책만 읽는 멍청이'라 하여 〈간서치전看書痴傳〉을 짓기도 했다. 보고 듣고 읽은 것을 꼼꼼한 기록으로 남긴 《이목구심서》는 특히 연암 박지원이 여러 차례 빌려가 읽고는 자기 글에 수도 없이 원용했던 흥미로운 저술이다.

가을날 방 안에 앉아 그림을 보고 있는데 창호지 위로 창밖 국화의 그림자가 어리자, 엷은 먹으로 이를 그린다. 그때 호랑나비 두 마리가 국화 위에 올라앉자 나비를 마저 그리고, 참새 한 마리가 줄기에 매달리니 날아갈까 봐 재빨리 그려넣고는 붓을 던진다. 또 이런 이야기도 실려 있다. 한 사람의 지기知己를 얻게 되면, 그를 위해 10년간 뽕나무를 길러, 다시 1년을 누에 쳐서 실을 자아, 그 실을 정성껏 오색으로 물들인다. 그런 다음 아내에게 부탁하여 오색실로 내 친구의 얼굴을 수놓게 하여 표구해서는, 높은 산 맑은 물가에 가지고 가서 하루 종일 말없이 마주 보다가 저물녘에야 품에 안고 돌아오겠다고 했다. 그는 이렇듯 섬세하고 다정한 사람이었다.

전서에는 수많은 시문과 편지글이 수록되어 있는데, 겨울날 냉방에서 한서를 펼쳐 이불처럼 덮고《논어》를 병풍으로 둘러막아 얼어죽기를 면한 이야기며, 며칠을 굶주리다가《맹자》를 전당포에 팔아먹은 이야기 등, 그의 절박한 가난과, 그럼에도 따뜻함을 잃지 않는 삶의 훈기가 생생하게 담겨져 있다. 그의 많은 글들은 오늘날 독자들에게도 여전히 감동적이다. 진실에서 우러나온 삶의 육성이 담겨 있는 까닭이다.

이덕무를 비롯하여 유득공과 박제가 등이 중심이 된 서얼 계층 문학동인 집단을 두고 '백탑시파白塔詩派'라고 일컫기도 한다. 백탑이란 지금의 종로3가 탑골공원, 구 원각사 옛터에 서 있던 대리석으로 된 탑을 말한다. 이들이 그 주변에 모여살며 문학활동을 펼친 데서 나온 말이다. 훗날 이들의 활동은《백탑청연집》과《한객건연집》등 선집의 간행으로 결실을 보게 된다. 그들은 진정眞情의 발로와 사실적 관찰에 바탕을 둔 신시新詩 운동을 전개했다. 그리고 그 인정은 조선에서보다 중국에서 먼저 이루어졌다.

그의 시대는 아직도 허명虛名만 남은 이념의 한 자락을 붙들고 관념의 늪에서 허우적거리고 있었다. 청나라는 오랑캐니 그들을 무찔러 춘추의 대의를 바로세워야 한다는 맹목적인 '북벌北

伐' 의식이 지식인의 잠재의식을 억압하고 있었다. 이러한 때, 연암 박지원과 담헌 홍대용 등이 이들의 외곽에 포진하면서 이른바 '북학北學'의 힘찬 움직임을 싹틔웠다. 바야흐로 세상은 달라지고 있었다. 세상은 어디로 가고 있는가? 지식인의 참된 역할은 어디에 있는가? 이러한 물음에 대한 진지한 자기반성이 그의 저작 속에는 일관되이 흐르고 있다.

그의 글을 읽다가 그를 생각하면 떠오르는 모습이 있다. 후리후리한 키에 비쩍 마른 체격, 우멍하게 들어간 눈과 툭 튀어나온 광대뼈에 맑고도 깊은 눈빛. 달리 예를 찾을 수 없을 만큼 왕성한 탐구욕을 지녀 독학으로 정조의 각별한 아낌을 받았으나, 서얼이었기에 품은 뜻은 높았어도 크게 쓰이지는 못했다.

그의 글은 단정하면서도 정감 있고, 차가우면서도 따뜻하다. 그는 어린아이처럼 천진하고 처녀처럼 순진한 마음을 담은 글이라 하여, 자신의 문집에 '영처고嬰處稿'란 이름을 붙였다. 그의 다른 호인 '청장관青莊館'의 '청장'은 덩치 큰 물새인 신천옹의 다른 이름이다. 이 새는 강호에 살면서 오직 제 앞을 지나가는 물고기만 잡아먹고 산다. 청장처럼 그는 곁눈질하지 않고 제 삶의 길을 앞만 보며 뚜벅뚜벅 걷다가 갔다.

그의 《청장관전서》는 진작에 민족문화추진회에서 총 13책으로 국역하여 간행한 바 있어, 읽는 데 어려움이 없다. 이 가운데 특히 《사소절》과 《이목구심서》, 《선귤당농소》 같은 저작은 복잡한 현대 생활에 지친 삶을 조용히 되돌아보게 하는 힘이 있다.

인간학의 보물창고
_《사기》

역사가에게 가장 필요한 덕목이 무엇일까? 막연하게는 사료史料를 판단하는 엄정하고 객관적인 시각이려니 했다. 그런데 요즈음은 그런 엄정한 시각 외에 상상력과 문학적 소양이 더 필요하겠다는 생각을 한다. 역사의 1차적 구실은 사실史實의 기록과 평가에 있다. 다만 그 사실이란 것이 눈으로 직접 볼 수 있는 것이 아니요, 남아 있는 사료도 전체상을 확연히 보여주는 것이 아닐진대, 그 부족한 부분을 채워줄 것은 객관적 시각 이전에 그 시대를 꿰뚫어보는 통찰력과 상상력일 수밖에 없겠다는 생각이 드는 것이다.

《사기史記》는 한나라 때 사마천이 상고의 전설적인 제왕 황제黃帝 시대에서 기원전 1세기 초인 전한 무제武帝 시대에 이르는 역사를 서술한, 130권으로 이루어진 방대한 역사서다. 이 책이 씌어진 것은 지금부터 2천 년도 더 된 아마득한 옛날의 일이다. 그런데도 이 책은 오늘날까지 여전히 독서물로서의 매력을 잃지 않고 있다. 참으로 알 수 없는 일이다.

흔히 한문이 생긴 이래로 《사기》를 능가하는 문장은 나온 적이 없다고들 말한다. 소설만큼이나 박진감 넘치는 장면 전환과 심리 묘사, 간결하고 절제된 문장 속에서 아득한 기원전의 인물들이 고리눈을 부릅뜨고 수염을 뻗친 채 고함을 지르며 우리 앞으로 달려나온다. 그 긴박감 넘치고 속도감 있는 기술은 도무지 2천 년 전의 기록이라고 믿을 수 없을 정도다.

역사를 이끌어가는 힘은 어디에서 나오는가? 사마천은 그것은 개개인의 능동적인 활동에서 추동된다고 믿었던 듯하다. 《사기》에는 그 이전 편년체編年體 역사서에서는 볼 수 없었던 이른바 '열전列傳' 부분이 들어 있다. 이는 평면적 나열의 편년체 역사 기술이 지닌 맹점을 보완하고 그 시대를 보다 입체적으로 들여다볼 수 있는 통로를 마련하기 위해 고안된 것으로, 《사기》와 이전의 역사서를 분명하게 구분 짓는 가장 정채로운 대목이다.

그는 전체 130권 가운데 이 열전에만 70권 분량을 할애하고 있는데, 단순한 연표에 해당하는 '표表' 부분을 빼면, 전체의 반 이상을 인간 개인의 입신과 출세, 실패와 성공담에 주목했다. 열전 가운데는 사마천의 손길이 아니었다면 역사에 이름조차 남기지 못했을 이들의 기록이 적지 않다. 사마천은 이런 인물들의 시점에 맞춰 생동하는 붓끝으로 마치 한 편의 영화를 보듯 생생하게 그 시대를 재현해내고 있다.

역사에는 가정법이 없다 하지만, 만약 자객 형가가 그때 진시황을 죽였더라면, 항우가 조금만 더 아랫사람들에게 너그러웠더라면 중국의 역사는 어떻게 바뀌었을까? 왜 백이숙제와 굴원 등은 의로운 길을 갔는데도 불행하게 삶을 마치고 말았을까? 역사에는 과연 법칙이 있는가? 세계에는 질서가 있는가? 정의는 언제나 승리하는가? 글을 읽다 보면 역사의 사실을 앞에 두고 이런 물음들을 던지고 있는 사마천의 안타까운 분노와 의문을 만나게 된다. 그러면서도 그는 정의에 대한 신뢰를 버리지는 않는다.

사마천의 집안은 대대로 사관史官이었다. 아버지 사마담은 춘추시대 말기로부터 한나라 초에 이르는 400여 년의 역사를 저술하려는 열망을 품고 작업에 착수했으나 완성을 보지 못하고 죽었다. 이 일은 아버지의 피맺힌 유언을 받은 아들 사마천에게로 이어졌다. 그는 젊은 시절 중국 전역을 여행하며 역사 유적을 답사하고 지리와 풍속을 기록하며 인물들의 일화를 채집했다.

그러나 한창 《사기》 집필에 몰두하던 사마천은, 악전고투 끝에 중과부적으로 흉노에 투항한 장군 이릉李陵을 변호하다가 황제의 노여움을 사 궁형宮刑을 당하는 치욕을 겪는다. 감옥에 갇혀 사마천은, 옥리만 보면 머리가 땅에 닿을 만큼 절을 하고, 심부름

하는 아이만 보아도 가슴이 철렁 내려앉을 정도로 인간성이 황폐화되는 것을 경험했다. 그 치욕과 분노를 안으로 곱씹으며 사마천은 마침내《사기》를 완성했다.

세상은 돌고 돈다. 아득한 과거에 있었던 일들이 지금도 그대로 되풀이된다. 그 양태와 표현만 달라졌을 뿐 본질은 하나도 달라지지 않았다. 역사가 필요한 까닭은 과거를 위해서가 아니라 현재, 나아가 미래를 위해서다.《사기》의 열전은 그런 의미에서 인간을 읽고 세상을 보는 안목을 길러준다. 난마와도 같이 얽힌 세상에서, 약육강식의 생존 논리 앞에서 바르게 사는 삶, 죽지 않고 사는 삶이 어떠한 것인지를 단호하게 일러준다.《사기》는 인간학의 보물창고다. 춘추전국 시대의 각박한 역사 현실 속에서 갖가지 인물 군상들이 빚어내는 한 편의 장엄한 드라마다.

과거와 미래의 대화

_《자치통감》

역사는 과거의 기록이다. 그러나 그것은 끊임없이 현재와 교통하고 미래와 대화한다. 지나간 과거의 기록을 통해 우리는 현재의 처방을 묻고 미래의 갈 길을 찾는다.

과거의 역사 기술은 사관이 그날그날의 일을 적어 기록한 것을 바탕으로 하는 연대순에 따른 정리, 즉 편년체를 기본으로 한다. 《춘추》를 비롯하여 상고시대의 역사서는 모두 편년체로 되어 있다. 그런데 이 편년체는 단편적 사실의 나열로 이루어지기 쉬워, 역사를 입체적으로 이해하는 데 어려움이 있었다. 이를 극복하기 위해 사마천은 《사기》에서 기전체紀傳體란 새로운 방식을 도입해, 역사 기술의 새 장을 열었다. 이후 기전체는 일약 정사正史의 체재로 자리 잡게 된다. 우리나라의 《고려사》나 《삼국사기》 등은 모두 기전체로 편찬된 역사서다.

그러다가 송나라 때 사마광司馬光이 《자치통감資治通鑑》을 편년체로 이룩하자, 편년체 역사서가 다시금 역사 기술의 전면에 부상했다. 《자치통감》은 이전의 편년체 역사서가 지닌 여러 문제점을 보완하고, 정밀하고 광범위한 사료 취택 과정을 거쳐 꼼꼼하게 장구한 시기의 역사를 입체적으로 재구성하였기에, 이후 역사서 편찬에 지대한 영향을 미쳤다. 이를 모범으로 하여 우리나라의 《조선왕조실록》이 이루어졌다.

'자치통감', 줄여서 '통감'이라고도 하는 이 책은 사마광이 주周나라 위열왕威烈王 23년(B.C. 403)에서 시작해 오대五代의 후주後周 세종世宗 현덕顯德 6년(960)에 걸친 1,362년간의 역사를 편년체로 엮은 통사다. 주나라에서 진한秦漢을 거쳐 후주에 이르기까지의 군국대사軍國大事와 군신언행君臣言行을 연월에 따라 기록하고 있다.

'자치통감'이란 통치자가 통치에 있어 귀감으로 삼아야 할 자료가 되는 책이란 뜻이다. 지금 목전에서 일어나는 사건들은 이미 과거에도 수없이 되풀이되어온 일에 지나지 않는다. 그렇기에 오늘의 문제에 대한 해법은 과거의 역사 속에 이미 담겨 있다. 문제는 그것을 어떻게 활용하느냐에 달려 있을 뿐이다. 그러므로 군주 된 자는 이 책이 비춰주는 거울에 비추어보면 현재의 문제를 해결할 수 있고, 앞으로의 갈 길을 분명하게 알 수가 있다는 것이다.

《자치통감》의 역사 기술 태도는 각 시대를 이끌어간 제왕과 군신 등 주동적 인물의 언행에 초점이 맞춰져 있다. 예를 들어 위나라 문후文侯 관련 기사를 보면, 세 가지 에피소드를 실었다. 그가 당대의 어진 이를 스승으로 삼아 예를 갖추자 사방의 어진 선비들이 모여들었다는 이야기와, 군신들과 잔치하다가 비가 내리는데도 산지기와의 사냥 약속을 지키기 위해 신하들의 만류를 무릅쓰고 몸소 나가 약속을 취소하고 온 이야기, 그리고 바른 말을 한 신하 앞에서 자신의 잘못을 곧바로 시인한 이야기 등이 그것이다. 이들 세 이야기는 그가 위로 스승을 섬겨 자신을 낮출 줄 알았고, 아랫사람과의 하찮은 약속도 중히 여기는 신의로운 군주였으며, 자신의 잘못을 솔직히 인정할 수 있는 도량을 지닌 인물이었음을 나타낸다. 이런 임금이 나라를 다스리고 있으니, 그 나라가 어찌 부강해지지 않을 수 있겠느냐는 것이다.

《통감》의 사건 기사들은 이렇듯 인물들의 성공담과 실패담을 일화 중심으로 전개하되, 그 행간에 사관의 미언대의微言大義를 담아, 치란흥망의 자취와 까닭을 읽는 이가 절로 깨닫게끔 해준다. 그렇기에 자칫 역사서가 빠지기 쉬운 무미건조한 사건의 나열과 전개를 찾아볼 수 없다. 그러나 이런 일화 중심의 기술은 '역사의 주관화'라는 함정에 빠지게 하는 단점도 없지 않다.

《통감》은 16왕조 113명 군주의 역사를 기록한 354권이나 되는 방대한 저작이다. 그런데 분량이 워낙 방대하다 보니 개인이 이를 소장하거나 통독하기란 보통 어려운 일이 아니었다. 그래서 후대에 와서는《통감》을 간추려 엮은 축약본들이 널리 유행했다.

그 축약본들 가운데《통감절요》는 송나라 때 강지江贄란 이가《자치통감》을 50권으로 간추린 것으로, 이 책은 과거 우리 선인들이 사서삼경 이상으로 즐겨 읽었던 고전 중의 고전이다. 조선시대 선비치고 이 책을 보지 않은 사람이 없었고, 심지어 무장武將들도 병서兵書로 애독했다. 또 이 책은 역사 지식의 면에서뿐만 아니라 공령문功令文 저작의 필수서로 애독되었다. 심지어 일상의 말투까지도 여기서 빌려쓴 것이 많았다. 이는 이 책에 담긴 풍부한 역사·고사와 인물·사건들이 선비에게 필수적으로 요구되는 교양이었을 뿐 아니라, 그 속에 담긴 교훈적·윤리적 의미가 삶의 좌표를 제시하고 있기 때문이었다.

선인들은《통감》을 통해 중국의 역사와 접할 수 있었다.《통감》은 말하자면 과거 우리나라 선비들이 중국의 역사를 이해하는 유력한 통로였던 셈이다. 그러므로 역대의 저술들을 살펴보면 이 책에서 취재한 수많은 전고典故나 인용과 만날 수 있다.《통감》에 대한 이해 없이는 선인들의 중국 역사나 인물에 대한 관점 또한 제대로 파악할 수 없다 해도 지나친 말이 아니다.

간결하면서도 생동감 넘치는 한문 문장의 맛도 오늘날 이 책을 읽지 않을 수 없는 중요한 이유다.《통감》은 조선시대뿐 아니라 오늘날에도 동양학 연구 전반과 중국 역사의 흐름을 이해하는 데 중요한 책이다. 한 권의 책으로 동양 고전 가운데 이 책만큼 가치 있는 책은 많지 않다. 일본 총리는 중국에 외교관을 파견할 때 사서四書와 함께 《통감》을 반드시 읽게 했다고 한다.

《통감》에 실려 있는 풍부한 고사와 수많은 인물들이 엮어내는 다채로운 사건들은 인간 삶의 여러 단면을 핍진하게 보여준다. 사회 윤리가 땅에 떨어지고, 황금만능주의가 판을 치고 있는 오늘의 실정에 비추어, 이들 역사상 인물들의 이야기는 역사를 올바르게 이해하고 바른 삶을 살아가는 데 의미심장한 교훈이 되기에 충분하다. 청소년에게 건전한 윤리의식과 국가관을 심어주는 데 있어서도 이 책은 다른 어떤 동양 고전에 못지않은 가치를 지닌다.

치열한 순간들의 기록
_《난중일기》

중학교 1학년짜리 아들 벼리는 드라마 〈이순신〉이 방영되는 날이면 기다렸다가 TV 앞에 가앉는다. 어쩌다 못 보면 안절부절 못한다.

"아빠! 김완 장군이 정말 있는 사람이야?"

"그럼! 나중에 일본에 포로로 잡혀갔다가 용감하게 탈출해서 돌아온단다."

나는 드라마를 보랴, 역사를 설명하랴 바쁘다.

《난중일기》는 충무공이 임진왜란이 일어난 7년간 진중의 안팎에서 있었던 일을 날씨와 함께 꼼꼼히 기록한 일기다. 글은 무뚝뚝하기 짝이 없다. 짧은 문장들은 감정 개입 없이 사실만 기록해 나간다. 치열한 격전이 있었던 날도 일기는 거르는 법이 없다.

종체 흔들림 없던 그도 아군의 배가 좌초되어 습격받은 날엔 "통분하여 가슴이 찢어질 것 같다"고 적었다. 원균이 나오는 기사에는 온통 "통분함을 어찌 다 말하랴!", "하는 짓이 흉측하기 짝이 없다"며 울분을 토했다. 전투가 계속되면서, "몸이 몹시 불편하여 온종일 신음했다", "옷이 다 젖도록 식은땀을 흘렸다"는 기사도 계속 보인다.

그는 외부의 적뿐 아니라 내부의 적과도 싸우고 자신과도 싸웠다. 멀리 계신 노모를 걱정하는 내용은 민망하리만큼 많이 나온다. 꿈 이야기도 자주 보인다. 꿈에 자신을 괴롭히던 이일을 만나 호통치며 나무라기도 하고, 신인이 나타나 왜적과 싸울 계책을 일러주기도 한다. 막내아들 면이 왜적에게 죽던 날 일기의 꿈 이야기는 가슴이 떨릴 만큼 슬프다.

읽다 보면 전쟁 장면이 눈앞에 생생히 되살아난다. 역사와 허구를 견주어보기에 더할 나위 없는 공붓거리다. 기록이 왜 중요한지, 일기는 왜 써야 하는지, 인간이 어떻게 살아야 하는지도 읽다 보면 다 알 수 있다. 임진왜란 당시 왜놈들이 이 땅에서 저지른 만행도, 뒷짐 진 채 딴청만 하는 명군의 오만한 작태도, 힘없는 나라의 백성이 얼마나 처참하게 되는지도 다 알 수 있다. 지금도 똑같은 일이 되풀이되는 데까지 생각이 미치면 가슴이 아주 더 답답해진다.

다시 부는 '완당 바람'

_《국역 완당전집》

《국역國譯 완당전집》(민족문화추진회 편, 솔 출판사 간) 3책이 출간되었다. 반가운 마음에 앞서 '이제야' 하는 아쉬움이 없을 수 없다. 전설로 신화로만 떠돌던 완당阮堂 김정희金正喜(1786~1856) 선생의 정신세계가 이제야 오롯이 일반 앞에 그 전모를 드러내게 된 것이다.

전집은 예전 문집 체계로 10권의 분량이니 적다고는 할 수 없다. 권수에서 권3까지는 임정기 선생의 번역이고, 권4에서 권10까지는 신호열 선생의 편역이다. 본문 하단의 근 2,800개에 달하는 세심한 각주는 이 문집을 우리말로 옮기는 작업이 번역자에게 얼마나 혹독한 고통과 인내를 요구했던가를 말해준다. 번역자인 신호열·임정기 두 선생 11년의 각고가 이 한 편에 관주貫注되어 있다는 전언이 조금의 과장으로 들리지 않는다.

권수卷首에는 정인보를 비롯한 제가의 서문과 소전小傳을 실어 완당의 학문과 예술을 가늠케 했고, 권1에는 고攷와 설說, 변辨을 실었으니 오늘로 보면 논문에 해당하는 글들이 망라되었다. 해동 금석학의 존재를 내외에 알린 진흥왕순수비에 대한 변정도 여기서 만나볼 수 있다. 권2에서 권5까지는 소疏와 서독書牘 즉 편지글을 수록했다. 240여 통에 달하는 길고 짧은 편지글에는 추사의 인간 체취가 물씬하고, 그 웅숭한 학문과 예술의 세계가 읽는 이를 압도해온다. 그 또한 삶의 고통에 번민하던 다감한 인간이었다. 권6에서 권8까지는 서序·기記·제발題跋·전箋·명銘·송頌·잠箴·상량문·제문·묘표墓表·잡저雜著와 잡지雜識 등으로 이루어져 있다. 서화론書畵論의 피력이 적지 않다.

권9와 권10에는 400수에 가까운 시들이 실려 있다. 워낙에 호한한 식견에다 방대한 전거典據가 얽혀 있고, 게다가 불가어佛家語가 적지 않아 그저 글자만 따라가서는 뜻을 알 수 없는 것들이 대부분인데도, 정작 번역은 3·4조와 7·5조의 리듬까지 살려 읽기에 껄끄러움이 없는, 진정 다시 만나기 힘든 대가의 솜씨다. 상세하고 친절한 각주는 일반의 이해를 돕는다.

글씨는 완당에 이르러 다 망하고 말았다는 말이 있다. 그가 하도 우뚝하고 보니 그 그늘 아래 나머지는 다 묻히고 말았다는 뜻일 터이다. 그 자신이 세운 정신의 지표가 워낙 범인凡人이 범접하기엔 아득히 높았을 뿐 아니라, 그 바탕에 아로새긴 학문의 온축이 깊고도 도저하여, 그 안하眼下에 성에 찰 사람이 없었다.

일찍이 그는 청고淸高하고 고아한 뜻을 지니지 아니하고 또한 가슴속에 문자향文字香 서권기書卷氣를 갖추지 않아서는 일자 일획에도 그 정신이 드러날 수 없다 하였고, 난초 한 촉을 그려도 가슴속에 5천 권의 서책을 담고 팔뚝 아래 금강저金剛杵의 울력이 없다면 하찮은 기예일 수밖에 없다고도 했다. 또 종정고관鍾鼎古款에서부터 더듬어내려온 탐원探源이나, 《한례자원漢隸字源》에 수록된 309비碑의 온축이 없다면 예서隸書는 아예 논할 수조차 없는 것이라고도 하였다. 이 얼마나 자부와 득의에 찬 발언이던가. 나는 선생의 이런 글들에서 일종 지적 오만의 기미마저 맛보곤 한다.

동국진체東國眞體를 일컬으며 면면히 내려오던 조선풍의 글씨는 완당에 이르러 일소되었고, 회화 또한 진경산수풍의 사실 경향이 그에 이르러 남종화 계통의 탈속한 문인 취미로 회귀하고 말았다. 이런 변화는 시대의 변동이 안받침된 예술사의 역동적 움직임에 기인한 것이 아니라, 한 천재가 일으킨 '바람'에 말미암은 것이어서 우리의 놀라움은 더하다. 이것이 과연 발전인가, 퇴보인가? 이 변화를 어떻게 받아들여야 좋은가? 이런 문제들을 앞에 두고 미술사가들은 여전히 심각한 고민에 빠져 있는 듯하다.

일전 금석갑골학의 큰 산이신 청사晴斯 선생 댁을 찾았더니, 당신이 손수 목각하신 완당필阮堂筆의 '소창다명小窗多明, 사아구좌使我久坐' 여덟 자가 응접실에 걸려 있었다. 이를 보니 금세 생각은 예산의 선생 고택에 걸린 영련楹聯의 한 구절, '반일정좌半日靜坐, 반일독서半日讀書'의 글귀로 달려간다. 볕 드는 창 아래서 오래도록 앉아 반나절은 고요히 내관장신內觀藏神하고, 또 반나절은 이런저런 독서로 소일하던 선생의 맑은 하루가 그림처럼 그 위로 포개진다.

《국역 완당전집》의 출간을 계기로 답보 상태의 학계와 예술계에 숨통을 틔우는 '완당학'의 새 바람이 불어오길 기대한다. 다만 그것은 아득한 저편의 범접할 수 없는 존재에 대한 외경으로서가 아니라, 실사구시實事求是의 바탕에서여야 할 것이다. 그런 뜻에서 오늘 우리에게 완당의 의미는 여전히 현재진행형이다.

마음이 맑아지는 향기로운 글
_《도연초》

눈이 아름답게 쌓인 날 아침, 일이 있어 편지를 보내면서 용건만 적었다. 답장에는 "오늘 아침 이 아름다운 눈에 대해 한 마디도 말할 줄 모르는 그런 비뚤어진 분의 부탁을 어찌 들어드릴 수 있겠습니까? 아무리 생각해도 섭섭하고 딱한 마음씨이십니다"라고 씌어 있었다.

위 예화는 일본 중세(1330년 전후) 수필문학을 대표하는 요시다 겐코吉田兼好의 《도연초》의 한 대목이다. 《도연초》는 일본에서는 에도시대부터 지금까지, 특히 명치 이래 고전 교재로서도 널리 일본인의 사랑을 받아온 수필집이다. 날로 각박해져만 가는 염량의 세태에서 때로 조용히 밑줄을 그어가며 음미하고픈 향기 나는 글이 그리울 때가 있다. 펼쳐들면 행간 사이로 솔바람 소리, 시냇물 소리가 들려온다. 마음이 맑아진다. 《도연초》는 바로 그런 책이다.

'도연徒然'이란 심심하고 무료한 모양을 나타내고, '초草'는 말 그대로 격식을 갖춤 없이 되는대로 끄적거려보았다는 뜻이니, '도연초'란 곧 '수필'에 다름 아니다. 상·하 두 권에 모두 243단의 짤막짤막한 수상隨想을 담았다. 내용을 보면 불교적 허무의 씨줄 위에 노장적 달관의 날줄이 얹혀 있다. 그러면서도 애잔한 느낌이 전편에 깔려 있는 묘한 분위기다.

두어 해 전 나카노 고지中野孝次의 《청빈의 사상》을 읽었을 때도 비슷한 느낌을 받았었는데, 이 책과 다시 만나면서 나는 일본 문화의 내면세계에 대해 평소의 피상적 이해와는 또 다른 생각을 갖게 되었다. 중국만 하더라도 《채근담》 유의 이른바 청언집淸言集들이 비교적 활발히 저술, 간행되었다. 이에 반해 우리의 경우 과거 문인의 저술 속에서 이런 유의 수상을 만나기 어렵다. 나는 아직 그 까닭을 잘 알지 못한다.

"좋은 세공細工을 하려면 약간 무딘 칼을 쓴다."

"할까 말까 망설이는 일은 대개의 경우 하지 않는 편이 좋다."

"귤나무 꽃은 그 냄새를 맡으면 옛사람이 그리워진다."

많이 그어둔 밑줄 가운데 짤막한 몇 구절만 들어보았다.

연암 앞에 조금은 떳떳해졌다
_《열하일기》

1

김성칠 선생의 6·25 일기《역사 앞에서》에 고병익 선생의 회고담이 실려 있다. 그가 번역 출간한《열하일기》5책을 두고 이런 대목이 나온다.

"결국 완간은 못했던 것 같지만 그것이 하나하나 정음문고로서 간행되어 나왔을 적에 우리는 그 유려한 번역문에 탄복하면서 읽었던 것을 기억한다. 김성칠 씨는 단순히 번역에만 치중한 것이 아니고 거기에 나오는 지명, 사건, 인물에 대한 고증까지도 해나갔었다. 지금도 기억나는 것은 그가 판본에 십구북구十口北口라고 나오는 지명을 지도에서 찾지 못하다가 결국 그것이 고북구古北口의 잘못 씌었음을 밝혀서 조그마한 희열감에 젖어서 자랑하던 기억이 난다."

이 글을 읽다가 그 척박한 환경에서 십구북구로 잘못 적힌 지명 하나를 찾기 위해 청대 지도를 뒤져가며 골몰하던 정황이 얼핏 떠올랐다. 연보에 따르면 김성칠 선생이 《열하일기》의 번역에 몰두한 것은 1934~1937년의 일이다. 이 《열하일기》는 해방 후에 정음사에서 5책까지 간행되었으나 완간되지는 못했다.

필자는 베이징을 갈 때마다 거의 예외 없이 구베이커우古北口를 찾았다. 베이징에서 두 시간 넘게 달려 도착하면 뉘엿한 오후가 되곤 했다. 처음 구베이커우를 찾은 때에는 미리 먹물과 작은 붓을 준비해서, 연암이 250년 전에 했던 그대로 성벽 벽돌에다 "연암 후 250년, 한국 정민 과차過此"라고 적어놓고 무상한 감개에 젖었던 기억이 난다. 고작 황량한 변방의 허물어진 성벽뿐인 그곳을 무엇 때문에 그렇게 찾았던가? 연암 때문이다. 언젠가 그의 숨결이 이곳 성벽에 가닿았고, 김택영이 우리나라 5천 년 이래 가장 걸작으로 꼽았던 〈야출고북구기夜出古北口記〉가 지어진 현장이기 때문이었다.

지난겨울에는 열하에서 구베이커우로 들러 나오는 길에 미원密雲의 구도하진九渡河鎭을 찾았다. 저 유명한 〈일야구도하기一夜九渡河記〉의 생생한 현장이다. 미원현 소재지를 벗어난 버스가 굽이굽이 시골길을 한참 돌아나가더니 마침내 계곡길로 접어든다. 고갯길 옆 큰 바위에 '구도하九渡河'란 세 글자가 웅장하게 눈에 들어온다. 다급하게 차를 세워 카메라를 들이댄다. 와서 직접 보고서야 '구도하'는 아홉 번 황하를 건넜다는 것이 아니라, 하룻밤에 구도하 지역을 지나갔다는 뜻인 줄로 짐작한다. 더 정확히 말하면 '일야도구도하기一夜渡九渡河記', 즉 하룻밤에 구도하를 건넌 이야기라야 옳다. 어떻게 그 험한 강물을 하룻밤에 아홉 번씩 건널 수가 있겠는가? 도무지 풀리지 않던 수수께끼가 현장에 와서 보니 맥없이 풀리고 만다.

우리는 늘 저편 끝이 잘 가늠 안 되는 흉흉한 강물을 상상했다. 이 노인의 입담 좋은 장광설에 깜빡 속은 것이다. 입구 여울을 다리로 건너니 그곳이 일도一渡요, 산모롱이를 넘어 절벽을 끼고 돌자 어느새 사도四渡가 나타난다. 물길을 따돌리고 산허리를 잘라서 도로가 났기 때문이다. 우리 앞에는 고작해서 폭이 30~40미터에 불과한 시냇물이 허리를 꼬며 구불구불 흘러간다. 말을 타고 건너자면 두 발을 옹송그려 말안장 위에 얹어야 할 딱 그런 깊이다. 물길이야 그때와 꼭 같지 않겠지만, 막상 지금과 큰 차이도 없었겠지 싶다.

정작 구도하진의 청사를 찾아가도 조선 사람 박지원이 250년 전에 지은 〈일야구도하기〉란 글을 아는 사람이 있을 리 없다. 한국에서는 고등학교 학생이면 누구나 기억하는 그 명문을 말이다. 아무 기념물 하나 없는 이곳을 우리는 차로 주욱 갔다가 잠깐 내려 사진 찍고는 다시 되돌아왔다. 다음번 베이징 걸음 때는 이곳에 와서 일없이 한나절을 소요하리라는 작정을 둔다. 왜냐고? 연암이 다녀간 곳이기 때문이다.

도대체 한 사람의 기행문이 몇백 년이 지난 후까지 이토록 중독성 강한 감염력을 발휘하는 까닭을 나는 잘 모르겠다. 지난해에는 대학원 수업을《열하일기》읽기로 진행했다. 처음엔 심드렁하게 시작된 읽기가 뒤로 갈수록 열기를 더해, 나중엔 모두들 가벼운 흥분 상태로 들떠 텍스트에 몰입했다. 결국 우리의《열하일기》읽기는 고작 절반을 조금 넘겨 한 학기가 끝났다. 그의 글은 늘 알 듯 모를 듯 미로를 빠져나간다. 툭 건드려놓고 슬쩍 비껴선다. 한참 열을 올려 시선을 집중시켜놓고는 어느새 딴전을 부린다. 독자는 느닷없이 교란당하고, 그 능수능란한 전개에 한참씩 넋을 빼앗긴다.

지난해 만난 타이완 중앙연구원의 한 역사학자는《열하일기》가 화제에 오르자 엄지손가락을 치켜세워 보였다. 최고라는 뜻이다.《열하일기》는 타이완과 중국에서 따로 출간되어 읽히는 우리 고전이다. 정작 일본에서는 이미 1915년에 완역본이 출간되었다. 1939년 경성제국대학 대륙문화연구회가 베이징과 열하 일대를 답사하고 펴낸 근 2천 쪽에 달하는 보고서의 결론을 대신한 것도《열하일기》중의 〈호곡장론好哭場論〉이었다. 글의 힘이란 원래 이런 것이다.

2

김혈조 교수가 새롭게 번역한《열하일기》3책의 출간 소식을 반갑게 접했다(2010년). 나는 이제야 나올 것이 나왔다고 생각했다. 할 만한 사람이 제대로 한 번역을 만나게 되었다는 기대와, 이제 우리 학계도 연암 앞에 조금은 떳떳할 수 있겠구나 하는 안도감 같은 것이 함께 스쳤다. 바로 구해 읽어보고 내 예상이 맞아 기뻤다. 그러고는 계획을 변경해 2학기 대학원 수업의 주제를《열하일기》로 바꿔버렸던 것이다.

1970년대 이가원 선생의 번역으로 민족문화추진회에서 간행한《열하일기》2책이 있지만, 이제 와 구할 수도 없고 번역도 쉬 읽히지 않는 구투舊套다.

2004년 보리출판사에서 3책으로 펴낸《열하일기》는 이보다도 훨씬 오래전인 1955년 북한에서《조선고전문학선집》으로 간행된 리상호 선생 번역본을 맞춤법만 손질해서 재출간한 것이었다. 문체가 구수하고 순우리말의 리듬이 워낙 자연스레 배어 있어, 이 책의 원본이 한문으로 되었다는 사실조차 잊게 만드는 아름다운 번역이다. 60여 년 전의 번역임에도 오늘날 읽기에 조금의 거부감이 없다. 너무 자연스러운 토박이말이 이제 와 젊은이들에게 난해한 표현이 된 것이 난감하다고나 할까. 하지만 다섯 번 넘게 강산이 변하는 동안 우리말의 쓰임도 달라졌고, 모든 대중이 쉽게 읽을 고전을 목표로 옮긴 북한의 옛 번역이 여태껏 업그레이드되지 않고 그대로 읽힌다는 것은 우리 국학계의 나태와 무능을 여실히 방증하는 실증이기도 해서, 아껴 읽으면서도 늘 마음 한 켠이 불편했던 것이 사실이다.

그런데 김혈조 교수의 새 번역 출간으로 우리도 비로소 체면이 서게 된 것이다. 그 전해인 2008년에는 북한에서도 미처 하지 못한《연암집》이 신호열·김명호 선생의 오랜 작업으로 완역되어 출간되기까지 했으니, 이제야 연암학은 비로소 우리 앞에 전모를 드러내게 되었다.

《열하일기》는 여러 가지 이본이 존재한다. 딱히 기준으로 삼을 만한 정본이 없다. 연암 당시부터 워낙 한 편 한 편이 발표되기 무섭게 여기저기서 필사해 퍼져나갔다. 10여 종의 알려진 이본을 비교해보면 사소한 자구의 수정에서 한 단락이 뭉텅이로 빠지거나 대체된 것들이 한두 곳이 아니다. 연구자들이 이본의 대조에 많은 시간을 할애해야 하는 이유다. 그런데 아직 꼼꼼한 이본의 대조조차 제대로 이루어진 적이 없다. 그러니 제대로 된 번역을 기대할 수 있겠는가? 그사이 나온 여러 가지 초역 등의 번역본들은 오역과 베끼기투성이여서 학술적으로는 검토하기 민망한 것도 많다. 폭발적 관심에 비해 진지한 학문적 접근은 제대로 이루어진 적이 없는 셈이다.

역자인 김혈조 교수는 초지일관 연암 연구에만 매진해온 전문 학자다. 그는 진작에《연암집》의 각종 이본의 대조 작업을 진행한 바 있고,《열하일기》 이본 대조에도 비슷한 노력을 경주해왔다. 사실 원본의 꼼꼼한 대조 없이는 각 번역본의 장단과 우열을 논하기가 어렵다. 최근에는 단국대학교 연민문고에 소장되어 있던 근 70여 종에 달하는 연암 종가 소장의 초고들이 처음으로 공개되었고, 이 가운데는 《열하일기》의 초고에 해당하는 원고들도 다수 포함되어 있다. 연암 연구는 이런 자료의 잇단 공개와 이 책과 같은 성실한 완역을 바탕으로 이제 완전히 새로운 국면을 맞게 되었다.

3

이제 김혈조 교수가 번역한 《열하일기》를 좀 더 구체적으로 들여다보자. 그간 가장 높은 평가를 받아온 북한 리상호 번역의 《열하일기》와 비교해보는 방식으로 검토하겠다.

이 책이 지닌 첫 번째 미덕은 원문에 가장 충실한 번역이라는 점이다. 북한의 리상호 본 《열하일기》는 순우리말의 구성진 가락이 워낙에 큰 울림을 준다. 예를 들어 〈호질虎叱〉에서 북곽 선생과 동리자가 수작하는 대목을 보면, "윗마을에는 닭이 홰를 치고, 아랫마을에는 계명성이 반짝이는 이 깊은 밤에 안방에서 도란도란 들리는 소리가 어쩌면 꼭 북곽 선생의 목청만 같구나"라 했다. 해당 원문을 보니, "수북계명水北鷄鳴, 수남명성水南明星, 실중유성室中有聲, 하기심사북곽선생야何其甚似北郭先生也"다. 수북을 윗마을로, 수남은 아랫마을로 옮겼고, '도란도란'이나 '이 깊은 밤에' 같은 말은 원문에 없던 것을 가락에 맞춰 보탰다. 김혈조 교수의 번역은 이렇다. "냇물 북쪽에는 닭 우는 소리가 나고, 냇물 남쪽에는 별이 반짝이는데, 우리집 방에서는 사람 소리가 나니, 어쩌면 북곽 선생의 목소리를 저토록 닮았더냐?" 덧보탬 없이 원문에 충실하다.

또 동리자가 북곽 선생에게 하는 말 중 "오랫동안 선생님의 덕을 그리워해오던 차에 호젓한 이 밤 선생님의 글 읽는 목청을 한번 들었으면 원이 없겠습니다"의 원문은 "구모선생지덕久慕先生之德, 금야원문선생독서지성今夜願聞先生讀書之聲"이다. '호젓한', '한번', '없겠습니다' 등은 모두 번역자가 보탠 표현이다. 김혈조 교수는 "오랫동안 선생님의 덕을 사모해왔더니, 오늘 밤에는 선생님의 책 읽는 소리를 듣고 싶사옵니다"로 옮겼다.

리상호 번역의 유려함과 엇구수함은 이렇듯 원문에 없는 많은 표현을 뜻으로 읽어 보태서 가락을 탐으로써 성취된 것이다. 하지만 학술적 엄정성에서 볼 때는 곤란한 대목이 적지 않다. 이에 반해 김혈조 교수의 번역은 군더더기 없는 직역에 가깝다. 그러면서도 현대 한국어의 표현법을 위주로 해서 이해에 어려움이 없다.

둘째, 충실한 각주다. 리상호 본은 각주가 거의 없다. 학술적 설명과 각주가 필요한 많은 부분들이 의미로 뉭쳐져서 두루뭉수리로 넘어가기 일쑤다. 〈호질〉의 앞 대목에 맹용과 이올, 굴각 등 범을 잡아먹는 여러 가지 동물 이야기가 나온다. 김혈조 교수는 이 대목이 사실은 왕사정의 《향조필기香祖筆記》란 책에서 그대로 베껴왔음을 밝혀놓았다. 본문 속에 숨어든 경전에서 차용해온 표현들도 리상호의 번역은 그저 스쳐지나가지만, 김 교수의 번역에서는 출전 근거가 낱낱이 드러난다. 텍스트뿐 아니라 콘텍스트까지 함께 따라오는 학문적 엄정성이 갖춰져 있는 셈이다. 동리자의 요청에 따라 북곽 선생이 읊는 시 끝에도 리상호 본은 쓰다 달다 말없이 '흥야興也'란 두 글자만 원문 그대로 옮겨놓았다. 김혈조 교수는 "이 시는 다른 사물을 빌려 자신의 뜻을 나타내는 흥興이라는 수법의 시이지요"로 풀이했다. 그제야 맥락이 짚인다.

셋째, 도판의 정채로움이다. 책장을 넘길 때마다 무수히 따라붙는 도판들이 읽는 즐거움을 배가시킨다. 글로만 읽다가 각종 현장 사진과 참고 도판이 곁들여지니 공간의 실감이 살아난다. 그저 얻은 자료가 아니라 번역자가 발로 뛰며 현장에서 직접 찍거나 오랜 시간 공을 들여 수집한 자료들이 책에 가득하다. 다른 번역본에 대해 절대우위를 점하게 만드는 요소다.

김혈조 교수의 《열하일기》는 학술 번역에 가깝긴 해도 역시 일반 독서 대중을 대상으로 눈높이를 맞췄다. 그의 번역에 의해 《열하일기》의 가감 없는 전체상이 비로소 선명하게 그려질 수 있게 되었다. 도판에 의해 현장 안내까지 겸하고 있어 금상첨화다.

아쉬운 점도 없지는 않다. 뒷부분에 원문을 포함하지 않아, 부분적으로 더해지고 달라진 텍스트의 반영 정도가 어떠한지 확인할 수 없는 점이 그렇다. 기준으로 삼은 판본과 반영된 차이에 대한 언급이 있기를 기대했는데, 빠지고 없다. 몇 가지만이라도 구체적 예시에 의해 앞선 번역본과의 차별성을 제시해주었더라면 더 좋았을 것이다. 번역상 이전의 번역 오류를 답습한 부분도 더러 눈에 띈다. 예를 들어, 영원성 조대수 패루 앞에 새겨진 주련의 글귀는 4·6의 구문으로 끊어 읽어야 하나, 5·5로 잘못 끊었다. 필자가 지적했고, 재판에는 이미 말끔하게 고쳐졌다. 이 밖에 사소한 오역은 점차 바루어나가면 되므로, 역자의 노고에 흠될 것이 없다.

우리의 대표 고전이 이제야 우리 학자의 손에 의해 온전하게 번역되어 나왔다는 것은 참 부끄러운 일이다. 일본은 1915년에 이 책을 완역해서, 진작부터 연구 자료로 활용해왔다지 않는가? 그로부터 근 95년 뒤에야 온전한 완역이 우리 연구자의 손에 의해 이루어졌다. 중국 학자들도 꼼꼼히 들여다보는 텍스트를 우리는 그간 너무 건성건성 보아왔다. 이제는 더 이상 기준으로 삼을 만한 제대로 된 번역이 없어서 그랬다고 핑계 댈 수 없게 되었다. 나는 이 점이 가장 기쁘다.

어찌 여기서 만족하겠는가? 각종 이본의 엄밀한 대조를 통한 정본의 확정과 이에 따른 새로운 번역의 기획도 착수, 진행되어야 마땅하다. 갈 길은 멀고 할 일은 많다. 한두 사람에게 맡겨두고 구경만 하고 있을 일이 아닌 것이다.

부록
수상
소감문

제4회 우호 인문학상(한국문학 분야)
_《새로 쓰는 조선의 차 문화》

지난 10년간 제 공부는 문학의 자장을 조금씩 벗어나 문화의 주변을 서성거려왔습니다. 그 중심에 18~19세기에 대한 관심이 놓여 있습니다. 이 시기는 참으로 역동적 에너지가 넘치는 시대였습니다. 처음 연암 그룹을 향하던 공부를 통해 18세기의 정보화 사회가 가져온 변화를 관찰했고, 곧이어 19세기 다산의 지식경영에 대한 정리로 이어졌습니다.

졸저《다산선생 지식경영법》의 간행 준비차 강진을 찾았다가, 다산 제자의 후손가에서 그간 사라진 줄 알았던 다서《동다기東茶記》를 발견했습니다. 이 놀라운 자료를 설명해보려고 동분서주하다가 멋모르고 차공부에 발을 들여놓았습니다. 그간 옛 자료는 임진왜란·병자호란 거치고, 일제강점기를 지나 6·25전쟁 겪는 동안 전부 불타서 사라진 줄 알았습니다. 곳곳에서 연거푸 만나게 된 친필 자료들 앞에 어안이 벙벙하다가 환호하고, 정리해서 글 쓰고, 한 몇 년의 세월이 쌓여《새로 쓰는 조선의 차 문화》란 한 권의 책을 묶을 수 있었습니다.

자료는 없었던 것이 아니라, 우리가 몰랐던 것일 뿐이었습니다. 귀한 자료를 찾아헤매는 동안 제 발은 힘들었지만, 눈은 참 호강을 많이 했습니다. 우리 차 문화의 은성殷盛했던 기억을 되살려 하나의 맥락으로 엮는 일은 참으로 즐겁고도 괴로운 비명의 연속이었습니다.

오늘 이 자리에서 그간 저의 즐거운 괴로움이 의미 없지 않았다고 칭찬해주시니, 어깨가 으쓱해집니다. 저에 앞서 이 자리에 서셨던 선배 학자들의 이름에 부끄럽지 않도록 더욱 정진하겠습니다. 이 척박하고 무잡한 시대에 인문학에 상을 주어야겠다고 생각해서 이 상을 제정하신 고 우호 신현확 선생님의 높은 뜻에도 깊은 경의를 표합니다. 감사합니다.

(2011. 11. 11.)

부록
수상
소감문

제12회 지훈 국학상

_《다산의 재발견》, 《삶을 바꾼 만남》

제12회 지훈 국학상 수상자로 선정되어 이 자리에 서게 되니 감회가 남다릅니다. 저는 한양대학교 국어국문학과를 다녔습니다. 그곳에는 박목월 선생의 체취가 짙게 남아 있습니다. 학부 때 지훈 선생의 제자였던 박노준 선생님께 향가와 고려가요를 배우며 자랐습니다. 술자리가 거나해지면 무용담처럼 목월과 지훈의 이야기를 들었습니다. 제 문학과 학문의 근저에 목월과 지훈 두 분 선생에게서 비롯된 DNA가 얼마간 녹아들어 있음을 느낍니다.

개인적으로 이 상이 제정된 첫 세 해 동안 스승인 박노준 선생님의 말씀에 따라 수상자의 상장을 제 붓으로 쓴 인연이 있습니다. 그때는 남의 상장 그만 쓰고, 정작 상은 언제 받나 하는 푸념이 없지 않았는데, 막상 이 자리에 서고 보니 더 분발하라는 채찍과 격려로 느껴져 오히려 마음이 무겁습니다.

저는 19세기 고전문장이론으로 박사학위를 받았습니다. 그때는 특별히 무서운 것 없이 글을 썼습니다. 김도련 선생님의 훈도를 통해 연암과 정면으로 만난 뒤로 공부에 대한 제 생각이 많이 바뀌었습니다. 공부와 삶은 따로 놀지 않고 서로를 간섭했습니다. 이후 18세기학회에 참여하여 전 세계 18세기 연구자들과 학문적 대화를 시작하고부터는 이 시대가 참으로 흥미롭고 궁금해졌습니다. 어설프게 시작한 연암공부가 이덕무와 박제가 등 연암 그룹으로 확산되면서 18세기를 구성한 지적 토대의 변화에 눈길을 주게 되었습니다. 중국으로부터 쏟아져들어온 백과전서적 지식이 정보의 우선순위를 어떻게 바꿔놓는지, 그 변화가 생각의 뿌리를 어떻게 뒤흔들어놓는지를 찬찬히 들여다보았습니다.

생각은 꼬리를 물고 이어져서 연암의 사유를 더듬고 그들의 자취를 찾아헤맸습니다. 이 과정에서 그들의 그 시대가 정보의 홍수 속에서 정신줄을 놓고 있는 오늘날 우리의 삶에 대단히 유용한 처방이 될 수 있겠다는 생각이 들었습니다. 그들의 진단과 처방은 지금도 여전히 유효하고 힘이 있습니다. 그들의 새로운 지식에 대한 열망과 기호에 대한 사유는 참으로 눈부시고 아름답습니다.

18세기의 조선 지식인들이 빚어낸 새로운 패러다임이 매뉴얼로 정착되는 지점에 19세기의 다산이 우뚝 서 있습니다. 저는 지난 2006년 미국에서의 안식년 기간 동안 그런 생각을 정리해서 《다산선생 지식경영법》(김영사, 2006)을 펴낸 바 있습니다. 또 그간 쓴 논문을 모아 《18세기 조선 지식인의 발견》(휴머니스트, 2007)과 《고전문장론과 연암 박지원》(태학사, 2010)을 간행했습니다.

18세기 정보화 사회의 생동감 넘치는 지적 담론들을 지켜보면서 저는 이제 우리 학계가 질문의 경로를 바꿀 때가 되었다는 생각을 했습니다. 민족과 주체를 앞세운 국수주의 담론은 세계화의 시대에 자주 걸림돌이 됩니다. 정보화 사회는 정보 자체가 아닌 정보 가치의 판단력에 무게가 실립니다. 모든 정보는 다 유용하지 않고, 또 모두 쓸모 있을 필요도 없습니다. 이전 시기 유용성의 잣대를 우선하던 실학 담론이 오늘의 학문 세계에서 갈수록 광휘가 사라져가는 것은 그것이 옳지 않아서가 아니라 세상이 바뀌었기 때문입니다.

유득공이 《발해고》를 쓴 것과 관상용 비둘기 사육에 관한 《발합경》을 지은 것은 똑같은 저술 원리를 통해서였습니다. 이서구는 앵무새 사육의 경과를 《녹앵무경》에 담았고, 이덕무는 밀랍으로 조매造梅 만드는 단계를 하나하나 풀이해서 《윤회매십전》이란 책으로 엮었습니다. 심지어 이옥은 담배에 관한 모든 것을 담아 《연경》으로 묶었습니다. 이 책에는 담배를 맛있게 피우는 방법과 담배를 피울 때 꼴불견의 내용까지 담고 있습니다. 실학의 논리로 보면 선비가 공부 안 하고 잡질한 것이 되지만, 정보화의 관점에서 보면 이 모든 작업은 당대가 필요로 하는 지식 정보를 편집·가공해서 고급 정보로 제공하는 과정일 뿐입니다. 전에는 완물상지玩物喪志로 금기시되던 일이 이제는 당당히 격물치지格物致知의 영역으로 격상되었습니다. 실학의 틀로만 보면 설명할 수 없고 공존할 수 없는 현상들이 정보화의 과정에서 비일비재하게 일어났습니다. 관점을 바꿔야 할 때가 온 것이지요.

실학만이 아닙니다. 임진왜란은 피해자의 시각을 벗어나지 않는 한 의병 활동에 대한 과장과 이순신 장군에 대한 신격화된 숭모, 일본에 대한 맹목적 증오만 남게 됩니다. 그 결과 이 전쟁이 동아시아의 역사를 어떻게 바꿔놓았고, 이를 통해 우리가 유념하고 음미해야 할 지점이 어디인지를 살피는 대신, 해마다 예산을 낭비해가며 바닷속을 뒤져 거북선의 잔해를 찾거나, 모형 거북선 만드는 데만 몰두하게 만듭니다. 이제는 우리 국학도 민족담론의 그늘을 털고 일어나 세계사적 전망에 눈을 돌려야 할 때라고 생각합니다.

다산에게서 《목민심서》의 청렴 코드만 읽으려 해서는 그 눈부신 지식경영의 노하우가 다 묻히고 맙니다. 개인적으로 《다산선생 지식경영법》을 펴냈을 때, 저는 사실 대학원생들의 논문 작성에 도움이 되었으면 하는 바람으로 집필했습니다만, 뜻밖에 CEO들에게 많이 읽히면서, 맨날 피터 드러커 같은 서양 학자들의 책만 보다가 우리 것을 읽으니 속이 후련하다는 말을 듣고 무척 기뻤습니다. 다산은 오늘날에도 얼마든지 먹히고 통하는 콘텐츠이고, 연암은 더 막강합니다. 우리가 이 콘텐츠의 현재성에 주목하지 않았을 뿐이지요.

그간 제가 찾아내서 논문으로 정리한 다산의 다양한 육필 자료들도 그랬습니다. 신혼의 단꿈에 젖은 제자에게 부부 각방을 쓰라고 야단하고, 스승의 가르침이 부담스러워 이리저리 핑계 대며 찾지 않는 승려 제자에게 네 마음대로 하라며 끝에 '과거의 사람'이라고 적는 새치름한 모습들은 지극히 인간적인 다산의 면모를 보여줍니다. 이런 자료들이 하나둘 모이자, 이번에는 다산의 학습법과 제자들과의 집체작업 과정 등이 고스란히 드러납니다. 이렇게 정리된 다산의 제자 교학 방식은 오늘날 교육 현장에 적용해도 여전히 위력적이라고 생각합니다. 교육뿐 아니라 학습법이나 웰빙의 관점에서도 다산이 던져주는 유익한 시사점은 한두 가지가 아닙니다. 이 모든 것은 질문의 경로를 바꾸자 자연스레 드러난 내용들입니다.

사실 공부의 과정에서 다산의 친필들과 만난 것은 어찌 보면 우연에 더 가까웠습니다. 안식년을 마치고 귀국 후《다산선생 지식경영법》에 담을 실물 자료를 보기 위해 강진에 갔다가 친필 편지를 처음 보았고, 그 집안에 전해오던 이런저런 자료들을 보았습니다. 그 뒤 고개를 돌려 바라볼 때마다 예상치 못한 곳에서 쏟아져나오는 육필들 속에 다산의 거짓 없는 맨얼굴이 있었습니다. 가르침을 따라오지 못하는 제자들에게 낸 역정과 훈계, 때로 심하다 싶을 만큼 금전적으로 이기적인 모습도 보았습니다. 다산 자신이 감추고 싶었을 사연을 본의 아니게 들춰내기도 했고, 몰랐으면 더 좋았겠다 싶은 자료도 없지 않았습니다.

저는 임진왜란과 병자호란, 그리고 일제강점기와 6·25전쟁을 거치는 동안 중요한 자료는 모두 불타 없어진 줄 알았습니다. 그런데 막상 찾아보면 하나도 없어지지 않고 그 자리를 지키고 있었습니다. 얼마 전에도 다산의 제자 후손가에서 잇달아 연락이 와서 만나보니 그간 아무에게도 보여주지 않고 깊이 숨겨 보관해온 다산의 친필과, 다산 아들 및 손자들의 왕복 서한들이 뭉텅이로 나왔습니다. 이 자료들을 지켜내기 위해 이들이 기울인 정성과 노고는 참으로 감동적이었습니다.

지난 5~6년간 제가 직접 찾은 다산의 친필 편지가 근 200통에 가깝습니다. 제자들에게 직접 써준 필첩도 수십 종이나 됩니다. 문집에 빠진 시가 수백 수이고, 문집에 누락된 산문이 편지글을 제외하고도 100편가량 됩니다. 이런 시문들은 그간 제대로 알려지지 않았던 다산의 진솔한 맨얼굴을 보여줍니다. 이를 통해 우리가 알고 있는 다산의 면모가 허물어지지 않고 오히려 더 정답고 인간적인 모습으로 다가옴을 느낍니다.

지금처럼 다산에 대한 자료가 계속 쏟아져나온다면, 머지않은 시점에 《다산의 재발견》(휴머니스트, 2011)을 한 권 더 써야 할 듯합니다. 현재 찾아놓고도 미처 글로 발표하지 못한 자료들이 그만큼 됩니다. 저는 다산의 자장에서 조금 벗어나 연암으로 돌아가고 싶은데, 다산에게 붙들려서 헤어나지 못하고 있습니다. 자료

하나가 나올 때마다 몰랐던 다산과 새로 만납니다. 부분이 보태지면서 전체가 업그레이드됩니다. 참 경이롭고 신통한 과정입니다.

올해는 다산 선생 탄생 250주년이 되는 해입니다. 곳곳에서 다산의 자취를 기리는 행사가 이어질 듯합니다. 다산은 우리 학술사의 큰 거인입니다. 그는 위대한 학자였고, 대단한 스승이었습니다. 그가 제자들과 만나 빚어낸 아름다운 이야기들은 그대로 오늘날의 척박한 교육 현장에 빛이 될 만한 사연들입니다. 《삶을 바꾼 만남》(문학동네, 2011)을 쓰면서는 인간과 인간의 만남이 이토록 장엄하고 숭고할 수 있구나 하는 감동에 글을 쓰다 말고 눈물을 여러 번 훔쳤습니다. 이런 것은 모두 위대한 인간 승리의 기록이 아닙니까? 다산의 자취는 250주년이래서 더 빛나는 것이 아닙니다.

공부의 길에 다짐은 있어도 작정이야 할 수 없겠습니다. 연구자는 자료 앞에 충실히 대답을 적고, 자료가 지시하는 길을 따라 여기저기를 들여다볼 뿐이겠지요. 그 길에서 최선을 다할 따름입니다. 무엇보다 지훈 선생의 학덕에 누가 되지 않고, 저에 앞서 지훈상을 받았던 선학들과 지훈상 운영위원회에 부끄럽지 않은 학자가 되겠습니다. 스승께 자랑이 되고, 후학들에게 모범이 되는 연구자로 더욱 노력하겠습니다. 이것이 인사말에 갈음하여 드리는 제 다짐입니다. 고맙습니다.

(2012. 5. 24.)

부록
수상
소감문

제40회 월봉 저작상
_《18세기 한중 지식인의 문예공화국》

올해로 40회를 맞이하는 유서 깊은 월봉 저작상의 수상자로 이 자리에 섰습니다. 무한한 영광과 큰 자랑으로 생각합니다. 부족한 성과에 대해 과분한 상을 안겨주시니 고독하고 고단했던 지난 시간들이 환한 빛으로 변하는 느낌입니다.

저는 지난 20여 년 동안 18세기 조선 지식인의 내면과 지적 환경에 대한 공부를 계속해왔습니다. 2012년 8월 하버드 옌칭 연구소의 초청을 받고 보스턴에 갈 때 제가 들고 간 주제는 '18세기 한중 지식인의 문화 접촉과 교류'였습니다. 그러다가 그곳 도서관에서 우연인 듯 필연으로 후지쓰카 지카시의 장서를 만나게 되었고, 이후 1년 넘게 저는 그를 안내자로 앞세워 18세기 한중 지식인들이 이룩했던 아름다운 문예공화국의 궁정을 마음껏 노니는 행운을 맛보았습니다.

지금으로부터 90년 전 한 일본인 학자가 청조의 학술계를 연구하다가 조선의 지식인에 반해서 한중 지식인의 교류와 교유를 복원하는 연구에 일생을 바쳤습니다. 그는 자신의 연구를 매듭짓지 못하고 잔뜩 벌여놓은 상태에서 수집한 자료 위에 메모만 잔뜩 남기고 세상을 떴습니다. 그의 자료 일부가 바다를 건너 미국의 도서관에서 한 갑자가 넘도록 깊은 잠에 빠져 있다가 이번 걸음에 제 눈에 띄어 그 잊힌 이야기를 먼지 털어 정리한 것이 이번 제 책입니다.

대학에서 인문학의 환경은 갈수록 척박해져서, 교육부 장관이 인문학 정원을 빼서 공대에 주겠다고 공개 발언을 하는 참담한 세상에 우리는 살고 있습니다. 정신의 가치는 뒷전이 된 지 오래고, 젊은이들이 취업과 당장의 쓸모만을 찾아 우왕좌왕하는 사이에 도덕의 기준은 무너져서, 삶은 갈피를 못 잡고 표류합니다. 방향을 잃은 분노 범죄가 기승을 부리고, 사람의 관계는 도처에서 파열음을 냅니다. 국제 사회는 저마다의 국익을 위해 수단 방법을 가리지 않습니다. 공공성을 포기한 공적 영역은 이미 자정 기능을 상실한 지 오래입니다. 무책임과 몰염치 속에서 세월호는 지금도 침몰하는 중입니다. 인문학은 갈수록 한 치 앞이 안 보이는 심해의 격랑 속으로 더 깊이 가라앉고 있습니다.

이 같은 현실에서 18세기 한중 지식인 사이에 오간 교유의 자취를 살피고 그 만남의 오랜 연혁을 복원하는 일은 그들의 시선에서는 아무짝에도 쓸모없는 일이기도 하겠습니다. 그렇지만 가뜩이나 팍팍한 현실에서 그래도 이런 작업이 소중하다고, 가치 있는 일이 아니냐고 등 두드려 힘을 불어넣어주시니 적막하던 마음에 따뜻한 온기가 됩니다. 뒷심이 든든합니다.

저는 늘 18세기의 지적 환경이 오늘날 인터넷 시대의 정보 폭발이 가져온 혼란상과 비슷했으리라 생각합니다. 그래서 오늘 우리 시대를 향한 질문의 대답을 늘 18세기 지식인의 목소리에서 더듬어 찾아보는 버릇이 있습니다. 그들은 제게 너무나 친숙해서, 가끔 제가 그 시절 백탑의 뒷골목이나 북경 유리창 서점가의 언저리에서 그들의 회면과 조우의 광경 속에 함께 있었던 듯한 착각도 합니다.

한눈팔지 않고 더 열심히 공부하겠습니다. 길은 갈림도 많고 닿아야 할 목표 지점은 아직 정하지도 못했습니다. 앞을 막는 가시덤불을 부지런히 쳐내면서 길을 닦아가다 보면 어느새 닿아 있을 그 어딘가를 목표 지점으로 삼겠습니다. 다시 한번 귀한 격려를 건네주심에 감사드립니다. 월봉 한기악 선생님의 고귀한 뜻에 부끄럽지 않은 학인이 되겠습니다. 아울러 흥분과 경이의 연속으로 연구자를 접신의 상태로 내몰아 제 연구를 마무리 지을 수 있게 해준 하버드 옌칭연구소의 훌륭한 지원 프로그램과 도서관의 시스템에 대해서도 새삼 경의를 표합니다. 이 상을 집안일에 무심한 가장의 변명으로 내놓을 수 있어 체면이 섰습니다. 부족한 저를 이 자리에 세워주신 심사위원께도 감사의 인사를 드리고, 축하를 위해 함께해주신 이 자리의 모든 분들께도 고마운 뜻을 전합니다. 감사합니다.

(2015. 4. 10.)